KB100176

한국 근대 영화소설 자료집

매일신보편 下

감수

김영민(金榮敏, Kim, Young Min)
연세대 국어국문학과 및 동 대학원 졸업. 문학박사, 문학평론가. 전북대 조교수와 미국 하버드대 옌칭연구소 객원교수, 일본 릿교대 교환 교수 역임. 현 연세대 교수. 연세학술상, 한국백상출판문화상 저작상 수상. 주요 논저로『한국문학비평논쟁사』(한길사, 1992),『한국근대소설사』(솔출판사, 1997),『한국근대문학비평사』(소명출판, 1999),『한국현대문학비평사』(소명출판, 2000),『한국 근대소설의 형성 과정』(소명출판, 2005),『한국의 근대신문과 근대소설 1－대한매일신보』(소명출판, 2006),『한국의 근대신문과 근대소설 2－한성신보』(소명출판, 2008),『문학제도 및 민족어의 형성과 한국 근대문학(1890~1945)』(소명출판, 2012),『한국의 근대신문과 근대소설 3－만세보』(소명출판, 2014),「한국 근대 초기 여성담론의 생성과 변모-근대 초기 신문을 중심으로」(『대동문화연구』95권, 2016) 등이 있다.

고석주(高錫主, Ko, Seok Ju)
연세대 국어국문학과 및 동 대학원 졸업. 문학박사. 공군사관학교 전임강사와, 듀크대 방문학자 역임. 현 연세대 교수. 저역서와 공저역서로『격』(한신문화사, 1998),『소쉬르와 비트겐슈타인의 언어』(1999, 보고사),『의미구조론』(한신문화사, 1999),『정보구조와 문장형식』(월인, 2000),『주제-초점, 삼분구조, 의미내용』(월인, 2002),『한국어 학습자 말뭉치와 오류 분석』(한국문화사, 2004),『현대 한국어 조사의 연구 I』(한국문화사, 2004),『한국어교육을 위한 한국어 연어사전』(커뮤니케이션북스, 2007),『한국어 어휘의미망 구축을 위한 기초 연구』(보고사, 2008),『현대 한국어 조사의 계량적 연구』(보고사, 2008),『우리말 연구의 첫걸음』(보고사, 2015) 등이 있다.

배정상(裵定祥, Bae, Jeong Sang)
연세대 문리대 국어국문학과 및 동 대학원 졸업. 문학박사. 성균관대 국어국문학과 박사후연구원 역임. 현 연세대 원주캠퍼스 국어국문학과 조교수. 주요 논저로『이해조 문학 연구』(소명출판, 2015),「근대 신문 '기자/작가'의 초상」(『동방학지』171집, 2015),「개화기 서포의 소설 출판과 상품화 전략」(『민족문화연구』72집, 2016) 등이 있다.

교열 및 해제

배현자(裵賢子, Bae, Hyun Ja)
연세대 문리대 국어국문학과 및 동 대학원 졸업. 문학박사. 현 연세대 강사. 주요 논문으로「근대계몽기 한글 신문의 환상적 단형서사 연구」(『국학연구론총』9집, 2012),「이상 문학의 환상성 연구」(연세대, 2016) 등이 있다.

이혜진(李惠眞, Lee, Hye Jin)
연세대 문리대 국어국문학과 및 동 대학원 수료. 현 연세대 강사. 주요 논문으로「1910년대 초『매일신보』의 '가정' 담론 생산과 글쓰기 특징」(『현대문학의 연구』41집, 2010),「신여성의 근대적 글쓰기 －『여자계』의 여성담론을 중심으로」(『동양학』55집, 2014) 등이 있다.

한국 근대 영화소설 자료집 매일신보편 下

초판인쇄 2019년 2월 1일 **초판발행** 2019년 2월 11일
엮은이 연세대학교 인문예술대학 국어국문학과 CK사업단
펴낸이 박성모 **펴낸곳** 소명출판 **출판등록** 제13-522호
주소 서울시 서초구 서초중앙로6길 15, 1층
전화 02-585-7840 **팩스** 02-585-7848 **전자우편** somyungbooks@daum.net **홈페이지** www.somyong.co.kr

값 39,000원   ⓒ 연세대학교 인문예술대학 국어국문학과 CK사업단, 2019
ISBN 979-11-5905-385-6 94810
ISBN 979-11-5905-383-2 (세트)

잘못된 책은 바꾸어드립니다.
이 책은 저작권법의 보호를 받는 저작물이므로 무단전재와 복제를 금하며,
이 책의 전부 또는 일부를 이용하려면 반드시 사전에 소명출판의 동의를 받아야 합니다.

연세CK자료총서 06

한국 근대 영화소설 자료집
매일신보편 下

A COLLECTION OF CINENOVELS
IN KOREAN MODERN NEWSPAPER *MAEILSINBO*

교열 및 해제_ **배현자·이혜진**
감수_ **김영민·고석주·배정상**

소명출판

일러두기

1. 이 책은 한국 근대 신문 『매일신보(每日申報)』에 게재된 '영화소설'을 모은 자료집이다.
2. 원문에서 소설 중간에 배치한 삽화가 하나일 경우 자료집에서는 본문 앞으로 배치하고 두 개 이상일 경우 본문 안에 배치하였다.
3. 표기는 원문에 충실하되, 띄어쓰기만 현대 어문규정에 맞게 고쳤다.
4. 들여쓰기와 줄바꾸기는 원문에 충실하되, 오류가 있는 경우에는 바로잡아 표기했다.
5. 자료 본문에서 사용된 부호와 기호는 다음과 같다.
   1) 본문 가운데 해독 곤란한 글자는 □로 처리하였다.
   2) 자료 본문에서 사용되는 ◀, ○, □ 나 글자 반복에 사용된 々, 대화문 표시에 사용된 「 」, 『 』 등은 원문을 그대로 따랐다. 다만, 세로쓰기에서 두 글자 이상 반복될 때 사용된 〈 는 ~기호를 해당 길이만큼 넣는 것으로 대체하였다.
6. 원문에서 해독 불가능한 글자 중 추정 복원이 가능한 경우와 명백한 인쇄상의 오류인 글자는 주석을 통해 바로잡았다.

※ 이 책에 수록된 작품 중 저작권 협의를 마치지 못한 작품에 대해서는 추후 저작권자가 확인되는 대로 조치하겠습니다.

근대 영화소설의 처음과 끝
—『매일신보』 영화소설

배현자 · 이혜진

1. 게재 현황 개괄

근대에 발행된 신문『매일신보(每日申報)』에는 '영화소설(映畫小說)'이라는 장르명으로 총 여섯 편의 작품이 실려 있다.[1] 1926년 4월 4일부터 5월 16일까지 7회 연재된 김일영(金一泳)의 「삼림(森林)에 섭언(囁言)」이 첫 작품이고, 1939년 9월 19일부터 11월 3일까지 총 38회에 걸쳐 연재된 최금동(崔琴桐)의 「향수(鄕愁)」가 마지막 작품이다. 이 작품들은『매일신보』에 게재된 '영화소설'의 처음과 끝 작품이자, 1945년까지 발표된 '영화소설'의

---

[1] 본 자료집은『매일신보』에 게재된 '영화소설' 전체의 원문을 입력하여 상, 하 두 권으로 묶었다. 상권에는 「삼림에 섭언」, 「산인의 비애」, 「해빙기」, 「광조곡」, 「향수」를 묶었으며, 하권에는 현상문예 당선작인 「내가 가는 길」을 실었다. 게재 일자 순으로 보면 「향수」가 「내가 가는 길」보다 뒤에 게재된 작품이지만, 발표 회차의 다소(多少), 그리고 「광조곡」과 「향수」의 연관성을 생각하여 「향수」를 상권에 함께 묶었다. 하권에는『매일신보』에 '시나리오'라는 장르명으로 게재된 두 편의 작품 「점으는 밤」과 「흘러간 수평선」을 부록으로 함께 묶어두었다. 이 자료집은『매일신보』여러 판본을 확인하여 중간에 소실된 부분, 오탈자 등을 채워 넣었다. 다만, 「산인의 비애」 4회는, 현재까지 확인한 판본들에 보존된 원문을 찾을 수 없어 부득이 채워넣지 못했다.

처음과 마지막 작품²이기도 하다.

『매일신보』에 게재된 영화소설 전체 현황을 보면 다음과 같다.

	작품명	작가 게재명	삽화가 게재명	게재일	연재 횟수	비고
1	森林에 囁言	1~5회 : 강호 일영생 (江戸 一泳生) 6~7회 : 동경 일영생 (東京 一泳生)	삽화가 이름 없음	1926.4.4~5.16	7	
2	山人의 悲哀	동경 김일영 (東京 金一泳)	삽화 없음	1926.12.5~1927.1.30	7	
3	解氷期	최금동 (崔琴桐)	묵로 (墨鷺)	1938.5.7~6.3	25	
4	狂躁曲	최금동 (崔琴桐)	삽화가 이름 없음	1938.9.3	1	
5	내가 가는 길	양기철 (梁基哲)	윤희순 (尹喜淳)	1939.1.10~4.8	74	현상문예 입선작품
6	鄕愁	최금동 (崔琴桐)	윤희순 (尹喜淳)	1939.9.19~11.3	38	

『매일신보』에 영화소설이 게재될 때 게재 면이나 방식에서 모든 작품이 동일하지는 않았다. 김일영의 두 작품, 「삼림에 섭언」과 「산인의 비애」는 일요일자 석간 3면에 게재되었다. 최금동의 「해빙기」는 주로 석간 4면에 게재되었으며, 간혹 7면에 게재되기도 했다. 김일영의 두 작품이 일요일에만 게재된 것에 반해 「해빙기」는 석간이 발행된 거의 매일 연재되었다. 최금동의 「광조곡」 역시 석간에 게재되었다. 영화소설이 조간에 게재된 것은 양기철의 「내가 가는 길」부터였다. 이 작품은 조간 2면에 연재었고, 이후 최금동의 「향수」 역시 조간 2면에 연재된다.

작품들마다의 길이 역시 동일하지 않다. 1회 분량이 가장 긴 것은 한 회

---

2   전우형은 1945년 이전에 발표된 영화소설 총 56편의 서지목록을 정리한 바 있는데, 그 도표의 첫 작품이 김일영의 「삼림에 섭언」이고, 마지막 작품이 최금동의 「향수」이다. 전우형, 『식민지 조선의 영화소설』, 소명출판, 2014, 76~77쪽 참고.

『매일신보』 1926년 5월 16일 자 3면
「삼림에 섭언」 게재 사례

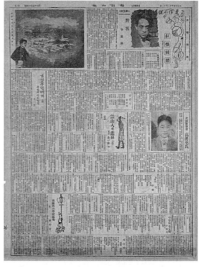

『매일신보』 1926년 12월 12일 자 3면
「산인의 비애」 게재 사례

『매일신보』 1938년 9월 3일 자 5면
「광조곡」 게재 사례

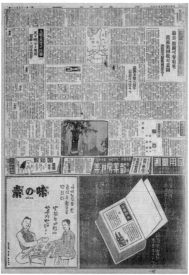

『매일신보』 1939년 9월 19일 자 2면
「향수」 게재 사례

로 완결된 최금동의 「광조곡」으로 무려 12,000자를 웃돈다. 당시 소설이 신문에 연재될 때 보통은 1,800자 내외에서 2,000자 내외 정도인데 그 분량으로 환산하면 「광조곡」은 약 6회에서 8회 분량인 셈이다. 그 다음으로 긴 것은 김일영의 작품들로 「삼림에 섭언」과 「산인의 비애」이다. 이 두 작품은 1회당 길이가 짧게는 3,000자 내외 많을 때는 4,000자를 넘었다. 따라서 이 두 작품 역시 각각 7회씩 연재되었으나, 다른 연재 소설의 분량으로 따지면 각각 약 15회 내외의 연재 분량에 해당한다. 그 다음은 최금동의 「향수」로 2,200자 내외이고, 「해빙기」는 1,800자 내외이다. 마지막으로 현상문예작품인 양기철의 「내가 가는 길」은 회당 1,600자 내외이다. 이 작품이 『매일신보』에 실린 영화 소설 중 연재 횟수는 74회로 가장 많았지만, 1회당 연재 길이는 가장 짧았던 셈이다.

삽화의 삽입 여부도 차이가 났다. 당시 신문에 소설이 연재될 때, 한 회당 한 개의 삽화를 중간 정도에 배치하여 삽입하는 것이 일반적이었다. 『매일신보』 역시 1912년 「춘외춘(春外春)」이라는 작품에서 처음 삽화를 도입한 이래 소설 한 회분에 삽화 한 개를 넣는 것이 보통이었다. 그런데 영화소설이라는 장르명의 첫 작품인 「삼림에 섭언」의 경우 1회에 보통 2~3개, 많게는 5개까지 삽화가 들어 있다. 1회 분량이 다른 작품에 비해 길다 해도, 그보다 몇 배나 더 긴 「광조곡」에는 삽화가 단 1개 들어가 있는 것에 비하면 많은 편에 속한다. 이것은 '영화소설'이라는 명칭을 처음 도입하면서 별다른 홍보를 하지는 않았으나 조금 더 시각적 이미지를 강조하고자 한 의도가 반영된 것은 아닐까 추측해볼 수 있다. 반면에, 그 다음 연재를 시작한 「산인의 비애」는 7회 연재되는 동안 전 회차에 걸쳐 삽화가 전혀 삽입되지 않았다. 삽화를 넣지 않은 대신에 중간에 네모 도형을 활용하여 대사나 서술 지문을 넣음으로써 시각적인 효과를 주는 방식을 택

하고 있다. 이 두 작품이 연재된 후『매일신보』는 약 10여 년 동안 영화소설을 게재하지 않다가 30년대 후반에 다시 연재하게 되는데, 이때는 작품 1회당 1개의 삽화가 들어가는 일반적인 방식으로 되돌아온다. 따라서 30년대 후반부에 발표된 최금동의 「해빙기」, 「광조곡」, 「향수」와 양기철의 「내가 가는 길」은 간혹 삽화를 빼먹는 경우가 있긴 하지만, 이 작품들 모두 회차당 1개의 삽화가 들어 있다.

삽화가명은 작가명 곁에 병렬하는 방식으로 넣기도 하지만, 이름을 넣지 않은 경우도 있다. 이름을 밝힌 삽화가는 묵로(墨鷺)와 윤희순(尹喜淳)이다. 묵로 이용우(李用雨)는 1932년 무렵부터 1938년 무렵까지『매일신보』에서 삽화를 그렸는데, 영화소설 중에는 최금동의 「해빙기」에 삽화가로 올라 있다. 윤희순은 1934년 무렵부터 시작하여, 1943년『조광』으로 자리를 옮기기 전, 1942년 무렵까지『매일신보』에 삽화를 그렸는데, 영화소설 중에는 양기철의 「내가 가는 길」과 최금동의 「향수」에 삽화가로 올라 있다.

『매일신보』에 게재된 영화소설 총 여섯 편의 작가는 셋이다. 두 편이 김일영 작, 세 편이 최금동 작이며, 한 편은 현상문예입선작품으로 양기철 작이다. 김일영은 두 편의 '영화소설'을 연재하기 전후로 여러 편의 글을『매일신보』에 게재한다.[3] 하지만 다른 신문들에서는 이름을 찾아보기

---

3 영화소설 외에『매일신보』에 게재된 김일영의 글은 다음과 같다.
  「老處女의 自白을 읽고」, 1924.11.2.
  「映畵와 民衆」, 1925.2.22.
  「表現派 映畵에 對하야」, 1926.1.31.
  「赤壁江」, 1926.5.23~6.6까지 3회 연재.
  「봐렌치노의 死를 弔함」, 1926.10.3.
  「들띄나무그늘」, 1927.2.13.

어렵다. 김일영의 경우 「삼림에 섭언」은 '강호 일영생(江戶 一泳生)', '동경 일영생(東京 一泳生)'으로, 「산인의 비애」는 '동경 김일영(東京 金一泳)'으로 발표하였는데, 작품에 일본 무대가 많이 그려지는 것으로 보아, 일본 유학생이었을 것으로 추정된다.[4]

양기철은 「내가 가는 길」 연재 이후 작품 활동을 활발히 한 것은 아니어서 작가에 대해 알려진 바가 많지 않다. 하지만, 양기철의 「내가 가는 길」은 현상문예모집부터 대대적으로 진행한 만큼 당선작 발표와 선후감 발표라든가, 작품 연재 예고 등을 빠짐 없이 진행하는데 이러한 자료들을 통해 양기철이라는 작가의 일단을 추적해볼 수 있다.

현상문예작품 입선 발표 기사[5]에 소개된 프로필에 따르면 양기철은 '연전상과(延專商科)'에서 수학[6]하였고, 공모에 입선할 당시 대전에 있는 백화점에서 지배인으로 근무하고 있음이 나와 있다. 영화소설 공모에 당선되기 전, 1937년 7월 3일~24일까지 『동아일보』에 「점두(店頭)에서 본 세상(世上)」이라는 글을 연재한 바 있다. 또 문학과 관계된 글은 아니지만 『현대식 판매법(現代式販賣法)』이라는 책을 출간[7]하고 여타 신문에 상업 관련 논문을 게재[8]한 전적이 있다. 문학 관련 글이 아닐지라도 자주 신문지상에 글을

「悔改한 아버지 一場(성극)」, 1932.12.24. 여기에는 연출자의 이름에도 김일영이 올라 있음.
4 1929년 자선당 제약주식회사를 설립한 대표자 김일영이 조선약학교와 동경약학교를 나온 것으로 알려져 있는데, 이름의 한자가 '金一泳'으로 영화소설 작가 김일영과 같다. 하지만 이 둘이 동일인인지, 동명이인인지는 확실하지 않다.
5 『매일신보』, 1938.12.30.
6 『매일신보』 1931년 4월 5일 자 「延禧專門學校 입학시험 합격자―商科本別」이라는 기사에도 이름이 올라 있다.
7 『조선중앙일보』 1936년 8월 27일 자에 출판기념회 개최 안내문이 실리기도 했다.
8 1931년부터 1935년까지 『조선일보』에 「상점경영(商店經營)과 판매술(販賣術) 연구(研究)」 등을 포함하여 상업 관련 글을 여러 편 연재하였고, 1932년부터 1933년에 걸쳐 『중앙일보』에 「소자본 경영법(小資本 經營法)」을, 『조선중앙일보』에는 1934년에 「연쇄점론(連鎖店論)」을, 1936년에 「상업전술연구(商業戰術研究)」를 연재하였다. 이 외에도 1935년과 1937년 『동

『매일신보』 1938년 6월 5일 1면
문예작품현상모집 공고

『매일신보』 1938년 10월 15일 5면
문예작품현상모집 공고

『매일신보』 1938년 12월 30일 5면
현상모집 입선 발표 및 선후감

『매일신보』 1939년 1월 7일 3면
「내가 가는 길」 작품 연재 예고

아일보』에도 상업 관련 글을 다수 발표하였다.

발표해 봐서인지 양기철은 당선 소감문 역시 매우 당차게 쓴다.

이 쌍에 잇서서『씨나리오』란 초창긔로서 그 문체라든지 혹은『몬타주』에 잇서서 선배들의 유산이란 그다지 차저볼 수 업다 그래서 처음에는 필자 역 긔필해보기를 여런 번 망서렷다 그러나 이 쌍에 영화 사업이 봉긔하고『프로 듀서』에 감독에 배우에 만흔 선배들이 배출하얏지만 오로지『씨나리오・라 이터』만히 희귀하게 적엇다 여기서 필자는 감연 붓을 들어보앗다 거기에 남 다른 야심과 의도가 잇섯다고 할 수 잇겟다 허나 써노코 보니 집어 동댕이치 고 십헛다 이런 게 의외로 입선에 참여하엿다니 저 스스로 붓그러움을 금치 못한다 그 대신에 이것을 게긔로 압흐로는 이 방면에 쑤준한 로력을 싸어보 겟다[9]

양기철은 이 소감문에서 '시나리오 라이터'로 꾸준히 노력하겠다고 했 지만 입선 후 해방 이전까지는 영화소설은 물론이고 문학 관련 활동에 대 한 기록이 거의 없다. 해방 후 1947년에 '교화사업중앙협회(教化事業中央協 會)'가 추진한 영화각본 모집에서「조국(祖國)은 부른다」라는 제목으로 입 선 없는 가작에 당선[10]되었고, 1948년에 '농무부산림국'에서 추진한 영화 각본 모집에서「산으로 가는 사람들」이라는 제목으로 차석에 당선된 기 록이 있다.[11] 1958년에는 성문각(成文閣)에서『씨나리오 작법(作法)』이라는 단행본을 출간하였다. 이 책의 저자명 앞에 '충남대 문리대 강사'라는 문 구가 붙은 것으로 보아 당시 대학에 출강하고 있었던 듯하다. 이후 행적

---

9 『매일신보』, 1939. 1. 7.
10 『독립신보』 1947년 12월 27일 자와『수산경제신문』 1947년 12월 30일 자에 기사화되었다.
11 『동아일보』와『평화일보』 1948년 7월 4일 자에 기사화되었다.

은 아직까지 밝혀진 바가 없다.

최금동(1916~1995)은 김일영이나 양기철과는 달리 현대까지 작품 활동을 활발히 한 작가이다. 최금동은 영화소설 발표 이전 1936년에 라디오소설 현상공모에 「종(鍾)소래」라는 작품으로 3등에 당선[12]된 바 있고, 『조선일보』 1937년 5월 7일~11일까지 '학생작품(學生作品)'란에 「남국(南國)의 봄 추억(追憶)」이라는 글이 4회 연재되기도 하지만, 영화소설을 써서 등단한 것은 『동아일보』를 통해서이다. 『동아일보』에서 1937년도에 진행한 '영화소설현상공모'에 「환무곡(幻舞曲)」이 당선되었고, 이 작품이 지면에 발표될 때는 「애련송(愛戀頌)」으로 제목을 바꾸어 연재(1937.10.5~12.14)된다. 이 작품은 이후 이효석이 각색하고 김유영이 감독하여 영화로 제작되기도 했다. 『동아일보』에서 영화 작가로의 첫걸음을 내딛었지만, 더 활발하게 활동한 것은 『매일신보』를 통해서였다. 1938년에 「해빙기」를 시작으로 같은 해 「광조곡」을 발표하고, 1939년에 「향수」를 연재하였다. 「광조곡」과 「향수」는 1년 여의 시차를 두고 게재된 작품이고, 등장 인물들의 이름도 다르지만 서로 밀접한 관련을 맺고 있는 작품이다. 「향수」 스토리의 후일담 같은 이야기가 「광조곡」이다. 이 작품들을 발표한 후에도 최금동은 『매일신보』의 기자로 활동하며 여러 기사와 수필을 쓰기도 한다.[13] 해방 이후로도 최금동은 많은 시나리오를 쓰고 각색 작업을 하였는데, 그 작품들을 묶어 1981년에 개인창작시나리오전집으로는 처음으로 국내 첫

---

12 「DK라듸오小說 當選者發表」, 『매일신보』, 1936.5.16.
13 최금동이 영화소설 게재 이후 『매일신보』에 남긴 글은 다음과 같다.
「성 『베네틱트』 수도원을 차저」, 1941.2.4.
수필 「病窓記」, 1941.7.2~8(4회 연재).
「다자가정순례」, 1942.11.12.
「北邊의 호信 戰線」, 1943.2.7.

시나리오 선집을 출간하기도 한다.[14] 그 이후로도 창작 활동을 계속하여 1995년 세상을 뜰 때까지 100여 편이 넘는 작품을 남겼다. 그의 작품이 영화화된 것만도 수십 편에 이른다. 최금동은 이러한 공로를 인정받아 임종 전 여러 차례 대종상영화제에서 공로상을 수상하기도 했고, 2016년 5월 대산문화재단과 한국작가회의에서 주관하여 진행하는 '탄생 100주년을 맞은 문학인 기념 문학제'의 대상자로 선정되기도 했다.

2. 『매일신보』 영화소설의 게재 배경

한국 '영화소설'의 발생은 '영화'의 흥행과 무관하지 않다. 유입 초기에 영화는 '활동사진'으로 불렸는데, 1897년 진고개의 남산정에 있던 '본정좌 (本町座)'에서 일본인 거류민들을 위해 상영한 것이 한국에 활동사진이 유입된 시초였다. 이후 몇 년간 외국인들에 의해 드문드문 활동사진이 유입되어 상영되었는데, 이때 매일 밤 대만원을 이룰 정도로 호응이 대단했다고 한다.[15] 활동사진 유입 초기에는 '이런 신기한 것은 듣도 보도 못한 것인데 우리나라 사람들은 언제 이런 신묘한 기술을 배울 수 있을지 모르겠다'[16]는 반응을 할 정도로 경탄했지만, 1910년대 후반에 이르면 자체 제작

---

14 『조선일보』, 1981.11.18 기사 참고

15 심훈, 「조선영화총관—최초 수입 당시부터 최근에 제작된 작품까지의 총결산」, 『조선일보』, 1929.1.1~4 참고.

16 「논설」, 『황성신문』, 1901.9.14 참고.

을 하기에 이른다. 1920년대에 들어서면 '활동사진'이라는 명칭이 '영화'라는 명칭으로 대체되면서 영화 담론 역시 급격하게 확대된다. 초창기에는 영화 개봉 소식, 검열 문제 등에 치우쳐 있던 기사가 20년대 중반에 이르러서는 영화계 소식들, 영화가 만들어지는 곳에 대한 탐방 기사 등으로 확대된다. 25년 정도를 넘어서면 신문지상에 영화계 이야기가 게재되지 않는 날이 드물 정도였다. 30년대에 이르면 '조선영화사'를 정리할 만큼 조선 영화계는 양적으로 누적되어 있었다. 하지만 영화의 흥행만큼 영화 각본이 뒷받침되어 있지는 않았다. 당시 영화 관련 기사나, 영화소설 관련 언급을 보면 영화각본 부족 현상에 대한 언급이 빈번하게 출현한다. 『매일신보』에서 1938년에 영화소설을 현상모집하여 당선작을 낸 후 1939년에 당선 작품 연재를 예고하는 글을 싣는데, 여기에도 그러한 내용이 나온다.

　　본사 경영독립긔념사업(經營獨立紀念事業)으로 널리 천하에 향하야 현상모집(懸賞募集)한 영화소설은 양긔철(梁基哲) 씨의 걸작 『내가 가는 길』을 어덧습니다 신인 양 씨의 이 작품은 국내 국외를 물논한 수백 편의 력작 중에서 단 한 편 입선된 것으로 영화소설로서의 모든 점을 가장 리상적으로 구비하고 잇서 영화대본(映畵台本)의 빈약을 느끼는 조선의 영화게를 위하야 새로운 길을 지시(指示)할 것으로 밋는 바임니다

　　내용은 일지사변(日支事變)으로 상해(上海)에서 피란하야 도라온 아릿다운 『싼서』를 중심으로 여러 가지 복잡다단한 사건이 전개되여 흥미 백『파센트』 현대 조선이 나혼 청춘남녀의 비련(悲戀)을 그리엿습니다 무대(舞台)도 부두(埠頭) 광산(鑛山) 별장(別莊) 『카페』 등 무릇 오늘날 조선이 가질 수 잇는 모든 장면을 망라하야 잇슴니다 아무튼 내용과 형식이 조선 영화소설에

잇서 드물게게[17] 보는 것으로 반드시 만천하 독자의 갈채와 지지가 잇슬 것을 밋는 바입니다

　삽화(揷畵)는 새로 윤희순(尹喜淳) 화백이 담당하게 되어 화백의 청신한 필치가 한층 이 소설을 빗내게 할 것입니다[18]

　이 글 속에는 '조선의 영화계가 영화대본의 빈약을 느끼고 있다는 것', '이 작품에서 다루는 무대와 장면이 조선 영화소설에서 드물게 보는 것'이라는 등의 정보가 담겨 있다. 뒷 부분의 내용은 자사의 영화소설 당선 작품을 홍보하기 위한 문구라 할지라도, 앞의 문구는 다른 평론들에서도 많이 언급되던 것인 바, 당시의 현상을 지적하고 있는 것이라고 할 수 있다. 즉 한국의 1920~30년대에 '영화소설'이 출현한 데에는, 이렇듯 영화의 유행과 아울러 영화대본이 부족한 당시의 시대상이 반영되어 있었다.

　영화소설의 탄생이 영화의 흥행과 밀접한 관련을 맺고 있는 것은 쉽게 짐작할 수 있는 것이기도 하거니와, 여기서 한 가지 짚고 넘어가야 하는 것은 '영화소설'이라는 명칭의 탄생과 그것이 『매일신보』라는 신문에 최초로 실린 배경일 것이다. 확정적으로 말할 수 있는 것은 많지 않지만, 배경을 미루어 짐작할 수 있는 단서가 몇 가지 존재한다. 그 중 하나는 1920년대 들어 신문 발행 판도에 변화가 있었다는 점이다. 1910년대는 그 이전에 존재하던 민간신문들이 폐간되고 중앙지로는 『매일신보』만 독주하며 일본 총독부 기관지 역할을 톡톡히 하고 있었다. 그러다 1920년대에 다시 민간신문인 『동아일보』와 『조선일보』 등이 창간되어 신문 매체는 경쟁 관계에 돌입하게 된다. 『매일신보』는 그 이전에도 소설에 최초로 삽

17　'게'의 중복 오류.
18　『매일신보』, 1939. 1. 7.

화를 게재하고 그것을 대대적으로 홍보하면서 독자 확보에 심혈을 기울이긴 했었지만, 새로이 경쟁 상대가 나타나면서 더욱 긴장하지 않을 수 없었을 것이다. 독자의 관심을 끌기 위해 분투하던 신문 매체가 당시 대중의 지대한 관심을 끌던 '영화'에 초연할 리 없었다. 신문들은 저마다 앞다투어 영화 관련 기사를 쏟아내며 나름의 지대한 관심을 드러냈다. 『매일신보』는 1920년에 '영화'라는 용어를 신문지상의 표제어에 최초로 사용한 매체이기도 했다.[19] 이후 한동안 더 '활동사진'과 '영화'라는 용어가 혼용되기도 했으나 점차 '영화'라는 용어가 정착된다. 그런데 『동아일보』에서 1925년 말 정도에 연달아 「영화도시 하리우드」, 「미국의 촬영소」 등의 기획 기사를 몇 회씩 연재[20]하면서 대중의 관심에 부응하고 또 한편으로는 대중의 관심을 더욱더 고조시킨다. 『매일신보』의 편집진은 이에 자극받아 새로운 문화에 대한 관심을 선점해야 한다는 결론에 도달했을 수 있다. 『매일신보』는 최초로 '영화소설'이라는 장르명을 달고 1926년 4월 4일부터 5월 16일까지 김일영의 「삼림에 섭언」을 7회에 걸쳐 연재한다. 『동아일보』에 실린 심훈의 「탈춤」이 최초의 영화소설로 오랫동안 알려져 있었지만, 『매일신보』에 실린 김일영의 「삼림에 섭언」이 그보다 약 7개월가량 앞서 발표되었다. 해방 이전 신문 매체에 실린 영화소설 현황을 날짜순으로 보면 다음과 같다.[21]

---

19 『매일신보』, 1920. 2. 3. 「活動映畵의 檢閱은 경무국보안과에서 검열한다」라는 기사를 통해서 '영화'라는 명칭이 처음 등장한다.

20 『동아일보』는 1925년 11월 11일부터 17일까지 「영화도시 하리우드」를 6회 연재하고, 1925년 12월 23일부터 26일까지 「미국의 촬영소」를 4회 연재한다.

21 전우형이 앞의 책에서 정리한 바 있지만, 몇 개의 오류가 보여 다시 정리해 놓는다. 날짜의 오류 외에도 저자 표기의 오류도 있다. 영화소설 목록을 정리한 논문들에서 『조선일보』에 실린 「인간궤도」의 저자를 '안석영'(전우형, 앞의 책) 혹은 '북악산인'(강옥희, 「식민지 시기 영화소설 연구」, 『민족문학사연구』 32, 민족문학사학회, 2006, 187쪽)이라고 표기한 것은 오류이다. 안석영은 삽화가로 표기되어 있고 저자는 '성북학인(城北學人)'으로 되어 있다.

	작가	작품명	발표 신문	게재일	비고
1	김일영	삼림에 섭언	매일신보	1926.4.4~5.16	
2	심훈	탈춤	동아일보	1926.11.9~12.16	
3	김일영	산인의 비애	매일신보	1926.12.5~1927.1.30	
4	이경손	백의인	조선일보	1927.1.20~4.27	
5	최독견	승방비곡	조선일보	1927.5.10~9.11	
6	이종명	유랑	중외일보	1928.1.5~1.25	
7	김팔봉	전도양양	중외일보	1929.9.27~1930.1.23	
8	성북학인	인간궤도	조선일보	1931.3.13~8.14	
9	최금동	애련송(환무곡)	동아일보	1937.10.5~12.14	현상모집당선작
10	최금동	해빙기	매일신보	1938.5.7~6.3	
11	최금동	광조곡	매일신보	1938.9.3	
12	양기철	내가 가는 길	매일신보	1939.1.10~4.8	현상모집당선작
13	최금동	향수	매일신보	1939.9.19~11.3	

『매일신보』에 처음 '영화소설' 작품이 게재된 이후 각 신문들이 연달아 '영화소설'을 표제어로 내세워 작품을 연재한 것을 보면 신문들이 타 신문들의 추이를 지켜보면서 경쟁 관계에 있었음을 알 수 있다. 당시 신문사들의 경쟁 관계를 보여주는 것은 이뿐만이 아니다. 『매일신보』에서 '영화소설'이라는 표제를 달고 김일영이라는 작가의 작품을 게재한 후, 『동아일보』는 '장한몽'이라는 영화에 출연해서 영화에 관심 있는 사람들에게 조금 더 알려진 심훈을 영입하여 '영화소설'을 게재한다. 게다가 심훈의 작품을 연재하기 전 '조선서 처음되는 영화소설'이라는 문구를 넣은 예고를 하기도 한다. 불과 6~7개월 전에 7회나 연재되었던 『매일신보』의 영화소설 존재를 모르지 않았을 터인데, 이러한 문구를 집어 넣었다는 것은

'성북학인'은 한용운이 썼던 호이기도 한데, 이 저자에 대한 것은 조금 더 세밀한 조사가 이루어져야 한다. 이 도표에서는 게재명 그대로 표시해 둔다.
또한 이 도표에는 들어가지 않았지만, 해방 전 근대 시기 '영화소설'이라는 분류 안에 포함될 작품이 몇 개 더 있다. 조선에서 일본어로 발행했던 『조선신문』 1928년 4월부터 5월까지 '소년영화소설'이라는 표제어를 달고 연재되었던 '千imoto 悦二' 작 「鞭」이라는 작품도 그중 하나이고, 『조선일보』 1933년 1월부터 2월까지 연재된 「도화선」이라는 작품도 그중 하나이다. 「도화선」의 경우, 연재를 예고할 때는 '영화소설'이라는 명칭이 들어가지만 작품연재 당시는 '씨나리오'라는 명칭으로 연재된다. 이들 작품은 이 도표에 넣지 않았다.

'경쟁 관계'라는 관점에서 생각해 볼 여지가 있다.

『매일신보』는 「삼림에 섭언」을 연재하면서, 처음 시도하는 '영화소설'을 부각하기 위해 기존의 소설 편집과는 많이 다른 편집을 한다. 한 면의 많은 지면을 활용하여 작품을 길게 연재하면서 삽화를 회당 한 개가 아니라, 1회에 2~3개 많은 것은 5개까지 집어 넣는 방식을 택한다. 『매일신보』가 많은 지면을 할애하여 삽화를 여러 개 집어 넣는 방식으로 영화소설을 띄웠다면, 『동아일보』는 삽화 대신 실연 사진을 삽입하여 차별화를 꾀하기도 한다.

『매일신보』가 영화에 대한 관심을 선점하고 싶은 의도를 가졌다 해도 '영화소설'이라는 명칭을 처음 사용할 수 있었던 배경은 쉽게 설명되지 않는다. 여기서 작가 김일영을 주목해 보아야 한다. 김일영의 작품은 『매일신보』 외의 신문에서는 찾아보기 어렵다. 유독 『매일신보』에서만 그의 이름이 보인다. 김일영이 처음 『매일신보』에 글을 게재한 것은, 지금까지 확인한 바로는 1924년 11월 2일 「노처녀(老處女)의 자백(自白)을 읽고」라는 글이다. 이때는 '곡류(曲流)'라는 호를 사용하였다. 이후 「삼림에 섭언」을 발표하기 전, '곡류 김일영(曲流 金一泳)'이라는 필명으로 영화 관련 글을 두 편 게재한다. 하나는 1925년 2월 22일자의 「영화(映畫)와 민중(民衆)」이라는 평론이고, 다른 하나는 1926년 1월 31일자에 게재한 「표현파(表現派) 영화(映畫)에 대(對)하야」라는 평론이다. 두 번째 글의 끝에 '1월 18일 동경(東京)에서'라는 글귀를 통해 영화소설을 게재한 김일영과 동일인이라는 추론을 가능하게 한다. 영화소설을 게재할 때는 이름 앞에 '동경'을 붙이기 때문이다. 연재한 영화소설 두 편에서도 일본을 배경으로 한 소재를 활용할 뿐만 아니라, 영화 관련 평론에서도 일본의 예를 많이 드는 것으로 보아 김일영은 동경 유학생이었을 것으로 짐작된다. 그런데 「영화와 민중」

이라는 자신의 글에서 밝히고 있는 바에 따르면 김일영은 당시로부터 약 10여 년 전에 이른바 '활동사진'을 접했고, 영화에 몰두한 것은 4~5년 전부터였다고 한다. 영화에 '몰두'했다고 표현할 만큼 영화에 지대한 관심을 가졌다는 것인데, 이 지점을 눈여겨 보아야 한다. 영화에 관심이 컸고 동경에서 유학하고 있었다면 당시 일본의 영화 판세에도 관심이 지대했을 것이다. 그래서인지 「표현파 영화에 대하야」에서는 일본 영화의 예시가 많이 쓰인다. 일본에는 당시 '영화소설'이라는 명칭이 이미 존재하고 있었다. 이 명칭이 일본에서 처음 쓰인 것은 1919년 『활동세계(活動世界)』라는 영화잡지를 통해서였다고 한다. 초창기에는 이미 상영한 영화 또는 상영할 영화를 짤막하게 서술한 것이거나 단편소설의 형식으로 쓴 것을 '영화소설'로 지칭하다 1923년 신문영화소설이 등장하면서 본격적으로 창작된 영화소설을 지칭하는 것으로 변모했다고 한다. 김일영이 영화소설 「삼림에 섭언」을 연재하던 때를 전후하여 일본의 신문들에는 현상모집으로 당선된 영화소설이 연재되고 있었다.[22] 즉 김일영은 '영화소설'이라는 명칭과 그 특성도 알고 있었을 개연성이 높다. 그리고 그것이 '영화소설'을 쓰는 동기로 작용했을 가능성이 있다.

물론 '영화소설'이라는 명칭을 김일영이 제안한 것인지, 『매일신보』측에서 임의로 사용한 것인지는 분명하지 않다. 또한 작품 역시 김일영이 투고한 것인지 신문사측에서 의뢰한 것인지도 확인할 수 없다. 하지만 분명한 것은 당시 대중에게 새롭게 부각되던 '영화'라는 관심사를 두고 각 신문사들이 경쟁하고 있는 상황에서, 일본에서 유학하고 있으면서 '영화'에 '몰두'하고 있던 김일영이라는 필자를 『매일신보』가 독점하고 있던 상

---

22 일본 영화소설과 관련해서는 한정선, 「일본 영화소설의 전개 양상 — 1910년대부터 1960년대까지」, 『일어일문학연구』 98-2, 한국일어일문학회, 2016, 159~179쪽 참고.

황이『매일신보』가 가장 먼저 '영화소설'이라는 명칭을 사용할 수 있었던 배경으로 볼 수 있는 셈이다.

당시 '영화소설'에 이름을 올린 작가의 면면을 살펴보아도 각 신문사가 '영화'를 놓고 얼마나 치열한 각축전을 벌이고 있었는가가 눈에 띈다. 김일영은『매일신보』에 영화소설을 두 편 발표한 이후 같은 신문에 몇 차례 더 글을 올리기도 하지만 이후 활발하게 작품 활동을 한 작가가 아니었고,『매일신보』에서 현상모집으로 당선된 양기철 역시 해방 이전에 작품을 발표하지 않았기에 논외로 하고 이후 활발하게 작품 활동을 한 작가를 중심으로 보면, 우선『동아일보』의 현상모집으로 당선된 최금동을『매일신보』에서 영입하여 내리 세 편의 영화소설을 게재하고 이후에도 자기 신문사에서 기자로 활동하게 한다. 그런가 하면『조선일보』는『동아일보』에 처음 영화소설을 연재한 후 그 이듬해 일본으로 영화 공부를 다녀온 심훈을 1928년에 기자로 영입한다.『동아일보』는『조선일보』에 영화소설「승방비곡」작품을 연재하여 대중작가로 이름을 떨친 최독견을 영입하여 1929년에「황원행」이라는 최초의 연작장편소설을 연재한다.『중외일보』는 장한몽을 만들기도 했던 영화감독 이경손과, 당시 필명을 날리던 팔봉 김기진의 '영화소설'을 연재한다. 이 둘은 조선영화예술협회에 참여했던 인물들이기도 하다.

『동아일보』의 영화소설 현상 당선 작가로 등단한 최금동을 활용하면서까지『매일신보』는 타 신문들보다 더 적극적으로 '영화소설'을 연재한다. 신문 매체에 실린 총 13편의 영화소설 중『동아일보』와『중외일보』가 각각 2편씩,『조선일보』가 3편을 게재한 데 반해『매일신보』는 6편으로 타 신문에 비해 월등히 많은 작품을 게재하였다. 하지만 30년대 후반에 가면 '영화소설'이라는 명칭보다 '시나리오'라는 명칭이 훨씬 많이 회자되었다.

1931년에 시나리오를 연재하기도 했던『조선일보』는 1938년에 대대적으로 시나리오 현상모집을 하여 1939년 3월에 당선작을 내고, 그것을 3월 10일부터 연재한다. 1936년과 1937년에 영화소설 현상모집을 했던『동아일보』역시 현상모집 홍보 문구에서는 '영화소설'을 쓰지만, 당선발표를 하는 특집 기사에서는 '씨나리오'라는 명칭을 사용한다. 이런 분위기를 반영하듯, 1938년에 현상모집 분야로 '영화소설'을 모집하고, 그 당선작을 1939년 초반에 연재하였던『매일신보』역시 1940년에는 현상모집 분야로 '영화소설' 대신 '씨나리오'를 모집하고 여기에서 당선된 이춘인(李春人)의「흘러간 수평선」이라는 시나리오 작품을 1941년 2월 11일부터 3월 3일까지 연재[23]한다.

근대에 출현했다 사라진 '영화소설'이라는 명칭을 하나의 장르적 개념으로 볼 것인가의 여부, 혹은 이 '영화소설'의 특성을 어떻게 규정할 것인가 등은 관점에 따라 상이할 수 있다. 하지만 이 '영화소설'은, 문자로 쓰여 '읽는' 문학의 영역에, 당시 경이롭게 다가온 새로운 문화 경향인 '보는' 영화가 접목되면서 나타난, 그야말로 새로운 문화 현상이었음에는 틀림이 없다. 근대 영화소설의 처음과 끝을 장식했고, 영화 전문 잡지를 제외하면 가장 많은 영화소설을 실은 매체인『매일신보』의 영화소설을 묶어 펴내는 본 자료집을 통해 당시 영화소설의 특성과 역할을 궁구하는 관심과 연구가 좀 더 활발하게 일어나기를 기대해 본다.

---

23 「흘러간 수평선」은『매일신보』에 시나리오라는 명칭으로 실린 첫 작품이 아니다. 1932년 4월 1일부터 5일까지 4회에 걸쳐 연재된 김효정(金曉汀)의「점으는 밤」이 '시나리오'라는 표제어를 달고 연재된 바 있다. 하지만 이것은 완전한 시나리오라기보다는 당시 유행하던 '영화소설'에 가까웠다. 비교를 위해『매일신보』에 실린 '시나리오' 두 작품을 본 자료집의 부록으로 함께 묶어 두었다.

3. 각 작품의 주요 등장인물 및 줄거리

1) 근대 영화소설 자료집-매일신보편 上

■ 김일영의 「삼림에 섭언」

· 주요 등장인물

김명애	김호일의 애인. 호일을 사랑하지만 조부의 말에 따라 남작과 결혼한다. 남작의 애인이었던 영자가 나타나고, 숨겨둔 아이의 존재가 발각되며 결혼 생활도 파국에 이른다. 비극적 생애를 마치려던 찰나, 아이에 얽힌 사연이 밝혀지며 호일 곁으로 돌아오게 된다.
김호일	김명애의 애인. 사랑하는 명애를 두고 유학길에 올랐다가, 명애의 소식이 끊기며 돌아오지만 명애로부터 이별 통보를 받는다. 명애를 잊지 못하고 그녀가 낳았다고 생각한 아이를 기른다. 그 아이에 얽힌 사연으로 명애를 구한 후 다시 행복한 시간을 보내게 된다.
이창수	김명애의 남편. 어려운 형편이었던 명애네에 도움을 준 부친의 인연으로 명애와 결혼한다. 하지만 옛 연인 영자가 찾아와 명애의 숨겨둔 아이를 빌미로 명애를 내치려 한다. 그러다 결국 자기의 부끄러운 과거가 드러나고, 자신의 잘못을 뉘우치며 명애를 호일에게 보낸다.
박영자	이창수의 옛 연인이자, 명애의 아이로 알려진 아기의 친모. 명애와 결혼한 이창수를 찾아와 유혹하고, 명애를 쫓아내려다 오히려 자신이 아기를 낳고 버렸다는 사실이 밝혀진다.
산막 노파	명애의 아이로 알려진 아이를 키운 인물. 박영자가 아이를 낳고 버렸다는 사실, 명애가 남몰래 양육비를 주어 길렀다는 사실 등을 밝히며 사건 전개에 전환점 역할을 한다.

· 줄거리

S촌에 사는 김명애와 가난한 음악가 김호일은 서로 사랑하는 사이이다. 어느 해 봄 호일은, 만류하는 명애를 남겨두고 동경으로 유학을 떠나지만 가을 들어 명애의 편지가 끊기자 S촌으로 돌아온다. 명애는 호일에게 헤어지자고 하면서, 어느 노파가 사는 산막에서 자기가 낳았다는 아이를 보여준다. 충격을 받은 호일은 다음 날 다시 명애를 찾아가지만 명애는 이미 서울로 떠난 후였다. 며칠 후 호일은 명애와 이창수라는 남작이 결혼했다는 소식을 듣는다. 고통에 시름시름 앓던 호일은 병이 낫자 명애를

보러 서울에 간다. 며칠 동안 명애의 집 앞을 배회하던 호일은 술을 먹고 나오다 우연히 불량배에게 맞고 쓰러진 이창수를 보고 그를 구하려 하지만, 그 역시 몽둥이를 맞고 쓰러진다. 다음 날 명애의 집에서 깨어나게 된 호일은 명애와 대화를 나누다, 명애가 낳았다는 아이 소식을 되려 묻는 명애를 보며, 그 아이를 자기가 데려다 키우겠다고 결심하고 S촌으로 돌아온다.

한편 명애의 집에는 박영자라는 여자가 남작을 찾아와 계속 머무르게 된다. 영자와 남작은 명애 눈을 피해 껴안고 키스도 한다. 명애도 그런 사실을 알지만, 남작에게 애정을 느끼지 못하는 명애는 그런 둘 사이를 용인하고 살아간다. 어느 날 영자와 함께 댄스홀에 갔던 남작이 거기에서 S촌에 산다는 남자를 만나 호일에 대해 묻다가, 호일이 명애의 아이를 키우고 있다는 소리를 듣게 된다. 남작은 이것을 빌미로 명애를 쫓아내려 하고, 명애는 호일에게 그 사실을 알리며 유서 같은 편지를 보낸다. 편지를 읽고 당황하는 호일에게 산막의 노파가 아이에 얽힌 사연을 들려준다. 한 여학생이 어느 날 방을 빌려 아이를 낳았는데, 그 후 한 남자가 찾아와 아이만 남겨 두고 둘이 사라졌고, 노파가 경찰서에 아이를 데리고 가다 명애를 만났는데, 명애가 그 여학생이 아이를 찾으러 올 때까지 양육비를 댈 테니 대신 키워달라며, 이러한 사연에 대해서는 함구를 해달라는 부탁을 했다는 것이다. 이 사연을 들은 호일은 노파와 아이를 데리고 명애 집을 찾아간다. 그곳에서 노파가 영자를 알아본다. 아이는 남작과 영자의 아이였던 것이다. 남작과 영자는 자신들의 행위를 뉘우치고, 아이를 계속 호일이 키우도록 한다. 명애 역시 호일 곁으로 돌아와 행복한 시간을 보내게 된다.

■ 김일영의 「산인의 비애」

- 주요 등장인물

니콜라이 림쓰키	러시아인 아버지와 한국인 어머니 사이에서 태어나 두만강 상류 산속에서 살아가던 인물. 산 속에서 마주친 혜순을 사랑하게 되어 그를 찾고자 일본으로 건너간다. 그곳에서 음악 공부를 하다 혜순과 세계 일주 음악 여행을 떠나지만 혜순이 다른 이와 약혼하자 고향으로 돌아온다.
류혜순	일본에서 음악 공부를 하는 인물. 림쓰키의 사랑을 받아주지 않고 지내다 림쓰키가 유명해지고 세계 일주 음악 여행을 기획하자 동행을 청한다. 여행 중 외국 귀족과 약혼하고 림쓰키와 헤어진다. 2년 반 만에 이혼하고 산중에 있는 림쓰키를 찾아와 용서해달라고 청한다.
마춘식	림쓰키에게 도움을 주는 음악가. 산에서 우연히 림쓰키를 만나 우정을 나누다 헤어지지만, 일본에서 다시 만나 림쓰키와 함께 공연 무대를 갖는다. 이후 유명해지며 세계 일주 음악 여행을 계획하지만 혜순이 동행하게 되자 그는 여행을 포기한다.
포푸만	림쓰키의 아버지 친구로 나따샤의 아버지. 혜순을 찾아 도일한 림쓰키를 키우며 음악 공부도 시켜준다. 딸 나따샤가 죽자 그도 급속히 몸이 쇠약해져 죽고 만다.
나따샤	포푸만의 딸로 림쓰키를 사랑하는 인물. 어려서부터 림쓰키를 사랑하여 계속 고백하지만, 혜순을 잊지 못한 림쓰키에게 어리다는 이유로 매번 거절당한다. 유행성 독감에 걸려 일찍 죽고 만다.

- 줄거리

국경에 있는 P산맥 고령에 니콜라이 림쓰키라는 소년이 살고 있다. 그는 러시아 음악가였던 아버지와 고령에 살고 있던 탄실 사이에 태어난 혼혈아였다. 어머니는 그가 태어난 지 7일 만에 죽고, 음악과 보통교육을 시켜주던 아버지 역시 15세 되던 해에 죽어, 혼자 살아가고 있다. 아버지 죽은 후 2년여가 흐른 어느 여름 날, 언덕 아래 떨어진 류혜순이라는 여자를 구하는데, 이성을 본 적이 별로 없던 림쓰키는 이 여자를 사모하게 된다. 그 해 겨울, 림쓰키는 혜순을 찾아 산을 내려오지만, 그녀는 이미 공부하러 동경으로 떠난 뒤이다. 여름, 그 다음 해 가을까지 여러 번 찾아가지만 그녀를 만나지 못한다. 산중에 있기 싫어진 림쓰키는 촌락으로 자주 내려오다 어느 가을 밤 산중에서 플룻을 불고 있는 마춘식을 만나게 된다. 둘은 친구가 되어 바이올린 피아노 합주도 하고, 춤도 추며 즐거운 나날을 보낸다. 그러다 서로 사랑했던 여자에 대한 이야기를 나누는데 춘식도 류

혜순을 안다며 현대 여성은 허영심이 많다고 말하고, 자기를 버리고 어떤 부호와 결혼한 자기의 연애사도 고백한다. 그렇게 반년이 흐를 무렵, 춘식의 아버지가 위독하다는 연락이 와 춘식이 떠나고 만다. 더 고독함을 느끼게 된 림쓰키는 결국 혜순을 찾기 위해 동경으로 간다.

림쓰키는 동경에서 만난 아버지의 친구 포푸만에게 바이올린도 배우며 2년여를 살다가 길에서 우연히 혜순을 다시 만나게 된다. 혜순은 그에게 고국으로 돌아가라며 여비를 건네지만 림쓰키는 거절한다. 포푸만의 딸 나따샤가 림쓰키에게 애정을 표하지만 혜순에게 여전히 마음을 두고 있는 림쓰키는 매번 나따샤의 고백을 외면한다. 그렇게 다시 4년이 흐르고 나따샤가 독감에 걸려 죽고, 딸을 잃은 포푸만도 급속히 쇠약해져 죽고 만다. 의지하고 지내던 포푸만 부녀를 잃고 수심에 잠겨 지내던 림쓰키는 어느 날 공원에서 마춘식을 다시 만난다. 재회한 둘은 며칠 후 함께 공연 무대에 서는데, 이 공연이 성황리에 끝나 유명세를 타고, 둘은 세계 일주 음악 여행을 계획하게 된다. 이때 류혜순이 찾아와 동행을 청하는데, 이를 들은 춘식은 오히려 일신상의 이유를 들어 여행을 단념하고, 림쓰키와 혜순 둘이 음악 여행을 하게 된다. 세계 각 도시를 거쳐 파리에서 연주를 하고 난 후 존슨 경에게서 파티 초청을 받는다. 화려한 존슨 경의 저택에서 파티 도중 존슨 경과 혜순이 약혼을 했다는 소리를 듣고 충격을 받은 림쓰키는 음악 여행을 중단하고 P산맥으로 돌아온다. 그로부터 2년여가 흐른 어느 날 허름한 차림으로 류혜순이 찾아온다. 혜순은 존슨 경과 이혼을 했다며, 림쓰키에게 용서를 빈다. 림쓰키는 혜순을 원망하지 않는다며, 자신이 어리석어 인간 사회에서 상처를 받았는데 다시 산에서 위로를 얻고 있다고 말한다. 혜순은 그곳을 나와 결국 자살을 하고 만다.

■ 최금동의 「해빙기」

· 주요 등장인물

곰바우(24세)	깊은 산속에서 순이와 살아가는 인물. 방 서방이 죽은 후 순이를 보살펴 준다. 순이가 자란 후 아내로 맞으려 했지만, 도회 청년 조동선과 순이가 서로 좋아하는 것을 알게 되어 순이를 도회로 보내려 한다.
순이(17세)	방 서방의 딸. 산막에서 태어나 어려서 아버지를 잃고 곰바우의 도움으로 살아간다. 산 바깥 마을을 동경하며 지내다, 어느 날 찾아든 도회 청년 조동선을 좋아하게 된다.
조동선(23세)	도회 청년. 눈보라 속에 친구를 찾아 산을 헤매다, 다친 몸으로 산막에 나타나 곰바우와 순이의 간호를 받고 살아난다. 순이를 좋아하는 마음이 싹트지만 곰바우와 순이의 관계를 생각하며 갈등한다.
방 서방(62세)	순이의 아버지. 곰바우와 순이를 데리고 산막에서 살아가다, 어느 눈보라 치는 날, 곰바우에게 순이를 부탁하고 죽는다.

· 줄거리

방 서방과 그의 딸 순이, 그리고 곰바우라는 청년이 살아가고 있는 두 만강 상류 산기슭, 어느 겨울 날, 방 서방이 눈보라 속에서 곰바우에게 순이를 부탁하고 숨을 거둔다. 곰바우는 의지하고 살던 방 서방이 죽자 막막하지만, 순이를 지키면서 산속에서 계속 살아가리라 다짐을 한다. 그로부터 2년여가 흘러, 순이는 마을에 내려가 보고 싶어 안달을 하고, 곰바우는 다음 봄에는 데리고 나가서 구경시켜 주겠노라 약속을 한다. 그러던 어느 날 눈보라가 심하던 밤, 다 죽어가는 몸으로 조동선이 산막에 나타난다. 동선은 단신으로 백두산 탐험을 떠난 친구 상철을 찾아 산 속을 이틀 동안 헤매다 죽을 지경에 산막에 이른 것이다.

순이와 곰바우의 지극한 간호를 받으며 반 달을 보내는 동안 동선은 그들에게 정이 들고, 특히 순수한 순이에게 마음이 가는 것을 느낀다. 순이 역시 동선에게 곰바우와는 다른 감정을 느끼고 있다. 곰바우는 그런 낌새를 알고 복잡한 심경으로 지내게 된다. 동선은 더 정이 들기 전 떠나려 하지만, 봄이 되면 떠나라고 곰바우가 만류한다. 서로 복잡한 심사를 감추며 나날을 보내다 봄이 오고, 동선이 떠나기로 한 전날 밤, 우는 순이를 달래는 동선 앞에 곰바우가 나타나 순이를 데리고 떠나라고 말한다. 순이는 마냥 기뻐하고, 동선은 곰바우의 심정을 알기에 망설이지만, 결국 데리고 떠나기로 결심한다.

드디어 떠나는 날, 곱게 차린 순이와 함께 셋은 집을 나선다. 마지막 고개에서 머뭇거리는 순이를 재촉하여 길을 걷다, 곰바우는, 댕기 풀어줄 때 꽂아 주라고 방 서방이 준 비녀를 순이 손에 쥐어 준다. 순이는 울음을 터뜨린다. 순이를 달래며 강변에 이르러 동선과 순이는 뗏배를 타고 출발하고, 멀어지는 뗏배를 보다 곰바우는 눈물을 흘린다. 시원하게 흘러가는 뗏배를 타고 가던 순이는 갑자기 외로움을 느끼고 곰바우와 살던 지난 모습들을 떠올린다. 그렇게 생각에 잠겨 있던 순이는 갑자기 배에서 뛰어내린다. 산도, 강도, 곰바우도 없는, 그런 서울에 가고자 했던 자신의 생각을 후회하며 뒤도 안 돌아보고 숲속을 향해 달려 간다.

■ 최금동의 「광조곡」

· 주요 등장인물

윤몽파	노음악가. 명주의 남편이자 혜련의 아버지. 가난을 견디지 못하고 도둑질을 하다 감옥에 간다. 출옥 후 오래 외국 생활을 하고 15년 만에 고국에 돌아오지만, 우연히 들른 절에서 연희를 마주친 후 다시 외국행에 오른다.
혜련	윤몽파와 명주의 딸. 태어나자마자 어머니를 여의고 아버지마저 감옥에 간 후 5년간 연희에게서 길러지다 몽파가 출옥 후 함께 살게 된다. 고국에 돌아왔다가 다시 외국으로 향하는 길에 아버지로부터 과거 일을 듣는다.
정연희	윤몽파를 사랑하는 음악가. 우연히 몽파의 음악을 듣고 그를 사랑하게 되지만, 몽파는 이미 아내가 있는 몸이다. 몽파가 감옥에 들어가자 그의 딸 혜련을 5년간 키우다 몽파에게 보내고 스님이 된다.
명주	윤몽파의 아내이자 혜련의 어머니. 혜련을 낳고 가난하여 산후 조리도 제대로 하지 못한 채 병석에 누워 있다 죽는다.

· 줄거리

15년 만에 고국에 왔으나 온 지 일주일도 못 되어 다시 고국을 떠나는 50세 가까운 한 노신사와 20여 살로 보이는 젊은 여자, 그들은 노음악가 윤몽파와 그의 딸 혜련이었다. 몽파는 오래 외국 생활을 하며 고국을 그리워하다 고국에 돌아왔다. 그는 금강산 절간을 찾았다가 여승이 된 정연희라는 여자와 마주쳤고, 그것이 다시 고국을 떠나는 계기가 되었다. 외국으로 가고 싶어하지 않는 딸에게 몽파는 그와 얽힌 과거의 사연을 들려준다.

20여 년 전 칠석, 종로청년회관에서는 동경고등음악학원을 나온 정연희라는 여자의 독창회가 인기리에 열리고 있었다. 몽파 역시 청중 속에 섞여 있었다. 그는, 프로가 끝나고 청중이 모두 돌아간 것도 모르고, 자신도 모르게 무대에 뛰어올라 미친 듯이 피아노를 치다 정신을 잃었다. 다음 날 아침 어느 병실에서 정신이 깨었다. 정연희가 곁에서 자신을 챙겨주고 있었는데, 그가 깨어나자 지난밤 소나타의 제목을 뭘로 할 것인가 문는다. 그는 아이를 낳고 토막집에 쓰러져 있는 아내 명주와, 날마다 구직하기 위해 헤매는 자신의 처지를 떠올리며 '주림'으로 정한다. 그날 이후 정연희는 자주 그를 만나러 왔으나, 오히려 몽파는 호감이 깊어져서는 안 된다는 생각에 만남을 그만둔다.

아이를 낳고 산후 조리를 제대로 하지 못한 아내 명주가 죽어가는 것을 보고, 젖을 제대로 먹지 못해 야윈 딸을 걷어차던 몽파는 정신없이 집을 뛰쳐나와 어느 집에 들어가 지전 뭉치를 훔쳤다. 그때 마침 자동차 소리가 들려 피하려다 뛰어든 곳이 정연희의 방이었다. 그는 정연희의 도움을 받아 창밖으로 도망쳐 집에 왔으나 아내는 이미 죽은 뒤였고, 훔친 것도 돈이 아니라 휴지였다. 하지만 뒤따라 온 경찰에게 잡혀 5년 형을 선고받고 감옥살이를 했다. 그는 딸이 죽었다고 생각하고 잊고 지냈는데 출소날 정연희가 딸을 데리고 나타났다. 그녀는 자동차에 그와 딸을 태워보냈다. 딸은 그녀를 향해 엄마는 같이 가지 않느냐며 울었고 그녀는 돌아서서 울고 있었다. 딸에게 여기까지 얘기를 하고 잠깐 쉬는 몽파의 눈에 눈물이 흐른다.

■ 최금동의 「향수」

▪ 주요 등장인물

심서룡	음악가. 서인숙과 사랑이 싹트지만 그 전에 언약했던 김명주와 결혼하여 연희를 낳는다. 음악 개인 교사를 하며 가정 생활을 성실히 해 나가던 도중 서인숙의 약혼으로 충격을 받고 음악 개인 교사를 그만두고 건축 현장에서 일하지만, 궁핍함을 견디다 못해 도둑질을 하고 감옥에 간다.
서인숙	심서룡을 사랑하는 음악가. 집안에서 오영일과의 결혼을 재촉하지만 서룡을 사랑하여 도망하려 한다. 서룡이 말없이 사라진 후 오영일과 약혼하지만, 서룡이 감옥에 갈 위기에 처하자 오영일을 설득하여 변호를 하게 한다. 서룡이 감옥에 간 후 출옥 때까지 그의 딸을 대신 키워준다.
오영일	서인숙을 좋아하는 변호사. 서인숙을 좋아하여 결혼하려 한다. 차일피일 미루기만 하는 인숙을 설득하여 약혼을 하게 된다. 하지만 결국 약혼도 흐지부지되고, 인숙의 부탁으로 자신의 연적이자 동생의 음악 개인 교사였던 심서룡의 변호를 하게 된다.
김명주	심서룡의 아내. 시골 야학에서 만난 서룡을 기다려 결혼을 하고 딸 연희를 낳는다. 하지만 궁핍하여 산후 조리도 제대로 못한 채 갓난아기를 두고 죽고 만다.

▪ 줄거리

어느 해 가을 경성역, 부산에 머물다 독창회 때문에 올라온 서인숙이, 마중나온 아버지와 오영일을 발견하고 플랫폼을 나오다 가방을 떨어뜨린 한 청년과 마주친다. 떨어진 물건들을 함께 주워주다 발견한 오선지에는 '귀촉도 심서룡 곡'이라는 글귀가 쓰여 있다.

동경에서 음악 공부를 하고 삼 년 전쯤 돌아와 시골에서 야학을 하던 심서룡은 다시 경성에 올라와 계속 일거리를 찾아 헤맨다. 우수가 지난 무렵, 서룡의 하숙방에 그의 친구가 찾아와 음악회 입장권을 두고 간다. 여전히 직업소개소를 전전하다 찾아간 음악회장에서 귀촉도를 부르는 서인숙을 본다. 음악회가 끝나고 모두 돌아간 빈 무대 위로 심서룡이 뛰어올라 미친 듯이 연주를 한다. 정신을 잃었다가 병원에서 깨어났는데 서인숙이 곁에 있다. 함께 숲길을 거닐며 담소를 나누고 서로의 집이 어딘가를 알고 헤어진 뒤 인숙이 서룡의 집에 와 놀다 가곤 한다. 인숙의 집에서는 계속 오영일과의 결혼을 재촉하고, 서룡은 시골의 명주에게서 온 편지를 읽으며 명주와 결혼을 약속하고 떠나오던 때를 회상한다. 그러던 중 친구가 다시 찾아와 음악 가정 교사 자리를 제안하고 서룡은 오영일의 동생을 가르치는 가정 교사로 취직한다.

하루는 인숙이 또 찾아와 둘이 함께 영화를 본 후 서룡에게 음악 발표회를 제안하고 준비는 자신이 도맡겠다고 한다. 5월로 잡혀진 음악 발표회 기사가 신문에 나고 준비를 해 가던 중, 인숙은 서룡의 발표회가 끝나면, 자신은 부모님이 정한 대로 약혼을 하게 되었다는 이야기를 털어놓는다. 둘은 서로 노래를 주고받으며 애틋한 감정을 나누다 조선을 떠나 애정의 도피를 하기로 작심한다. 인숙이 행장을 꾸리러 간 사이 서룡도 서둘러 행장을 꾸리다가 책상 서랍에서 명주의 편지를 발견한다. 간절히 기다리고 있다는 명주의 말을 떠올리며 애정 도피를 하려 했던 자신을 뉘우치고 시골행 기차를 탄다. 행장을 꾸려 서룡의 집에 온 인숙은 텅 빈 방에서 서룡이 남긴 메모를 발견한다.

시골에서 명주와 결혼을 한 서룡은 명주를 데리고 경성에 올라온 뒤 계속 음악 가정 교사를 하며 단란한 신혼 살림을 꾸려간다. 그러던 어느 날 서룡은 오영일의 부탁을 받고 약혼식 축하 연주를 해 주러 갔는데, 연주가 끝난 후 그 약혼식이 다름아닌 서인숙과 오영일의 약혼이라는 것에 놀라고 만다. 약혼식에 다녀온 뒤, 서룡은 자신에게 음악 가정 교사 자리를 소개해 준 친구를 찾아가 일을 그만두겠다는 얘기를 전하고, 다른 일자리를 찾아 전전한다. 가까스로 건축공사장에서 일을 하게 되지만, 일은 고되면서도 임금은 얼마 되지 않아 방세도 밀리게 된다. 정월이 지나고 명주가 아이를 낳았지만, 서룡은 아파서 공사판 일마저 못하게 되고 세 식구는 굶주리게 된다. 눈보라가 치던 어느 날, 추위와 굶주림에 지쳐 정신마저 몽롱해져 있던 서룡이 갑자기 일어나 도끼를 들고 뛰쳐나간다. 미친 듯이 달리다 어떤 집에 들어가 지전 뭉치를 훔친다. 차 소리를 듣고 정신을 차린 서룡의 귓가에 어디선가 귀촉도 노랫소리가 들려온다. 자신도 모르게 그 소리를 따라가다 갑자기 마주친 여자를 향해 도끼를 내려치고 갈팡질팡하다 뛰어든 방에서 인숙을 마주친다. 인숙은 방문을 잠그고 창문을 열어 서룡의 도피를 돕는다. 서룡이 집에 돌아왔으나 명주는 이미 죽은 뒤였고, 갓난아이는 죽었는지 살았는지 울음조차 없었다. 서룡은 모녀의 위로 훔쳐온 지전 뭉치를 던졌으나 그것은 돈도 아니고 휴지뭉치였다. 서룡은 뒤쫓아온 경찰에게 붙잡혀 감옥으로 끌려간다.

인숙은 서룡의 아이를 데려와 보살피면서 오영일에게 서룡의 변호를 부탁한다. 오영일은 자신의 연적을 변호하고 싶지는 않다며 거절했으나, 결국 공판정에 나타나 서룡의 변호를 하게 된다. 서룡은 침묵으로 자신의 죄를 인정하고 4년 형을 받는다. 오영일은 공소를 하자고 제안하나 서룡은 거절하고 형기를 채운다. 4년 후, 출소하는 서룡 앞에 인숙이 한 소녀와 함께 차를 타고 나타난다. 인숙이 내려 서룡에게 인사하고는 서룡을 소녀와 함께 차에 태워 떠나보낸다.

2) 근대 영화소설 자료집 – 매일신보편 下

■ 양기철의 「내가 가는 길」

· 주요 등장인물

로스(리창애)	카페의 여급. 상해에서 댄서로 일하다 고향에 돌아오지만, 가족들을 만나지 못하고 다시 카페의 여급으로 일하게 된다. 카페에서 인기를 구가하며 지내다 허욱을 사랑하게 되면서 자신의 과거를 청산하려 하지만, 자신에게 반한 김상덕으로 인해 재판정에 서게 된다.
허욱	신문 기자. 카페에서 로스를 만나 인간의 도리, 직업 정신을 일깨운다. 로스와 사랑하는 사이로 발전하지만, 김상덕과 로스 사이에 벌어진 사건을 오해하여 헤어질 위기에 처한다.
김상덕	광산업을 하는 부호. 술집 여자든 어린 여자든 가리지 않는 난봉꾼이다. 카페의 손님으로 와서 여급 로스에게 반해 돈으로 유혹하지만 쉽게 넘어오지 않자, 겁탈하려고 한다.
에레나	카페의 여급. 고향에 돌아오는 로스를 기차에서 만난 인연으로 자신이 일하는 카페로 로스를 인도하게 된다. 여급의 수단이 좋은 로스를 부러워하기도 한다.

· 줄거리

로스는 칠 년 동안 상해에서 댄서를 하다가 지나사변이 일어나자 고향으로 돌아온다. 오는 기차에서 카페 여급 에레나를 만나 같이 대천에서 만나자고 약속하고 고향 부여로 간다. 고향의 옛집을 찾았으나 가족들은 모두 어디론가 떠나고 없다. 로스는 실망하고 대천을 찾았으나 에레나도 이미 대전으로 간 뒤였다. 로스 역시 에레나가 갔다는 대전의 카페 '화이트로스'라는 곳에 가서 일하게 된다.

화이트로스에서 일하는 동안 로스는 이전에 스쳐 지난 적이 있기도 한 김상덕과 허욱을 만나게 된다. 광산업을 하며 돈이 많은 김상덕은 어린 여자애들을 별장으로 들여 방탕한 생활을 하면서도 로스에게 반해 돈으로 유혹하려 한다. 하지만 로스는 기차에서 처음 만났을 때부터 어딘지 모르게 이끌리다, 다시 카페에서 만나 여러모로 깨우침을 주는 신문기자인 허욱을 사랑하게 된다. 로스와 허욱은 보문산으로 놀러도 다니면서 점차 사랑을 키운다. 허욱에게 과거를 청산하겠다고 약속한 로스는 그날부터 술, 담배도 끊고 상덕에게도 차갑게 대한다. 처음에는 쉽게 넘어올 것처럼 굴던 로스가 변한 것을 보고도 상덕은 여전히 돈으로 유혹하려 하지만, 로스가 이제는 돈마저 거절한다.

로스의 생일 날, 카페에서 로스와 만나기로 한 허욱이 갑작스럽게 일이 생겨 카페에 나타나지 않는다. 로스는 나타나지 않는 허욱을 기다리다 화가 나 상덕이 권하는 술을 주는 대로 받아 마신다. 상덕은 취해 쓰러진 로스를 데리고 호텔로 향한다. 일 때문에 왔다가 같은 호텔에 머문 허욱은 다음날 그 호텔에서 매음을 하던 남녀가 잡혀갔다는 소리를 듣게 되는데, 그들이 바로 김상덕과 로스였다. 배신감을 느낀 허욱은 로스의 사진까지 실어 둘의 매음 기사를 신문에 커다랗게 싣는다. 5일 만에 구류에서 풀려난 로스가 집에 오니 욱이의 이별을 알리는 편지가 와 있다. 로스는 얘기할 것이 있으니 만나자는 메모를 허욱에게 보내고 신문을 뒤적이다 자신의 사진이 실린 기사를 보고 암담해지는데, 허욱에게서는 '전혀 모르는 사람'이라는 메모만 돌아온다. 로스는 욱이를 직접 찾아갔으나 문전박대를 당하고, 아무리 매달리면서 자신에게는 죄가 없다고 애원해도 뿌리침을 당한다. 절망한 로스는 울부짖다가 상덕에게 복수를 다짐한다.

자신의 심정을 알리는 편지를 허욱에게 보낸 로스는 상덕을 찾아가지만 만나지 못한다. 이때 욱이는 사내 둘을 데리고 자신을 찾아온 상덕이와 싸움이 벌어진다. 사무실 뒷산으로 자리까지 옮겨 치고박는 싸움을 하던 중 세 남자에게 맞아 정신을 잃는다. 상덕이의 행적을 수소문하여 뒤쫓아온 로스가 이 광경을 보고 놀라 상덕을 향해 피스톨을 당기고, 다리에 총상을 입은 상덕이 쓰러진다.

로스는 피고가 되어 재판을 받게 되는데, 다른 것은 다 사실대로 증언

하면서도 허욱과 관련된 상황과 자신의 심정은 발설하지 않는다. 증인신문을 받던 김상덕은 자신의 방종한 생활을 고백하며, 자신이 로스를 범하려고 계획했으나 경찰들이 들이닥치는 바람에 성공하지 못했다는 것, 신문에 오보가 나서 로스가 자기에게 복수를 하려고 했을 것이라는 것, 자신은 이번 사건을 통해 새 빛을 찾았다는 것 등을 말한다. 그리고 자신을 깨닫게 해 준 것은 로스이니 그의 죄를 너그럽게 보아달라는 호소를 한다. 검사는 5년 형을 구형하고, 이 재판을 보고 있던 욱은 로스가 마지막에 보낸 편지를 떠올리고, 변호사의 변론이 이어지는 동안 집에 보관해두었던 그 편지를 가지고 온다. 재판장이 편지를 꺼낼 때 봉투에서 반지가 떨어지고, 편지를 다 읽은 재판장이 무슨 반지냐고 허욱에게 묻자 그는 로스에게 줄 약혼반지였다고 말한다. 전후 사정을 알게 된 재판장이 판결일을 선고하고 재판이 끝난다. 허욱은 법정을 나서는 로스를 부르며 뒤쫓아가다가, 쏟아지는 비 속에 서서, 봄날 옥문을 나서는 로스를 얼싸안는 환상을 떠올린다.

차례

한국 근대·영화소설 자료집

매일신보편 下

입선영화소설入選映畵小說

내가 가는 길

作 양기철梁基哲

畵 윤희순尹喜淳

내가 가는 길 (1)

귀향(歸鄕) (一)

팔월 부산(釜山) 항구의 오후.

『쑤―』
기적이 울리자 힌 김이 풋석 오른다.

이글거리는 바다 물결을 헷치고 윤착한 금강환(金剛丸)은 미끄러지듯이 항구의 품으로 드러온다.

『쑤―』
기적이 울릴 째마다 잔교(棧橋)[1] 우에 서성거리는 마중 나온 사람들의 그림자가 한결 더 어지러워진다.

련락선 안의 손님들은 각기 행장을 가춘 채로 갑판 우로 나온다.
열 시간 동안 륙지를 못 본 사람들의 마음이란 멧칠을 두고 『오아시스』를 못 차즌 대상(隊商)[2]의 심정과 갓튼 것인지―― 갑판에 몸을 주어 부러오는 륙지의 바람을 시원하게 마즈면서 한시밧비 흙냄새가 그립다는 듯이 손수건을 혼든다.

『쑤―』

---

1   잔교(棧橋). 부두에서 선박에 닿을 수 있도록 해 놓은 다리 모양의 구조물. 이것을 통하여 화물을 싣거나 부리고 선객이 오르내린다.
2   대상(隊商). 사막이나 초원과 같이 교통이 발달하지 않은 지방에서, 낙타나 말에 짐을 싣고 떼를 지어 먼 곳으로 다니면서 특산물을 교역하는 상인의 집단.

현해탄(玄海灘)의 녀왕 금강환도 이제는 저 역시 피곤한 듯이 환「놋트³」(節)의 탄력을 죽이면서 제일 잔교의 부두로 갓가히 온다

『쑤—』
힌 김이 기적 나는 데서 길게 쌔처오른다.

『로—스』도 간단한 행장을 손에 든 채 남들과 갓치 갑판 우로 쒸여나온다

눈압헤 전개된 이 쌍의 풍경이『로—스』의 안막에 드러오자 그는 잠시 멍하니 선 채『덱기⁴』우에 제 몸을 기대인다.

류지의 바람이 획— 부러오면서『투피스』의 아랫폭이 나붓긴다.

멀—니 시가지 뒤로 보이는 울창한 숩 그 아래의 시가지를 거처 구성업시 서 잇는 해안통의 놉흔 창고들— 그 밋흐로 잔교가 쏙— 쌜니고 잔교 우에서 왁자거리는 사람들의 영상(映像)———
배가 이윽고 잔교에 닷는다 사다리가 채 네⁵리기도 전에 뱃전의 사람들과 배 우의 사람들의 서로 부르고 응하는 소리가 여기저기서 장거리⁶갓치 들닌다 그럴 쌔마다 그들은 손을 들고 손수건을 뒤흔든다
『로—스』는 무엇에 취한 듯 이러케 버러지는 풍경을 무료히 바라만 본

---

3 노트(knot). 배의 속도를 나타내는 단위. 1노트는 한 시간에 1해리, 곧 1,852미터를 달리는 속도이다.
4 뎃키(デッキ, deck). 배의 갑판.
5 현대 어법으로는 '내가 맞지만, 이 작품에서는 '네'로 쓴 경우가 많아 오류 처리를 하지 않았다.
6 장(場)거리. 장이 서는 거리.

다 바라보는『로―스』의 얼골이 갑작이 흐려진다

　배다리를 네리는『로―스』의 모양, 쓸쓸해 보인다

　잔교 우에 버려진 오래간만에 맛난 사람들의 정화(情話)[7]를 괴롭게 쑬코 저편 짝의『히까리[8]』차를 탈 양으로 칭칭대[9] 편으로『로―스』는 거러간다

　거러가는 로―스 압헤 덤석 닥어서 막는 사나이가 잇다.『로―스』는 써러트렷든 머리를 든다 거기엔 수상서원(水上署員)이 서 잇다.

　『다레다』(누구요)

　그는 뭇기가 무섭게『로―스』의 뒷머리를 짤나 지저 올린 데서부터 『노스탁킹[10]』에서 불거진 아랫다리를 거처 그 밋흐로 망갓치 얼거맨『하이힐』의『슈―스』까지 훌터보고서 다시 눈을 드러『로―스』의 얼골을 본다.

　『로―스』는 잠시 상을 찌푸린다 트렁크를 짱 우에 노면서 핸드쌕을 여러 조이[11]쪼각 하나를 써낸다.

　상해령사관(上海領事館)에서[12] 어더가지고 나오는 피란민증명서(避難民證

7　정화(情話). 정답게 주고받는 이야기.
8　히카리(ひかり). 광복 이전에 쓰이던 열차 이름.
9　층층대(層層臺). 돌이나 나무 따위로 여러 층이 지게 단을 만들어서 높은 곳을 오르내릴 수 있게 만든 설비. 현대 어법으로는 '층'이 맞지만, 이 작품에서는 '층'을 '칭'으로 쓴 경우가 많아 오류 처리를 하지 않았다.
10　노스타킹(ノーストッキング, no-stocking). 양말을 신지 않은.
11　조이. '종이'의 방언(강원, 경북, 전북, 충청).

明書)다.

『로—스』의 손을 거처 펼처진 조이조각을 드려다보든 수상서원은 급작스레 태도를 고처 얼골을 부드럽게 쑤미고

『아 소까 요로시』(아, 그럿소, 좃소)

『………』

『로—스』는 핸드쌕을 접고 다시 트렁크를 든다

『도—데쓰 샹하이와 고와갓단데쇼』(어찟슴니까, 상해는 무서윗소)

『하』

들니는 듯 마는 듯『로—스』는 횡하게 쌔저나온다 벌서 차 손님은 자기를 압서 거러간다.

차가 움직인다 차창에 기대인『로—스』의 머리 나붓긴다

기차는 락죠(落照)를 안은 채 엽호로 바다를 씨고 구불거리면서 숨차게 달닌다 달니는 기차 연기, 더 거세게 풍겨 나온다.

---

12 원문에는 '서'의 글자 방향 오식.

내가 가는 길 (2)

귀향(歸鄕) (二)

락동강(洛東江) 강가에 백양수 욱어지고 멀니 갓가히 범선이 써돈다

로—스는 차창에 머리를 대고 창박의 풍경에 넉을 일코 잇다 이젓든 향수(鄕愁)를 자어내는 것도 갓치——

바람이 불 째마다 백양수 나무입히 파르르 썰면서 맨 윗가지가 잡바질 듯이 누엇다가는 일어난다

석양 햇발에 백양수의 웃둑웃둑 슨 그림자가 천연스럽게 열을 지어 물 속에 제 그림자를 박고 잇다
차가 지날 째마다 놀낸 참새들이 와— 하고는 나무가지에서 일어나 저쪽 강 건너 나무로 날너가는 것이 보인다

잔양(殘陽)[13]이 야터 황혼이 깃들자 강ㅅ가 나무 미테 물동이 인 시약시[14]의 그림자가 느러간다

멀니 갓가이 토막 가튼 괴싹지[15] 집에서 저녁연기가 오르는 것이 한폭의 그림과 갓다

---

13 잔양(殘陽). 해 질 무렵의 볕.
14 시약시. '색시'의 방언(경기).
15 게딱지. 집이 작고 허술함을 비유적으로 이르는 말.

이윽고 기차는 강구비를 스처 벌판을 달린다

욱어진 벼포기 밋헤서 김매는[16] 농군들의 시커머케 탄 아랫장다리가 쇠 발목갓치 드러나 보인다

철도연선[17]에 촌 애들이 나와 섯다간 와— 하고 손을 드러 웃어 보이는 것이 귀엽다

로—스는 제 쌍이면서도 처음으로 밟어보는 락동강 줄기가 이러케도 신비스런 유구한 맛을 가지고 잇는가 하고 의심한다 로—스의 수그린 머리 우로 바람이 부러 머리를 나붓긴다

차는 여전이 광야를 달리는 기세로 북으로 북으로 달린다 검은 연기 더 힘차게 풍긴다

나무 씃테 앙상이 매달렷든 마지막 락조가 쌈박하고 업서지자 부드러운 황혼이 스며저 퍼진다

차 안도 어둑어둑해 오자 전기불이 펏득하고 드러온다

펏득 전기불이 켜지는 바람에 로—스는 문득 생각나는 듯이 주위를 살핀다 주위에는 아모도 업다 단지 저 하나만이 외로이 안저 잇다

---

16 김매다. 논밭의 잡풀을 뽑아내다.
17 철도연선(鐵道沿線). 철길을 따라 좌우 가까이에 있는 땅이나 그 일대.

『후―』

길―게 로―스는 한숨을 내쉬고 머리를 돌려 무료히 차 안의 천정을
바라본다

스르々 눈을 감는다 고향의 산천이 어렴푸시 써오른다 백마강(白馬江)이
흐르고 락화암(落花岩)이 서 잇고――

이윽고 차가 『쒸―』 소리를 내면서 다리를 멈춘다 로―스는 이즌 듯
차창으로 머리를 돌린다 삼랑진(三浪津)이란 표시가 보인다

네리는 사람 타는 사람,

로―스의 차간에도 압뒤 문으로 몟 사람의 승객이 드러와서는 제멋대
로 넓다란 좌석을 덜석덜석하면서 잡는다

로―스의 뒤편에서 쏼숙 나슨 나[18] 젊은 여인이 미소를 먹음고

『여기 자리 볏슴니까』

힐긋 바라보는 로―스

『네 좃슴니다』

채 대답이 써러지기도 전에 덜석 로―스 압헤 와 다리를 맛대고 안는다

커―다란 『웨이부[19]』의 굴곡이 유난이 드러나 보이게 뒤를 쌀나 지저
올린 머리와, 치마폭이 길어 거의 쌍에 씌을닐 정도로 쑤며진 조선옷이며,

---

18 나. '나이'의 준말.
19 웨이브(wave). 머리 모양 따위가 물결처럼 이리저리 굽어져 있는 것.

눈섭을 싹거 반월형(半月型)을 수며 논 밋헤 독스럽게도 드려다보이는 진한 쎙크색 입술이며····· 그리고 『구로다이아[20]』『루비[21]—』『아렉산다[22]—』의 조화되지 안는 반지가 이 손 저 손에 씨여 잇는 것이며——

그들은 아모 말이 업시 한참이나 무료이 안저 잇다 로—스를 힐금거리면서 바라보는 그 여인은 갑ㅅ한 듯이 입맛을 적ㅅ 다신다

『어데까지 가심니까』

기여히 그 여인이 서두를 쓰낸다

『네 부여(扶餘)까지 감니다』

『네? 부여요 저는 대천(大川)까지 가는데요 그러면 갓치 호남선을 타겟구면요』

『어디서 오시는 길이죠』

『전 상해서 옴니다』

『네? 상해요』

그 여인은 깜작 놀라면서 □[23]을 둥글게 써보인다

---

20 구로다이아(くろ・ダイヤ). 흑(黑)다이아.
21 루비(ruby). 붉은빛을 띤 단단한 보석. 강옥(鋼玉)의 하나로, 미얀마의 만달레이 지방에서 나는 것이 유명하나, 인공적으로 만들기도 한다.
22 알렉산드라이트(alexandrite). 금록옥의 하나. 햇빛 아래에서는 짙은 녹색으로 보이지만 등불 아래에서는 붉은 자주색으로 보인다. 우랄산 중이나 스리랑카 등지에서 난다. 1833년 황제 알렉산더 2세가 성년이 되는 날에 발견한 것을 기념하여 그의 이름이 명명되었다.
23 문맥상 '눈'으로 추정.

내가 가는 길 (3)

1939년 1월 12일

귀향(歸鄕) (三)

『상해서 무얼 하섯서요』

『그냥 노랏지요『짠스홀²⁴』 갓튼 데도 잇서밧고요』

『네——』

기이하다는 듯이 로—스의 얼골과 옷매를 쏘 한번 홀터보고는

『그럼 우리 인사하세요』

『네 전『로—스』라고 합니다』

『로—스요 참 조쿠면요 저는 보세도 아시겟지만『카페』에 잇습니다
『에레나』라고 불너요』

『네 그러세요』

『그럼 왜 이러케 나오시나요』

『요번 상해사변²⁵ 때문에 쫏겨 나오는 것이지요』

『네—— 그러세요』

에레나는 입을 버린 채 로—스의 얼골을 한참이나 바라본다

『그럼 거기 가서 멧 해나 게섯나요』

『한 칠 년 되지요』

『그럼 그쪽 이야기가 말²⁶켓구면요』

슬그머니 당기는 맛에『에레나』는 턱을 처든 채『로—스』의 압으로 몸
을 당겨보인다

---

24 댄스홀(dance hall). 춤을 출 수 있게 따로 마련하여 놓은 곳.
25 상해사변(上海事變). 1932년에 일본이 군대를 상하이에 상륙시켜 중국군과 충돌한 사건.
    1937년에 한 차례 더 충돌이 있었고, 이 충돌로 중일전쟁이 더욱 확대되었다.
26 문맥상 '만'의 오류로 추정.

『참 저녁 하섯나요』

『아직 안 햇습니다』

『그럼 갓치 식당에 가 저녁이나 합시다 그리고 자미잇는 이야기도 해주시고』

『그래도 조치요』

그들은 샥시시『섁스²⁷』에서 일어슨다

식탁을 사이에 두고 마주 안저 잇는『에레나』와『로―스』가 저온 음식을 어지간이 먹고 나서는

『우리『세―루²⁸』나 한잔식 할가요』

『조치요 호호』

바로 머리맛헤 부터 잇는 선풍기가 시원스런 바람을 풍겨준다

『퀄ᄼᄼ!』

맥주를 싸르는 손,『에레나』는 맥주를 싸르면서 빙그레 웃는다 맥주 거품이 호무럭스럽게²⁹ 올나온다『에레나』는 컵을 들어『로―스』를 준다『로―스』는 밧는 대로 맛잇게 쑥쑥 드리킨다 입 가장자리에 거품이 뭇는 것을 수건으로 진다

그리고 이번에는『로―스』가 맥주를『퀄ᄼᄼ!』

『자 한 잔만 더 하지요』

---

27 박스(box, ボックス). (극장·음식점 등의) 칸막이한 자리.

28 비루(ビール, beer). 맥주.

29 호무럭스럽다. '매우 흐뭇하거나 푸지다(매우 많아서 넉넉하다)'라는 뜻의 '호무러지다'와 '그러한 성질이 있음'을 뜻하는 접미사 '―스럽다'가 붙어 만들어진 표현으로 추정.

『아니 난 만이 먹엇습니다』

병이 벌서 세 개재나 드러와 테불에 서 잇다 그들은 얼골이 불그레해 온다

기차는 밤의 장막을 쑬코는 『솨──── 솨────』 소리만 내면서 달닌다

『이번 사변은 아주 크다지요』

『말도 마러요 오즉해야 쫏겨 나옵니가』

『그런데 거기선 수입이 어쩌케 되나요』

『한 달에 잘하면 한 삼백 원식은 잡을 수 잇지요』

『네 그러케나요』

흐무럭스럽다는 듯이 눈을 쑹긋해 보인다 그 우로 선풍기 바람이 부러 와 시원스러이 맛는다

『그것도 큰『캬바레』에서『인끼모노』(人氣者)[30]가 되야지요』

『그러켓지요 그런대 큰『캬바레』라면 멧 군데나 되나요』

『퍽 만치요 상해만 해도 칠팔 군데는 되지요 라이온 메토로쀠──나스 파레스 할노── 부루── 바──드 갓튼 데는 다 일류『캐바레』지요』

『네 그레요』

삽시 조용하다 『로──스』는 포켓을 뒤저 담배 한 갑을 쓰낸다

『자 이 담배를 피여보세요 상해서도 아주 고급임니다』

『네 고맙슴니다』

하면서 넹큼 밧어선 피여 문다

---

30 닌키모노(にんきもの, 人氣者). 인기가 있는 사람.

그들은 서로 한 목음식을 쭉— 쌔러 내쑴는다

『그런데 고향에 가시면 부모네가 게신가요』

『오년채 소식이 뚝 슨어젓스니 가봐야 알겟구면요』

『만일에 고향에 가섯다가 부모네가 안 게시면 엇저나요』

『글세 나 역³¹ 그게 걱정에요 가저온 돈도 불과 얼마 되지 안는데——
할 수 업시 쏘 밋천 지랄을 할나나 봐요 호호』

『로—스』담배를 쌕々 쌘다

『그럼 조흔 수가 잇구³²면요』³³

『에레나』는 큰 수나 생긴 것가치 두 눈을 말씀이 쓴다

『…………』

『로—스』는 대답 대신 얼골을 든다 선풍기가 쐐— 하고 부러와 로—스
의 머리털을 날닌다

---

31 역(亦). 또한.

32 원문에는 '구'의 글자 방향 오식.

33 원문에는 '』'의 부호 방향 오식.

내가 가는 길 (4)

1939년 1월 13일

귀향(歸鄕) (四)

『내가 대천 가 잇슬 테니 나를 차저주세요 바로 해수욕장 군산 미인좌 지점(美人座支店)이라면 다 아니까요 거긔는 해수욕장이 돼서 여름을 지내기가 여간 조치 안어요』

『그러지요 내 부여(扶餘) 가서 편지 내지요 그런데 이곳은 월수입이 얼마나 되나요 대강』

『말할 수 업서요 한 달에 오십 원만 드러서도 성적이 조흔 편이죠』

『네? 그레요』

『로―스』는 새삼스런 놀냄에 눈을 둥그렇게 썻다간 이내 지워버린다

『그럼 어디 여기서 그놈의 장사 해먹겟나』

『그야 지방을 표준 삼어서 한 말이고 서울 가튼 데는 돈 백 원식이나 바라볼 수 잇다나 봐요 그 대신 옷갑 가튼 것으로 더 써야 하니가요』

『그건 여급들의 수단이 유치한 게죠』

『그래도 어디 지금 사내들이 돈을 쓰나요』

『잘 안 쓰는 놈을 쓰게 맨드는 것이 여급의 특권이 아닌가요 호호』

『호호호』

『로―스』의 웃슴에 『에레나』도 덩싸러 웃는다

저쪽에 안젓든 두서너 패의 손님 중에 한 패가 이러서 나가자 또 한 패가 드러온다

『에레나』는 피우든 담배를 잿더리에 놋타가는 급작스러[34] 생각이 난 듯이

---

34 문맥상 '레'의 오류로 추정.

『아참『로―스』씨 갓튼 이는 혼마³⁵(本場)³⁶에 게섯다 오섯스니가 그 방면에 드러선 녀왕 노릇을 하시겟군요』

『암요 보통씀이야 싸러갈 테지요 원체 짠서―³⁷니 여급이니 하는『미스쇼바이(水商賣)³⁸』란 적극적이고 로골적으로 나갈 필요가 잇서요 결국은 돈 벌자는 것보다는 돈을 먹자는 것이 목적이니가요 호호』

『아주 시연스렵구면요 어디 이댐³⁹에 맛나서 그 수완 좀 볼가요 호호』

차가 어디까지 왓는지『푸―』하는 소리를 내면서 천천이 머무른다

『다이쿠― (大邱)』

『다이쿠― (大邱)』

『여기가 벌서 대구면요』

『이제 대전도 얼마 남지 안엇겟는데』

『쒸―』

차가 쏘 움직인다

『이제 우리 자리로 갑시다』

『네』

부시시 의자에서 일어난다

불그레한 얼골을 가진 채 에레나와 로―스는 먼저ㅅ자리로 갓가히 온다 거러오는 거름이 약간 빗슬거린다

35 　문맥상 '바'의 오류로 추정.
36 　혼바(ほんば, 本場). 본고장. 어떤 물건이 나는 본래의 산지. 비유적으로도 쓴다.
37 　댄서(dancer). 손님을 상대로 사교춤을 추는 것을 직업으로 하는 여자.
38 　미즈쇼바이(みずしょうばい, 水商賣). 물장사. 접객업.
39 　이댐. '이것에 뒤이어 오는 때나 자리'를 뜻하는 '이다음'을 말한다.

마악 제자리에 다으니 양복을 입은 준수한 청년이 쌕스에 안진 채 책을 드려다보고 잇다 로―스는 그 사나이 갓가히 간다 사나이는 눈을 써 본다 급작이 당황한 빗을 씌운다

『아이 실례햇슴니다 난 자리가 비엿기에 모르고 안젓슴니다』

쌕스에서 일이[40]나 저쪽으로 갈냐고 한다

[41]괜찬슴니다 저이들쑨이니까요 자리가 넉넉함니다』

한 사나이와 두 여자――

사나이를 압흐로 안치고 둘이 나란이 안는다 마치 한 집안 식구와도 갓치――

사나이는 모르는 체 다시 서책을 들고 이쪽을 거들써보지도 안는다

로―스는 힐끔 그 사나이를 처다본다 넓적한 이마 준수한 코 팡파짐한 볼 『케―불』과 가티 넓다란 윤곽보다는 『테일너』와 가튼 길고도 둥근 얼골의 윤곽

사나이는 무릅이 압헤 안즌 로―스의 무릅에 다을가 십어서 책을 읽으면서도 연해 무릅을 안으로 잡어드린다

물그러미 저를 이즌 듯이 드려다보는 로―스의 눈이 가슴치레 써오른다 그 사나이의 소탈하고도 숭고한 인상이 부드러운 인상을 가지고 『로―스』의 심장 속으로 눈부신 『애필[42]』(訴求) 을 해오는 것이다

---

40 문맥상 '어'의 오류로 추정.

41 『『』 누락.

42 어필(appeal). 흥미를 불러일으키거나 마음을 끎. 호소.

사나이 책장을 펄적 넘긴다 그 바람에 로—스는 제정신이 돈다 눈을 끄먹어린다

(내가 왜 이럴가)

로—스는 잠시 낫츨 불키고 취기에 설네는 마음을 고르게 잡을 양으로 자세를 고친다

차는 여전이 검은 장막을 뚤코 달닌다

『쉬——』

『쉬——』

무기미한[43] 소리만이 창박게 들닌다

---

43 무기미(無氣味)하다. 생각하는 바나 기분 따위와 취미가 없다.

入選映畵小說

내가 가는 길 (5)

1939년 1월 14일

귀향(歸鄕) (五)

그래도 세 사람 사이에는 아모 말이 업다 에레나는 그대로 스르르 잠드러 잔다 사나이는 종시 책장만을 넴긴다 로―스는 슬그머니 불쾌해진다 얼골이 변해진다

얼골이 쌘르통해 온다 눈섭이 싸―치라니 슨다 시선이 매섭게 흘겨진다

(체, 제까짓 게 뭐라고)
로―[44]는 이러케 속으로 뇌우면서 몸매를 갓추고 이제는 경멸의 눈으로 그 사나이의 얼골을 쏘아본다

허나 책을 맛대고 잇는 사나이의 얼골은 종시 무표정이다 무표정한 그 얼골이 엇전 일인지 로―스의 마음을 억눌으면서 모라처 온다

흘겨진 눈총도 도사렷든 경멸도, 차차 변해간다 이윽고 무표정한 얼골노 도라슨다 그것이 다시 무엇을 흠모하는 얼골노 써오른다

『후――』
가느다란 한숨을 쉬고는 눈을 스르르 감는다 엇절 수 업다는 듯이다

밋창에서 궤도(軌道) 소리가 덜그덕 덜그덕 들려온다 밤은 지터가는데 차창을 스치는 바람 소리만이

---

44 '로―스'의 탈자 오류.

『쇄──』『쇄──』

눈이 스르르 감긴다 로―스는 오르는 취기에 휩슬려 슬며시 잠이 든다

차 안은 고요하다 대부분이 머리를 끄덕이고 잇다 저쪽에서 코고는 소리가 크게 들려온다 사나이는 여전이 책장을 넘긴다

차가 어디 와 닷는지 푸― 하면서 덜그덕 정거한다 차체가 몹시 흔들인다 로―스는 그 바람에 잡바질 듯이 쓰러지면서 무심코 손을 사나이의 무릅 우에 덜석 집는다 눈이 번적 써진다 정신이 펏득 일어난다

『아이 실례햇습니다』
당황한 빗이 써보인다

『괜찬습니다』
사나이는 빙그레 웃으며 책을 드른 채 쌕스에서 일어난다

로―스는 순간 여기가 어딘가 하는 생각이 든다
『여기가 어듸지요』
『대전(大田)임니다』
간단한 한마디를 남겨 노코는 휑하니 『푸랫트홈[45]』으로 나간다 나가는 뒷모습을 로―스는 잠시 바라본다

---

[45] 플랫폼(platform). 역에서 기차를 타고 내리는 곳.

그제야 로—스는 불야불야 에레나를 째⁴⁶운다 『트렁크』를 든 채 허둥지둥 『홈』에 네린다

출찰구(出札口)를 나온다 뒤에 에레나가 싸른다

이제 막 압서 나간 사나이는 단장을 집고 담배을⁴⁷ 든 채 역압 광장을 지나 멀—니 저쪽 거리로 거러간다
거러가는 거리의 가로등이 몽농이 빗처온다

그 사나이이⁴⁸ 뒷모습을 넉 일은 사람갓치 로—스는 한참이나 물그러미 처다본다

로—스의 얼골엔 허급혼 심정이 스며지는 것인지 애련한 빗이 써돈다
『아이 뭘 그러케 보서요』
에레나가 등을 툭 친다

그 바람에 로—스는 쌈작 놀나면서 얼골빗을 고친다

---

46 문맥상 '째'의 오류로 추정.
47 문맥상 '를'의 오류로 추정.
48 문맥상 '의'의 오류로 추정.

入選映畫小說
내가 가는 길 (6)

1939년 1월 15일

옛집터 (一)

『포프라』나무 욱어진 교외의 가도(街道)를 한 대의 『쌔스』가 줄기차게 달린다 달리는 뒤로 쌱연 몬지가 일어난다

『쌔스』안에는 로—스도 타고 잇다 손님이 제법 만히 타 잇다 로—스는 흥미 잇게 연선[49] 풍경을 바라다본다

언젠가 부여(扶餘)에서 보통학교 단일 적에 논산 은진미륵(恩津彌勒)[50]을 구경하라[51] 수학려행을 갓든 생각이 펏득 생각난다

환상이 써오른다 열 자(十尺), 수무 자, 설흔 자, 마흔 자 쉰 자——나 되든 아람드리로 큰 미륵불이 놉드라니 낫타나 보인다 펑퍼짐한 자애(慈愛)로운 언[52]골이 더 성(聖)스럽다

그 불상 밋트로 경건한 심령을 늣겨 보는 것가티 조심이 서 잇든 그 시절의 조그마한 제 모습이 써오른다

차가 개천 넘느라고 출넝하고 흔들닌다 그 바람에 이쌔까지의 환상이

---

49 연선(沿線). 일정한 경계선을 따라 그 옆에 길게 위치하여 있는 곳.
50 논산 관촉사 석조미륵보살입상(論山灌燭寺石造彌勒菩薩立像). 국보 제323호. 우리나라 석
   조불상 중에서 가장 큰 불상으로서 크기가 17.8m이다. 일명 '은진미륵(恩津彌勒)'이라고도
   하는 석조미륵보살입상은 백호(白毫: 원래 흰 털을 뜻하지만, 후대에 보석 등으로 대체됨)
   구멍에서 발견된 묵서(墨書) 기록을 통하여 고려시대인 968년경에 조성되었다는 것을 알 수
   있다.
51 문맥상 '러'의 오류로 추정.
52 문맥상 '얼'의 오류로 추정.

펏득 업서진다

로—스는 다시 제정신으로 도라온다 썩어진 고기 덩어리만 가지고 오는 제 몸으로——

『후——』

가늘게 한숨을 내쉰다

쌔스는 여전이 산구비를 도라 다름질치고 잇다 쌔스 안의 손님들은 연해 쏠넝거리고만 잇다

쌔스가 이윽고 정유소 압에 닷는다 부여정유소(扶餘停留所)란 간판이 보인다

트렁크를 든 채 로—스는 거리를 것는다 상점이 양 엽으로 쭉 드러서 잇다

바른손[53]편으로 큰길이 갈리면서 부소산입구(扶蘇山入口)란 목패가 보인다

박물관(博物館) 압에서 왼편으로 구부러저 칠 년 전에 써나온 아직도 기억에 새로운 지난 날의 집을 차저가는 것이다

함석[54]집 잇는 골작이를 지나자 초가집들이 나슨다

---

53 바른손. 오른손.

멀―리 평제탑(平濟塔)[55]이 뵈인다 그것이 몹시 반가워 보인다 맛치도 옛 친구를 대하는 거와 갓치

스치는 길거리의 사람들이 이상한 사람이란 듯이 길을 멈추고 멍하니 바라본다

초조한 마음을 가진 채 로―스는 초가집 엉성한 골목길을 더드머 삽짝문[56]이 달인 조그만 집 압헤 슨다

『여보세요』
안을 불너 노코서 문패를 찻자니 문패조차 붓허 잇지 안타

안은 조용하다 인기척이 업다 로―스 잠시 얼골이 흐려진다

『여보세요 아모도 업나요』
좀 더 크게 소리를 지른다

이윽고
『누굴 차즈세요』
하면서 뒤울 안에서 촌 부인네 갓튼 삼십이 훨신 넘은 안악네 하나이 나온다 나오는 길로 로―스의 모양이 기이하다는 듯이 아래위를 홀터본다

---

54 함석. 표면에 아연을 도금한 얇은 철판. 지붕을 이거나 양동이, 대야를 만드는 데 쓴다.
55 평제탑(平濟塔). '부여 정림사지 오층 석탑'의 다른 이름.
56 삽작문. '사립문'의 방언(강원, 경상).

내가 가는 길 (7)

옛집터 (二)

『말슴 좀 뭇겟어요』
가느다란 목소리라[57]

『네』
안악네는 아직도 의아한 표정을 풀냐고 하지 안는다

『이 집에 전에 사러 게시든 분들은 어딀 갓음니까』
『네? 전에요 전에 언제 말예요』
『한 칠 년 전 말임니다』
순간 로─스는 그 부인의 입매를 무섭게 노린다

『글세요 전 잘 몰르겟는데요 저─ 자기 쌀이 대국[58]인가 갓다는 사람
말예요』
부인은 대답을 하면서도 자신이 업는 듯 눈만 쌈박인다

『네 그 사람 말예요』
로─스는 순간 새 정신이 펏득 들어 그 여인의 압으로 한 발자욱 닥어
슨다

『저이들이 이 집을 사가지고 오기는 이제 오 년박게 안 되는데 저이들 오기
전에 이 집에 잇든 사람들의 말을 들으면 어듸론지 그냥 써낫다고만 해요』

---

57 문맥상 '다'의 오류로 추정.
58 대국(大國). 예전에, 우리나라에서 중국을 이르던 말.

『네?』

순간 로―스는 눈압이 팽 도는 것을 늣겨진다

『어듸로요』

『그것은 모르지요 말에는 자기 딸이 대국으로 간 뒤 먹고 살 길이 업서 만주로 갓다든가 하는 말박게는 듯지 못햇서요』

『..........』

멍하니 바러보는 송59로―스의 얼골이 애련하게도 쓸쓸하다

그집 문칸을 되도라 힘업시 거러 나오는 로―스 머리를 써러트린 로― 스의 모양이 한칭 더 쓸쓸하다

석양 햇발이 아직도 남어 잇는 부소산(扶蘇山)60을 올나가는 로―스의 모양이 멀직이 뒤에서 보인다

군창(軍倉)61 가는 길을 바른손 쪽으로 버리고 왼쪽 길을 더드며 한참이 나 올나간다 길 엽프로는 아람드리 송림이 울창하게 드러섯다

사자루(泗泚樓)62가 덩그러니 보인다

로―스는 사자루 갓가이 간다 사자루 기둥에 몸을 기대고 무심이 눈 압 풀 바라본다

---

59 문맥상 오식으로 추정.
60 부소산(扶蘇山). 충청남도 부여군 부여읍 쌍북리에 있는 산.
61 군창(軍倉). 군대의 창고.
62 사자루(泗泚樓). 충청남도 부여 부소산성에서 가장 높은 위치에 자리잡고 있는 누각으로, 이곳은 달구경을 했다는 송월대가 있던 자리이다.

멀리 눈 압프로 훤하게 내려다 보이는 백마강의 물ㅅ줄기가 오늘도 유구히 흐르고 잇다

강물 건너 저편 백사장 기슬에 나란이 서 잇는 백양수 가지가 바람에 나붓겨 흔들거리는 것이 보인다

왼편 쪽으로 멀리 수북정(水北亭)[63]도 뵈이고 바른편짝 갓가히 조룡대(釣龍臺)[64]도 내려다 보인다

강바람이 쏴— 하고, 부러올 째마다 로—스의 머리칼이 어지럽게 나붓긴다

로—스의 얼골은 무표정한 듯이 지난 날의 강산을 유심이 드려다보는 것이다

이윽고, 로—스는 그 아래로 다리를 옴긴다 백화정(百花亭)[65]이 나슨다

백화정에 오르니 바로 그 밋치 낭써러지 락화암(落花岩)[66]이다

---

63 수북정(水北亭). 충청남도 부여군 백마강 절벽 위에 있는 누각. 광해군 때에 양주 목사로 있던 김흥국이 여생을 보내기 위하여 지었다.
64 조룡대(釣龍臺). 충청남도 부여 백마강 가에 있는 바위. 중국 당나라 장수 소정방이 이 바위에 걸터앉아 백제 무왕의 화신인 용을 낚았다는 전설이 있다.
65 백화정(百花亭). 백제 멸망 당시 절벽에서 떨어져 죽었다는 궁녀들의 원혼을 추모하기 위해 1929년에 지은 정자이다. '백화정'이란 이름은 중국의 시인인 소동파의 시에서 따온 것이다. 충청남도 부여 부소산성 북쪽 백마강변의 험준한 바위 위에 자리잡고 있다.
66 낙화암(落花岩). 충남 부여 백마강변의 부소산 서쪽 낭떠러지 바위를 가리켜 낙화암이라 부른다.

내가 가는 길 (8)

1939년 1월 18일

옛집터 (三)

천인(千仞)[67]의 게곡인들 어이 이 락화암에 비길 수가 잇을 것인가 내려다 보기만 해도 정신이 어지럽다

『락화암』『락화암』

로―스는 무심이 이러케 외우면서 멀거니 한참이나 강물을 네려다본다 유구한 백제의 슬픈 역사를 조상해[68] 주는 것과도 갓치

강물을 직히든 로―스의 얼골은 잠시 흐려진다 문득 지난날의 어렷슬 적의 추억이 환상으로 나타나『파노라마』갓치 소스라처 오는 것이다

동무들과 락화암의 철죽꼿을 썩그러 다니든 것이며 규암리[69] 강가에서 조개잡이를 하든 것이며 고란사[70] 불당에서 염불 소리를 듯든 것이며 강 건너 백사장에서 모래성을 쌋던 것이며 회양창 달밤에 락화암 밋헤에 배를 씌워 보든 것이며―

바람이 후― 부러온다 뒤 송림이 거기에 응해 쏴― 하는 소리를 낸다―

로―스는 선듯 환상에서 깨인다

---

67 천인(千仞). 천 길이라는 뜻으로, 산이나 바다가 매우 높거나 깊음을 이르는 말.
68 조상(弔喪)하다. 남의 죽음에 대하여 슬퍼하는 뜻을 드러내어 상주(喪主)를 위문하다.
69 규암리(窺岩里). 충청남도 부여군 규암면에 있는 마을.
70 고란사(皐蘭寺). 충청남도 부여군 부소산에 있는 절. 백제 말기에 창건한 것으로, 절 앞에는 백마강이 흐르고, 절 뒤 돌 틈에 고란초가 있다.

『후—』
길게 한숨을 쉬면서 머리를 든다

멀리서 도라오는 귀범(歸帆)[71]의 뱃폭이 시원하게 눈 속으로 드러온다
순풍을 마저 배폭이 불룩한 것이 흐무럭스럽다

잔양(殘陽)이 강산을 포근이 빗여 주는 것이 도리혀 로—스에게 허급흔
심회[72]을[73] 자아낸다

바람이 쏴— 부러온다 로—스의 머리칼이 제멋대로 나붓긴다

문득 강 밋헤서 구슬픈 노래가 아련이 들녀온다 락화암을 스치는 뱃사
공의 구슯흔 노래 소리다

『사자수[74] 나리는 데 석양이 빗길 제
버들곷 날리는 데 락화암 예[75]란다
철모르는 아해들은 피리만 불것만
맘 잇는 나그네의 창자를 슷노나
락화암 락화암 웨 말이 업느냐』

---

71 귀범(歸帆). 멀리 나갔던 돛단배가 돌아옴. 또는 그 배.
72 심회(心懷). 마음속에 품고 있는 생각이나 느낌.
73 문맥상 '를'의 오류로 추정.
74 사자수(泗泚水). 백마강.
75 예. '여기'의 준말.

『어둔밤 불길 속에 곡소래 나드니

꼿 가튼 궁녀들은 어데로 가느냐

임 주신 비단 치마 가슴에 안고서

사자수 깁흔 물에 던젓단 말인가

락화암 락화암 웨 말이 업느냐』

반달(半月)로 선(線)으로 점(點)으로 남엇든 잔양(殘陽)이 이제는 아주 업서진다 검푸른 황혼이 대지 우에 스며든다

그대로 로—스는 그 자리에 일어날 줄도 몰고 잇다 바람이 또 쏴— 부러온다

난데업는 가마귀가 『까악 까악』 하면서 락화암 쪽으로 날너온다

『뎅— 뎅— 뎅—』

고란사의 저녁 종소리가 아련이 들려온다

검푸른 강줄기를 무심히 바라보는 로—스의 눈매는 점々 흐려진다

그는 눈쌍이 쓰거워 오는 것을 늣긴다

(아하—— 나는 이러케도 외로울가)

강바람이 또 쏴— 하고 부러온다 로스는 기어히 눈물이 두 볼 우로 쭈루룩 흐른다 길게 길—게

『뎅ẋẋẋ』
고란사의 막종 소리가 아련이 들여온다

내가 가는 길 (9)

1939년 1월 19일

해수욕장 (一)

조그마한 정거장『홈』에 대천(大川)이란 목패가 보인다

차가 드러온다 오후 네 시 차다 손님이 무럭무럭 나린다 그 속에 로—스도 나린다

역 압페 기달리고 잇는 해수욕장행 쌔스에 탄다 자동차가 움즉인다

손님이 여럿이 타 잇다 시가지를 쭉— 쌔저 산모통이를 돈다

이윽고 멀리 바다가 보인다 저편 쪽으로 섬 하나도 업는 것이 우선 시원스러워 조타

해변 갓가이 온다 울긋불긋한 깃발이 날리는 게 보인다『쌔락크[76]』로 지은 음식점 가튼 것이 너절히 드러차 잇다

차는 정유소 압에 슨다

해는 폭양[77]을 퍼붓지만 바다 바람이 세차서 시원하다 로—스의 애랫도리가 바람에 펄넉어린다

---

76 바라크(baraque). 판자나 천막 따위로 임시로 간단하게 지은 집.
77 폭양(曝陽). 뜨겁게 내리쬐는 볕을 쬠. 또는 그 볕.

제방(堤防)을 내려서 저편 백사장쎄로 수백 명의 벌거중이가 웅당거리는 것이 보인다

파도소리 『쇄—』 『쇄—』 들인다

로—스 『쌔락크』로 지여 논 거리로 드러슨다 에레나를 맛나려 군산 미인좌 지점을 찾는 것이다
이집 저집 간판이 지나간다 오색기가 날리고 『쎄—루』 『사이다』가 점두[78]에 나와 신선하게 보인다
이 집 저 집서 축음긔 소리가 요란스럽게 들린다

중간쯤 드러와 로—스의 발이 멈칫하고 서진다 미인좌 지점이란 간판이 보인다

느려진 발—을 거드면서 드러슨다
『이랏샤이마세』(어서 오십쇼) 하면서 기달엇다는 듯이 여급들이 두셋이 나 우— 나온다

에레나가 우선 안 보인다 이상한 손님이 왓다는 듯이 여급들은 힐긋 힐긋 처본다[79]
『저— 여기 에레나라는 사람 안 게신가요』
『그인 갓서요 다른 데로』

---

78 점두(店頭). 가게의 앞쪽.
79 '처다본다'의 글자 배열 오류.

『어듸로요』

맥이 탁 풀린다

『대전(大田)으로 갓서요』

『언제요』

『여기 와서 하론가 잇다가 갓서요 거기『화잇트로―스』란 쌔―에 잇는 동무가 오랜다구요』

『…………』

로―스 얼골이 흐려진다

아모 말이 업시 로―스 도로 나온다 바닷바람이 쏘 쏴― 하고 부러온다

로―스는 언덕쎄로 나온다 멀리 바다를 구버본다 머리와 옷깃이 나붓긴다

조수는 쌔질 쌔인지 흰 모래가 한참이나 멀리 드려다 보인다

모래가 씃치는 곳에 해수욕군들이 욱실거린다 물 박게 내논 머리가 제멋대로 쩌단인다

바다 저편에서 연기를 길게 쏨으면서 달리는 기선이 그림가치 보인다

내가 가는 길 (10)

1939년 1월 20일

해수욕장 (二)

로—스는 스르르 머리를 숙인다 얼골이 흐려진다

『쌔락크』의 거리로 다시 거러 드려오는 로—스는 임해(臨海)[80] [81]아파—트』압헤 슨다

탈의장으로 드러스는 로—스는 해수욕복을 가러입고 나온다

흐무럭스런 라체 날신한 다리가 눈부시게 드러난다

제방을 내려서 바닷가로 거러간다 저쪽으로 조대[82](跳台[83])가[84] 보인다
가다가 문득 로—스는 슨다 한 발을 드러 발밋헤 붓[85]흔 조개를 쎄 온다

로—스가 듸ㅅ는 발자욱이 성큼성큼 하면서 자국이오 보인다

그 뒤로 쏴— 하고 파도가 겹처와 발자국을 쌔긋이 업새 준다

로—스는 바다물에 드러슨다 물이 정갱이, 허벅지, 뱃꼽, 가슴에까지,

80　임해(臨海). 바다에 가까이 있음.
81　'『' 누락.
82　문맥상 '태'의 오류로 추정.
83　문맥상 '汰'의 오류로 추정. 조태(跳汰). 아래위로 흐르는 물속에서 비중의 차이를 이용하여 광물 알갱이들을 종류별로 고르는 일.
84　원문에는 '가'의 글자 방향 오식.
85　문맥상 '붓'의 오류로 추정.

올나온다

사람들이 엽헤에 왁살거리고 퉁탕거린다

로―스는 헤염을 처본다 쓰기는 써도 오래 가진 못한다

물 우에 퉁탕거리다가도 바닷물이 입으로 드러가기만 하면 로―스는
질겁을 하야 혀ㅅ바닥을 내민다

이제는 조수가 세차서 모라처 올 적마다 사정업시 바다ㅅ물이 로―스
를 뒤업는다

그럴 째마다 로―스는 손으로 얼골을 가리고 흠벅 바다물을 뒤집어쓴다

조수가 다시 밀려가자 얼골을 털면서 사장(沙場)쎄로 나온다

『씨――룩』
갈매기 한 마리 놀낸 듯이 로―스의 머리를 숫처 저편 바위 잇는 쪽으
로 날너간다

로―스는 웃으며 그것을 바라본다 갈매기가 사러지는 곳에 별다른 지
형이 나타난다

외싸로 써러진 바위가 웃줄웃줄 서 잇고 그 위 제방으로는 별장인 듯한

문화주택[86]이 보기 조케 보인다

로—스는 그곳을 바라보면서 바다에서 나와 사장(沙場)을 거러간다

사장 우에는 라체의 행열이 방분하게[87] 드러나 잇다 해수욕복만 걸친 미슨미슨한 사나이들과 녀인들의 곡선미가 얼키여 잇다

로—스는 사람들이 엉겨 잇는 사장을 나오다가 키가 작고 쫑々한 금테 안경을 쓴 사나히가 녀자를 다섯 명이나 데리고 사장 우에서 씰々거리면서 작란을 하는 것을 본다

로—스는 무심코 지나친다 그 사나이는 작난하든 것을 멈추고 지나가는 로—스를 쑤러지게 바라본다

뒤를 잘나서 지저 올인 단발 동글납작한 얼골, 옷독한 코 요염한 입 날신한 허리 그리고 길게 쌔더진 다리의 곡선미——

사나이는 제 눈이 휘둥글게 써는 대로 한참이나 멍하니 바라본다

---

86 문화주택(文化住宅). 일제강점기에 서양주택의 공간구조와 외관을 따라 지어졌던 주택.
87 방분(放奔)하다. 제멋대로 나아가 거침이 없다.

해수욕장 (三)

『아이 김 주사도 뭘 그러케 보세요 아주 모던썰이라면 죽고 못 사러』

『어々!』

그제야 상덕(商德)이는 도라슨다

『참 존데!』

입맛을 다시면서 상덕이는 쏘 바라본다 멀직이 거러가는 로―스의 뒷 모양을―

『참 김 주사도 왜 우리 기생들은 어써쿠요』

눈 흘긴 기생 하나이 푹 쐴너본다

『참 기생들도 조와― 다 조치 뭐― 허々々』

하면서 다시 작난을 시작한다

한 사나이와 다섯 게집!

로―스는 사람 하나 업는 바윗게 갓가이로 거러온다

바닷물이 부다치는 바위 우에 슨다

벌서 석양이다 락조가 제법 이글거리든 것이 고요한 노을을 펼처준다

바위 밋을 치는 조수의 기세가 점점 더 커진다 물결이 부드처 그 물방울이 로―스의 왼 몸을 파무더 버린다

바위틈에 씐 미역 갓튼 잡초가 드려다보인다 그것이 물결에 나붓겨 흐느적어린다

그 밋을 뒤저 커다른 조개를 써집어 내본다 조개를 드려다보는 로—스 빙그레 웃는다

해가 너울너울 넘어갈냐고 한다 로—스는 큰 바위 우에 오른다 멀직이 해 써러지는 지평선을 본다

유구한 늣김이 돈다 가슴속이 후련해저 온다 로—스의 얼골 긴장하는 듯이 발개진다

해가 이제 막 바다 속으로 드러간다 드러가는 해는 더 쌜개저 보인다

『씨—룩』
『씨—룩』
갈매기가 여러 쌍이나 날너가고 날너온다

노을이 갑작이 거두어진다 그래도 서편 바다와 겹처 잇는 하날은 붉다

그 붉은색이 쌔알가케 더 타오른다 그것이 엇지도 신비스러운지 모른다 로—스의 얼골엔 경건한 표정이 써오른다

조수가 작고만 세차게 밀처드러 온다 커다란 풍낭을 일으켜 가면서——

로―스는 이윽고 일어난다 눈을 오른편으로 돌린다 멀직이 아까까지
도 웅성거리든 해수욕장이 쓸々하리만치 조용하다

로―스는 힘업시 다시 사장을 거러온다

탈의장이 서 잇는 방천 둑 갓가이로 온다

마지막으로 멧 사람 안 남은 바다 속 사람들도 하나식 둘식 올나슨다

로―스는 무심코 이제 바다에서 올나오는 젊은 사나이와 마조친다

로―스는 멈춧하고 그 자리에 슨다 정신이 앗질하면서 눈압히 팽 돈다

그 사나이는 모르는 듯이 수건을 짜면서 탈의장 압흐로 쑤벅쑤벅 올나
간다

로―스는 잠시 그의 뒤ㅅ모습을 물끄러미 바라본다

해수욕장 (四)

『엇저면 그이가』

멧칠 전에 차 안에서 맛낫든 바로 그 사나이다

로―스는 다시 것는다 탈의장으로 드러슨다

옷을 부리나케 입는 대로 남자 탈의장 근처로 와본다 그 사나이의 그림자는 다시 보이지 안는다

갑작이 로―스의 얼골이 흐려진다 힘이 풀린 채 풀이 죽어 거러온다

어더 논『아쌔―트』의 제 방으로 드러온다 털석『다다미[88]』우에 주저안는다 그대로 쓰러진다

달밤의 해수욕장

로―스는 홈드레스 바람으로 방천[89] 쑥으로 나온다

조수가 그득이 드러와 차 잇는 것이 조타 그 위로 보름달이 휘황이 빗처 주는 것이 더 신비스럽다 로―스는 멍하니 한참이나 바다를 바라본다

『쐐――』

『쐐――』

---

88 다다미. 마루방에 까는 일본식 돗자리.
89 방천(防川). 둑을 쌓거나 나무를 많이 심어서 냇물이 넘쳐 들어오는 것을 막음. 또는 그 둑.

조수가 밀려와 부다치는 소리가 낫보담도 더 크게 들린다

『쌔락크』집의 등불이 반듸불가티 씀벅어린다

사람들이 둘식 셋식 박으로 나온다 나오면서 코ㅅ노래 가튼 것을 홍겨웁게 부른다
『하모니카』소리가 멀리서 들린다『레코오드』소리가 갓가히 들린다

『오색불 느러진 춤추는 곳서울 숨속의『파라다이스』냐 청춘의 불야성』

펏득 아까 바다에서 오르든 그 사나이의 환상이 써올낫다가는 지워진다

로―스는 생각난 듯이『바락크』의 거리로 드러슨다 혹시나 그 사나이를 맛날가 하고――

이 식당 저『카페』에서 여자들의 간드러진 소리가 들린다 그것이 박으로 지나치면서 펄넉어리는 주렴[90] 사이로 넉넉히 보인다

그 사나이 비슷한 사람도 업다 로―스의 얼골은 약간 흐려진 채 것는다

달은 더 밝다 로―스는 아즉도 양 엽을 두리번 두리번 하면서 것는다

---

90 주렴(珠簾). 구슬 따위를 꿰어 만든 발.

장구 치는 소리가 들린다 뒤를 이어 노래소리가 들린다

『구나— 사람이 살여면 멧 백 년이나 사자는 말인가 죽엄에 드러 남녀 노소 잇나』

육자백이[91]가 간드러지게 너머간다

『잘한다 잘해』

굵직한 사나이의 목소리다

그 집 압흘 지나치면서 힐끗 안을 드려다본다 로—스는 주춤한다

아까 사장 우에서 본 다섯 게집을 데리고 놀든[92] 짝짤막한 사나이다

만양 취해가지고 다섯 기생을 압헤 노코 써드는 것이 구역질이 날 것 갓다

로—스는 다시 바닷가 제방으로 나온다 힘이 업시 보인다

풀밧흘 거닐면서 멀리 뵈는 별장 지대 쪽으로 발을 서서히 옴긴다

---

91 육자(六字)배기. 남도 지방에서 부르는 잡가(雜歌)의 하나. 가락의 굴곡이 많고 활발하며 진
    양조장단이다.
92 문맥상 '든'의 오류로 추정.

내가 가는 길 (13)

해수욕장 (五)

파도 소리 여전이 쐐— 쐐— 들린다 장구 소리 멀직이 들린다

달은 더 밝게 빗친다 『쌔락크』의 등불이 멀직이서 썸벅어린다

달빗치 바다에 부다처 뒤번득어려 흑진주갓치 눈부시다

로—스는 조용이 잔듸 우에 안는다

사람이란 아모도 업다 바다와 달과 제 그림자쑨이다

물새가 『쏙』『쏙』 하고 단조한 울음을 냄기고 날어간다

로—스는 하염업시 멀거니 바다의 지평선늘[93] 바라본다 공연이 쓸쓸
해 그 마음이 설네진다
　고요히 노래를 부른다
　『즌[94]거운 곳으로 방황해도
　일간두옥[95] 내 집 가튼 곳 업서라
　청천의 밝은 빗과 넓은 우주도
　모도 다 나의 집에 비할 배 아닐세

93　'올'의 오류.
94　문맥상 '즐'의 오류로 추정.
95　일간두옥(一間斗屋). 한 말들이 말만한 작은 집이란 뜻으로, 한 칸밖에 안 되는 작은 오막살
　　이집을 이르는 말.

홈 홈 스위트 스위트 홈 즐겁고 화평한 내 집 가튼 곳 업네
자애 일혼 이 몸이 무슨 락 잇스리
미천한 나의 집을 곳 찻게 하소서
깃분 새의 노래가 날 불너 권한 듯
비노니 간절한 쯧 일워 심심쾌락
홈 홈 스위트 스위트 홈 즐겁고 화평한 내 집 가튼 곳 업네』
노래의 뒷곳이 더 썰린다 쓸쓸해진다 얼골이 흐린다

달은 더 밝다 달을 처다보는 로—스의 얼골이 애련이 쩌오른다

바람이 쏴— 부러온다 로—스의 머리칼이 제맘대로 나붓긴다

지평선 근처로 잇는 별들이 더 번쩍인다
문득 별장 잇는 쪽에서 노래 소리가 들린다 로—스는 그쪽으로 얼골을
돌린다

아모도 보이지 안는다

『어영청 달그림자 왼 누리에 가득 찻다 잠자는 이 밤중에 오—즉 나와
달님 한 분. 미풍은 부러오고 이슬 진주는 반짝인다 어느덧 구름 피듯
이 내 눈에 쩌돈다 그 님에 그림자 보인다』

그것은 확실이 남자의 소리다 부드럽고도 은은하다 노래 소리 갓가이
온다

『내 사랑아 불너 보자 저 달은 벌서 서산을 넘는다 달을 짜라 꿈속의 나라로 님과 갓이 가련다 달 밝고 고요한 밤에 아—』

노래 소리를 짜라 식검언 거[96]림자 하나이 멀직이 나타난다 그것이 로—스 잇는 쪽으로 웃줄웃줄 거러온다
거러오다가 문득 한 곳에 슨다 석냥을 드윽 그어선 담배를 피여 문다

로—스에 갓가이 오자 윤곽이 차차 써온다 양복을 입은 후리후리한 사나이다 그래도 아직 얼골은 안 보인다

이윽고 로—스 압을 지나간다 힐긋 사나이의 얼골을 처다보든 로—스는 자즈러지게 놀낸다

눈을 둥글어케 쓰면서 그 자리에서 불끈 일어슨다 이제까지 차즈러 단엿든 그 사나이다

사나이는 아모 생각도 업시 담배만 피우면서 동네 잇는 쪽으로 제방을 내려간다

로—스는 저도 모르게 그를 짜러간다

그 사나이는 『쌔락크』 속 길노 드르스지 안코 저편작 방천 쭉 아래로 부

---

96 문맥상 '그'의 오류로 추정.

튼 논 사이의 길노 내레슨다

그를 싸르는 로—스는 문득 거름을 멈춘다

멀리 달빗 속에 사라지는 그 사나이의 뒷모습을 멍하니 직히고[97]만 잇다

鑛山 風景 (一)

멀직이 보이는 삼창광산(三昌鑛山)의 대낮의 전경

『퐁 퐁 퐁』
십 마력의『디젤』발동기가 기운차게 기관실에서 도라간다 도라가는
차륜(車輪)과 그에 싸르는 퍼[98]대(皮帶)[99]

『와그르 와그르』
지하에서 파내온 광석을 발동기 힘으로 다러 올녀다가 쌍 우에 퍼내 놋
는 소리다

『컴베여[100]』와 갓튼 쇠줄이 한참 굴느자 함박 갓튼 검은 쇠상자가 쑬숙
지하에서 올나온다 올나와서는 와그르 하면서 광석을 퍼내 놋는다
　퍼내 논 광석을 그곳에서 기달리고 잇든 광부들이 조그만한『도록
고[101]』에 실는다

『도록고』는 움직여 쇄석장(碎石場)으로 끌녀간다

　거기서 수십 명이나 모여 선 부녀자들이 쇠망치를 들고 쌔트려 부시고

98　문맥상 '피'의 오류로 추정.
99　피대(皮帶). 두 개의 바퀴에 걸어 동력을 전하는 띠 모양의 물건.
100　컨베이어(conveyor). 물건을 연속적으로 이동·운반하는 띠 모양의 운반 장치. 벨트식, 체
　인식 따위가 있다.
101　도롯코(トロッコ). 광산에서 캐낸 광석을 실어 나르는 뚜껑 없는 화차.

잇다

이렬(二列)로 얼골을 서로 맛대고 안즌 오십 명이나 되는 부녀자들은 광석 깨기에 분주하다 로인, 젊은이, 처녀들, 모도들 여자만이 모여 잇다

이럿케 깨트려 부신 것이 다시 그 다음의 금방아로 슬녀간다

금방아의 절구째, 요란스러이 올나갓다 나려왔다 한다

금방아깐[102] 엽흐로 좀 놉직한 곳에 이 광산의 사무소가 서 잇다 사무소 압헤 삼창광산(三昌鑛山)이란 목패가 붓터 잇다

이 속에 광주[103]인 김상덕(金商德)과 감독인 갑용(甲用)이가 마주 안저 잇다 상덕의 표정은 부채를 부치면서도 씨무룩해 잇다

『왜 요샌 금이 적게 나는가』
금테 안경 속으로 맛당치 안은 기색이 써오른다

『요전에 마침 화약이 써러저 멧칠 일을 못햇음니다 그리고 요샌 광석이 엇지도 단단한지 그럿케 됏슴니다만 쉬 만이 나오겟습죠.』
하면서 갑용이는 머리를 굽실거린다
『그것 참』

---

102 원문에는 '깐'의 글자 방향 오식.
103 광주(鑛主). 광업권을 가진 사람.

상덕이는 담배를 끄내여 쌕쌕 피여 문다 아직도 씨무룩한 포[104]정 그대로다

쌀부나 무거운 시간이 삽시 지나간다 갑용이는 엇절 줄 모르고 안저 잇다

반도 못 탄 담배를 홀적 사무실 안에 던지고는 상덕이는 이러슨다
『그럼 검시나 해볼가』

『네』
하기가 무섭게 갑용이는 사무실 문을 열면서 압장을 슨다 무슨 큰 수나 난 섯[105]처럼

상덕이를 제일 처음으로 인도하는 곳은 오늘도 쇄석장(碎石場)이다 갑용이는 이것을 잇지 안코 잇다

쇄석장에 드러스자 망치로 돌을 부시는 부녀자들의 손이 한참이나 부산하다 돌부시는 소리가 소란스럽다 늙은 안악네보다는 젊은 새댁들보다는 머리 싼 처녀들이 유달니 만은 것이 언듯 상덕이의 눈에 씌인다

빙그레 우슴을 먹음는 듯 상덕이의 얼골이 부드럽게 펴진다

공연이 상덕은 선기침을 한다 일하든 부녀자들이 일제히 이쪽을 바라

---

104 문맥상 '표'의 오류로 추정.
105 문맥상 '것'의 오류로 추정.

본다

그제야 갑용은 불숙 나스면서
『저— 잠간 쉬여』
소리를 지르자 모도들 드럿든 망치를 놋는다

『광주쎄서 오섯스니 와 인사들 해』

내가 가는 길 (15)

鑛山 風景 (二)

말이 써러지기기[106]가 무섭게 부녀자들은 일어나 옷매를 곤치면서[107]
상덕이 압에까지 와서 코가 쌍에 닷케 굽슬거리고 간다

인사를 밧는 상덕이의 얼골은 만족하다는 듯이 우슴을 씌여 잇다

머리 짠 처녀들은 붓그러운 듯 조심성스럽게 머리를 숙이고 얼골을 붉
힌 채 도라슨다

인사가 긋나자 갑용이는
『자 일해』
하면서 웨친다 다시 돌소리가 나면서 손이 올나갓다 내려갓다 한다

상덕은 천천이 거러 그들의 작업하는 양을 다시 처다본다

황토색 물이 드러 쌈 냄새가 물컹 날 것만 가튼 옷이 비위에 거슬닌다
젊은 안악네 뒤로 눕혀 논 젓먹이 어린것들이 『쎄―』하고 울자 상덕이
는 잠시 얼골을 찌푸린다

상덕의 눈은 늙은이 젊은이를 쒸여서 머리 짠 처녀들의 얼골로 더 유심
히 간다.

---

106 '기'의 중복 오류.
107 곤치다. '고치다'의 방언(강원, 경기, 경상, 전남, 충청).

이윽고 상덕은 한 사람 압페 슨다. 무료하리만치 바라본다 나이 열일곱 살이나 되엿슬가 한 북실북실한 게집아이다

이 게집아이를 바라보는 상덕의 눈이 이상하게 번적인다 그래도 당자는 모르고 쇠마치만 움직인다.

『갑용이』
상덕은 무슨 생각이 잇는 듯 표정을 짓고 업[108]페 슨 갑용이를 은근이 부른다

『네』
나직한 대답과 함께 갑용이는 귀를 상덕의 입 갓가히 가저간다 갑용이는 상덕이가 보지 못하게 빙그레 웃는다 상덕의 속을 아러채인다는 듯이
─────

『야 야가 누군가』
바로 압헤 안즌 제[109]집아이를 눈짓해 보인다

『네 저 갑순이라고 함니다』
『나이는』
『지금 열일곱임니다』
『응』
상덕이 고개를 가만이 쓰덕인다

────────
108 문맥상 '엽'의 오류로 추정.
109 문맥상 '게'의 오류로 추정.

다시 갑순이를 바라본다 동골납작한 얼골 해반작스럽게 생긴 눈매, 갑순의 손이 번쩍 올나오는 것에 눈이 닷자 상덕은 갑작이 눈을 씅긋한다

갑순의 손에는 피 무든 헌겁이 두서너 군데나 감겨 잇다 피 무든 헌겁이 올나갓다 네려왓다 한다

상덕은 그제야 여러 사람의 손[110]을 훌터본다 피무든 헌겁이 안 감긴 사람이 업다

상덕은 상을 찌푸린 채 쇄석장을 나슨다 갑용은 조심스럽게 뒤에 싸른다

『화약고로 가보실가요』
『요번은 그만두지』
『네 그럼 항[111]구(坑口)[112]로 가시지요』
갑용은 상덕의 압으로 와 기관실 엽헤 잇는 항구로 인도한다

상덕은 항구를 네려다본다
쌍속으로 파고드러간 항도(抗[113]道)[114]가 가물가물하게 네려다보인다

---

110 원문에는 '손'의 글자 방향 오식.
111 이 작품에서는 '坑'을 '抗'으로 표기하고 있다. 여기에 나오는 '항구', '항도', '항목'은 문맥상으로 볼 때 각기 '갱구(坑口)', '갱도(坑道)', '갱목(坑木)'을 뜻한다. 이후 같은 글자 주석은 생략한다.
112 갱구(坑口). 광산에서, 갱 안에 뚫어 놓은 길의 입구.
113 문맥상 '坑'의 오류로 추정.
114 갱도(坑道). 광산에서, 갱 안에 뚫어 놓은 길. 사람이 드나들며, 광석이나 자재를 나르거나 바람을 통하게 하는 데 쓴다.

그 속에 발판갓치 웃물정자(井)식으로 드러 세운 아람드리 항목(坑木)[115]
이 흡사히 철조망(鐵條網)갓치 보인다

몃십 척이나 파고 드러갓는지 맨 밋창에 가서는 캄〻해지면서 잘 보이
지 안는다

갑용은 항구 우에 덩시라케 올나 안즌 다락에 매달닌 신호ㅅ줄을 흔드
러 항구 안으로 신호를 네린다

이윽고 『간테라[116]』를 든 광부들이 쑤역쑤역 올나오는 대로 상덕이 압
에 와서는 코를 쌍에 대여 절한다 황토색 옷이 죄수의 옷과도 갓다

<hr/>

115 갱목(坑木). 갱도 따위가 무너지지 않게 받치는 나무 기둥.
116 간테라(カンテラ). 휴대용 석유등.

鑛山 風景 (三)

광부가 다 올나왔다 백여 명이 훨신 넘는다 상덕이 압헤 쭉 느러서 잇다 기착[117]을 해 부동의 자세를 가진 채——

늙은이도 쇄 만이 석겨 잇다
그보담도 이제 열서너 너덧박게 안 되는 어린 것들도 보인다

상덕이 큰기침을 하고 입을 연다

『요새 금이 적게 나오는데 엇지 된 일인가 응』
공연히 노기를 쑤민다

『..........』
광부들은 쥐죽은 듯이 고요하다

『안 돼 하로 공전을 쇠박~~ 처주고서 이래서야 어듸 할 수 잇나 응』
한칭 말에 위엄이 잇다
『......』

『오늘부터 삭전을 누구든지 십 전식 네릴 테니 그런 줄 아러』
광부들의 얼골에 깜작 놀나는 표정이 드러난다 그러면서 머리가 서성거리는 것이 보인다

---

117 기착(氣着). '차렷'의 이북 방언.

『나리 그건 너머합니다』

맨 압페 서 잇든 백발이 허연 로인 하나이 상덕이 압푸로 닥어스면서 불상한 표정을 짓는다

『뭐시 엇채 그래 금은 잘 못 파면서 삭전만 올녀달나고— 안 돼 안 돼— 이담에 금이 만이 나오면 도로 올녀 주지』

말세[118]는 사뭇 서리ㅅ발갓치 차다

『저들 식구는 이것으로 연명을 해감니다 나리 요번만 용서해 주세요』

로인이 눈에 눈물이 글성글성하다

『안 돼 정 실커든 가— 가』

광부들은 물을 끼언즌 듯 찍소리 하나 업다

이째다 바로 맨 뒤에 섯든 나 젊은 광부 하나이 뭇사람을 헷치고 상덕이 압에 노기등등하게 나슨다 춘삼이다

여러 사람의 시선이 그리로 모인다 상덕이 잠시 엇전 영문인 줄 몰나 어리둥절한다

『그래 여기 오실 째마다 트집을 잡어서 십 전식 삭전을 짝거 내리면 엇지 됨니까 말노는 금이 만이 나오면 올닌다 하지만 어듸 한 번이나 올녀

---

118 말세(勢). 말하는 기세나 태도.

주엇습니가 이럿케 하다간 나종엔 거저 식힐 작정임니까』

춘삼이의 기세 늠늠하다

『뭐시 엇재 그럼 엇저란 말이냐』

상덕이의 눈이 휘번덕어린다

『그 전대로나 해 주세야겟슴니다』

춘삼이의 입매 사뭇 삼엄하다 눈이 무섭게 써진 채 노리고 잇다

상덕은 화가 벌컥 쓰러오른다 눈썹이 거칠하게 곤두서서

『철석』

하는 소리와 함께 보기 조케 그 광부의 얼골 우에 다섯 손가락의 락인
(烙印)이 찍혀진다

『가거라 이놈아 너 갓흔 놈은 업서도 조타 쌔가[119]』

『뭐시 엇재』

하면서 춘삼이는 날새게 뎀벼드러 상덕의 압 가슴팩이를 드러질는다

상덕이 뒤로 비슬거리다가 돌에 걸녀 뒤로 넘어진다

갑용은 얼는 덤벼 상덕이를 이르키고 그 젊은 광부를 닷자곳자로 두들
겨 단다

---

119 바카(ばか, 馬鹿). 바보, 멍청이, 멍텅구리.

『이놈아 이 죽일 놈아』

모여 잇는 광부들을[120] 달려들 생각도 업시 상을 찌푸린 채 바라만 보고 잇다

춘삼이는 갑용이가 드러메치는 바람에 쌍 우에 털석 잡바진다 잡바진 춘삼이를 상덕이는 그제야 쏘차와선 아주 호기스럽게 단장으로 두들겨 댄다

두 사람에 한 사람, 강약이 부동이다. 두 사람은 엉겨 붓은 채 한참이나 춘삼이를 두들긴다
춘삼이 마지면서
『나 좀 살녀』
『나 좀 살녀』
웨친다 그러다가 느러진다

---

120 문맥상 '은'의 오류로 추정.

내가 가는 길 (17)

鑛山 風景 (四)

다른 광부들은 상을 찌푸린 채 그 광경을 바라만 보고 잇다

씨근덕어리는 숨을 돌리면서 상덕이는
『자 그만 드러가 누구든지 이놈갓치 하다간 다 조치 못할 테니』
공연이 눈을 부라린다

얼골을 흐린 채 아모 말도 업시 항복을 디리면서 항구 속으로 네려가는
군상(群象)¹²¹들의 무기력한 얼골들——

『춘삼인 이제 쫏겨날 테지』
네려가는 광부 하나이 입을 연다
『쫏겨나기만 하겟나 그놈들의 소행으로 주재소니 뭐니 다 써드러대겟지』
『체—기』

차々 밋바닥이 갓가워 온다 멀니 하날이 바늘구녁만하게 뵌다

사무실에 안저 잇는 상덕이, 얼골이 햇슥해서 수건으로 목덜미 이마의
쌈을 씻는다

담배를 피여 한 목음 쑥— 쌔러 푸— 내쉬면서
『참 봉변은 할냐니까 별것이 다—』

---

121 군상(群像). 떼를 지어 모여 있는 많은 사람.

『괜시리 그놈 째문에 큰일나실 번햇습니다』

갑용이의 아첨이 등대하고[122] 잇다

담배를 쌕々 피우든 상덕은 흥분한 마음을 가러안치면서

『갑용이』

『네』

『요 아래 서분이 지금도 잇나』

『잇지요 잇고말고요』

『거기 가 술이나 하세 화푸리도 할 겸』

『네 모시고 가죠』

그들은 갓치 사무실을 나슨다

부채를 부치면서 산을 네려스는 두 사람 바로 산 밋트로 집들이 보인다

『요전엔 해수욕엘 가섯다구요』

『응 한 이삼 일간 갓다 왓지』

『거기 좃습죠』

『무어 그러치』

『요새는 새 술집이 더러 낫는가』

『별노 업서요 영감이 전에 다 보신 것들쌘예요』

갑용이 힐긋 상덕이를 처다본다

---

122 등대(等待)하다. 미리 준비하고 기다리다.

동구로 드러슨다 술집인 듯한 집들이 눈에 씌인다

『서분네 서방은 지금도 드러 잇나』
『아무렴요 엇지도 강짜[123]가 센지 줄 붓터 잇죠』
상덕이 픽 웃는다

『방게네 서산집 명월이 그 애들도 다 잘 잇는가』
『아무렴요 영감을 엇지도 기달니는지 몰나요 아조 한 번식만 단여가고
는 발을 쑥 싯는다고 나만 보면 지랄들예요』

갑용이 상덕을 엽 눈으로 힐금 도적질해 보면서 씽긋거린다
만족하다는 듯이 빙그레 웃는다

『그럼 오늘 방게네나 명월이한테 가볼가요』
슬적 상덕이 비위를 써본다

『글세』
상덕이 잠시 망서린다 방게 명월이의 얼골이 나타낫다가는 업서진다
그 뒤로 서분네 얼골이 나타난다

『그냥 서분네 집으로 가지』

---

123 강짜. '강샘'을 속되게 이르는 말. '강샘'은 질투를 의미함.

『영감은 혼자 잇는 명월이나 방게네 가튼 걸 덜 조와하시구 기여이 서방 잇는……』

모르겟다는 듯이 상덕을 바라본다

『그건 자네가 모르는 소릴세 사내자식의 오입이란 서방 가진 게집이 더 조흔 것일세 그리고 서방 업는 것들은 살자고 뎀비는 통에 원 그리고 만일에 자식이래도 든다면 질색이지』

내가 가는 길 (18)

1939년 1월 29일

鑛山 風景 (五)

그제야 아럿다는 듯이 갑용이 머리를 쓰덕이면서 의미 잇게 웃는다

어느 쌉싹문 압에 슨다
『거 잇소』
갑용의 소리다

『누구세요』
고무신을 쌀〻 쓸고 나오는 서분네가 상덕이를 보고는
『아이 엇전 일이세요』
반색을 쑤며 그들을 마저드린다

서분네가 압서 우선 아랫방 문을 열고는 무어라 짓거리자 낫잠을 자다
말은 양 보이는 서방이 쑤시시 나온다

쓸에 서 잇는 상덕을 대하자
『나오심니까』
하고 웃어 보이고는 이내 웃방으로 건너간다

『자 방으로 드러가세요』
드러스는 상덕이 방 안 냄새에 코를 막으면서 눈쌀을 씽그린다

할 수 업다는 듯이 코를 놋코는 방바닥에 안지면서 담배를 피여 문다

서분네는 방 안에 드러와 농문을 뒤저 새 옷을 가지고 나간다

　새 옷을 든 채 뒤울 안으로 도라가 뒷간으로 드러간다 한참 만에야 새
옷을 가라입고 나온다

　새 옷을 가러입은 서분네 다시 안방으로 드러슨다

『더우시요 양복을 버스세요』
　하면서 상덕의 양복을 제 손으로 뱃겨서 걸고는 부채를 드러 살〻 부처
준다

『아— 선〻하다 그런데 참 서분네는 언제 보든지 늙지를 안어』
　상덕이 쌘이 서분네를 드러다본다

『호〻 제가요 그럼 참 조케요 그런데 술 가저와야지요』

　하면서 으레히 하는 방식이 잇는 것가치 생글거려 웃는다

『아 참 술을 밧어와야지』
　하면서 상덕이는 일 원짜리 한 장을 내놋는다

　그러자 갑용이가 웃방에서 드르라는 듯이
『제기 여기 오면 『쌔—루』가 잇서야지 자— 이 돈 가지고 곳 사오게 해』
　제법 늠늠한 소리다

『네──』

서분네는 씽긋 웃어보이고는 대답을 크게 길─게 뺀다

『여보─』

『…………』

『아이 여보』

입을 웃방 벽으로 대고 크게 부른다

눈을 멀쭝이 쓴 채 들어누엇든 서분 아버지과[124] 잠시 상을 찌푸린다

혀를 차면서 할 수 업는 듯이 부시시 문을 열고 나온다

『나리께서 쎄─루를 사 오라시는데─』

하면서 이제 막 내논 일 원째리를 내여 준다

서분 아버지는 아모 말 업시 밧는다 그대로 힘이 하나도 업시 어슬넝

어슬넝 싸리문 박그로 거러간다

『저는 나가서 안주 맨들게요』

하면서 서분네는 부억으로 나간다

상덕이 잠시 무엇을 생각한다 갑용은 부시시 일어슨다

의레이 하는 버릇으로──

『저 갓다 오겟슴니다』

---

124 문맥상 '가'의 오류로 추정.

씽긋 웃는다──

『아니 좀 이야기할 게 잇네』
갑용이 그대로 안는다

내가 가는 길 (19)

鑛山 風景 (六)

『감[125]용이』

넌줏이 부른다

『왜 그러십니까』

갑용의 얼골 긴장된다

잠시 말을 끈엇다가는

『저 앗가 갑순이란 애 말야』

『네―』

갑용이 짐작이 드러맛는다는 듯이 대답을 하면서도 눈매에 우슴을 씐다

『그 애 좀 집에 갓다 둘 수 업겟는가』

상덕이 물그러미 갑용이의 얼골을 바라본다

『전갓치 심부름꾼으로 말이지요』

번연이[126] 데려가는 목적을 알면서도 슬적 이러케 쎄 붓처 상덕의 마음을 수며 줄 것을 잇지 안는다

『그러치 그래』

심부름꾼이란 말에 거북스럽든 마음이 탁 풀니는 게 조타 오늘싸라 갑용이가 엇지도 미듬직스럽게 뵈는지 모른다

『거 어렵지 안치요』

---

125 '갑'의 오류.

126 번연히. 어떤 일의 결과나 상태 따위가 훤하게 들여다보이듯이 분명하게.

『그럼 곳 서드러 보게 아주 요번 온 길에 갓치 가두록 하게』

『글세요 그러나 좀 싹한 게 잇서요』

갑용이는 짠 궁리가 잇서 이런 말을 내놋는다

『뭔가』

초조하다는 듯이 갑용의 눈을 노린다

『그 애 집안이 구차[127]한데요 처음엔 좀 주어야 할걸요』

슬며시 갑용이는 돈 이[128]야기를 써내 놋는다

『앗다 이 사람아 그게 무슨 큰 일인가 그까짓 썻쯤이야 염려 업네 그러면 얼마나 하면 될가』

『그 글세요』

갑용이의 눈이 깜박어린다

잠시 환상이 나타난다 늙어 주름 잡힌 손과 젊어 보송보송한 손이 양편에서 나온다 나와서는 늙은 손이 二十원 젊은 손이 三十원을 덥석 쥐여서 움킨다 환상이 업서진다

펏듯 갑용이의 눈이 번쩍인다

『한 五十원이면 될 듯합니다』

『그거야 원 자 여기 잇네』

---

127 구차(苟且)하다. 살림이 몹시 가난하다.
128 원문에는 '이'의 글자 방향 오식.

하면서 거러 논 저고리에서 시퍼런 지전 다섯 장을 내놋는다

『자 이걸 가지고 가서 곳 교섭을 해 오게 그 애 집이 먼가』

『아닙니다 바로 이 압마을임니다』

『그럼 잘됏네 저 다섯 시에 오는 호남선 차가 잇지 안나 그 차에 갓치 가도록 준비식히게』

『네』

갑용이는 못이기는 듯이 돈을 집어너면서 문 박으로 나슨다

갑용이가 나가자 기달엿든 듯이 서분네가 드러온다 우슴을 먹음고

『뭘 하세요』

하면서 농 우에 는¹²⁹ 요를 써내서 뒤집어 아랫목에 조심성 잇게 깐다

『아이 더워』

하면서 서분네는 것치마를 버서붓친다

상덕이를 보면서 으슴츠레한 눈으로 생긋시 웃는다

『맴 맴 매—』

뒤울 안 오동나무에서 매미 우는 소리 들닌다

---

129 문맥상 '논'의 오류로 추정.

내가 가는 길 (20)

1939년 2월 1일

別莊 (一)

기차가 광막한 호남평야를 딜¹³⁰니고 잇다 일망무제¹³¹의 벌판이 저—
쪽 하날과 맛다아 잇다

차 안에는 사람들이 차 잇다
로—스도 그 안에 자리를 잡고 잇다 대천서 멧칠 지나다가 대전(大田)으
로 『에레나』를 차저가는 것이다

차가 정거장에 슨다 로—스는 내다본다 강경(江景)이다 팔월 폭양이 정
거장 안에 지글거리며 끌코 잇다.

네리는 사람 타는 사람

저쪽 문에서 양북¹³² 입은 사나이가 게집아이 하나를 데리고 드러온다
로—스 갓가히 온다 로—스는 저짝 건너편 빈자리에 안는다
로—스는 내심으로 쌈작 놀낸다 멧칠 전 해수욕장에서 보든 기생을 다
섯 명이나 데리고 놀든 바로 그 사나이다

상덕이도 로—스를 처다보면서 씸¹³³쌕 놀낸다 대천서 백사장 우에서
보앗든 그 여자다

---

130 문맥상 '달'의 오류로 추정.
131 일망무제(一望無際). 한눈에 바라볼 수 없을 정도로 아득하게 멀고 넓어서 끝이 없음.
132 문맥상 '복'의 오류로 추정.
133 문맥상 '쌈'의 오류로 추정.

기차는 다시 광막한 평야를 달닌다 샛파란 벼 포기가 기운차게 어듸까지든지 쌔처 잇다

상덕이는 넉 일흔 사람과 가티 한참이나 로—스를 아래 위로 홀고 잇다

갑순이는 남붓그러운 듯이 고개를 다소곳한 채 조심성 잇게 안저 잇다

『너 차 타본 일 잇니』
『업서요』
숙인 얼골에 웃음을 씌운다

『그럼 대전(大田) 못 봣겟구나』
『네』
『참 매[134]전은 굉장하단다 삼청 사청집이 잇고 도청 은행소가 잇고……』
상덕이는 담배를 써내 쌕쌕 피운다

피우면서 물그러미 로—스의 엽 얼골을 흘긴다

자동차 박휘가 도라간다 그 에안[135] 상덕이 갑순이 타고 잇다 이제 막 차에 네린 손님들이 쑤역 쑤역 역 압으로 나오고 잇다

---

134 '대'의 오류.
135 '안에'의 글자 배열 오류.

『자 저게 정거장이다 크지』

갑순이는 못 이기는 체 창 넘어로 바라본다 입을 딱 버린다

자동차는 춘일정통을 쭉— 빠저 나온다
『이게 은행소 저게 도청집』
갈으치는 대로 갑순이는 눈을 보낸다
사뭇 놀내는 기색이 써오른다

거리는 사람도 만코 자동차도 만타 잠시 어즈러워진다 갑순이는 다시
머리를 숙인다

멀니 부사산(富士山) 중턱에 웃득 소슨 문화주택이 보인다
『야 저게 바로 우리집이다』
갑순이 멍하니 바라본다

『쌩 쌩』
자동차가 철문 안을 드러슨다
현관 압에 머물는다

원정(園丁)[136]이 나와 머리를 숙인다 숙이는 머리 히다
『인제 오심니가』

---

136 원정(園丁). 정원이나 과수원 따위를 관리하는 사람.

『음』

상덕이는 현관문을 열고 드러슨다 갑순이는 조심성스럽게 뒤짜른다

신을 벗고 마루에 올나슨다 이층에서 쿵쿵쿵 하는 소리가 나면서 단발한 열대여섯박에 안 되는 게집아이들이 두셋이나 네려온다

『아이 선생님 인제 오시나요』
『어 그간 잘 잇섯니』
빙그시 웃는다

나온 아이들은 갑순이를 힐긋 처다본다
『얘가 누구지요 네 선생임』
『누구지요 네 애가』
이 애 저 애가 뭇는다

『가 올나가 잇서 잇다 알으켜 줏게』
하면서 쏫는 형상을 해 보인다

아이들은 우— 이층으로 올나간다
『쿵쿵쿵쿵』
『어려 선생임 오싸시[137]—다』
어렴푸시 들려온다

---

137 오카시(おかしい). 우습다, 수상하다, 이상하다.

別莊 (二)

상덕이는 응접실 압흘 지나 서재로 드러슨다 갑순이는 황홀한 서재에 홀닌 듯이 엇절 줄을 모른다 듯고 보는 모든 것이 경이의 세계로 뵈이는 것이다

『자 이리로 안저』
갑순이는 권하는 의자에 안는다

상덕이는 선풍기 스윗치를 돌닌다 갑순의 머리칼이 나붓긴다 갑순이 눈이 더 크게 써진다

상덕이는 탁상전화를 건다
『저 삼중정[138]이요 그러면 열육칠 세 된 게집아이 『쓰레스』 하나 가저다 주 그런데 『쓰레스』는 『홈쓰레스』가치 선선하고 속이 드려다보이는 것으로 가저오 응 여기? 여기는 보문정[139] 김상덕이 별장이요』
수화기를 놋는다

상덕이는 담배에 불을 붓치여 물고는 물끄러미 갑순이를 바라본다 갑순이는 남붓그러운 듯이 머리를 숙인다

---

138 삼중정(三中井). 일제 시대 백화점 이름. 삼중정 백화점은 당시 경성, 대구, 부산, 대전 등 전국에 지점망을 구축하고 있었다.
139 보문정(寶文町). 대전광역시 중구에 있는 부사동(芙沙洞)의 옛 이름. 1932년 대전읍 구역 확장에 따라 대전읍에 편입되어 보문정(寶文町)이라고 하다가 1946년 일제 잔재 청산의 일환으로 정(町)을 동(洞)으로 고칠 때 부사동으로 개칭하였다.

『갑순이 여기 오면 내 말을 잘 듯는 거여 밥도 주고 옷도 주고 구경도 식이고 할 게니 동무들도 만코 응』

거기선 일을 식힌다고 햇지만 실상은 일도 식히지 안을 테니 맘 턱 노코 내가 식히는 대로만 해 응』

『‥‥‥‥‥』

『왜 말이 업지 응 갑순이 말을 해 대답을 응』

『네』

나직한 대답이다 머리를 더 숙인다

『자 그리고 너도 아까 보든 애들갓치 머리를 짤느고 서양 옷을 입어야 해 응』

『‥‥‥‥‥‥』

상덕이는 사**140**랍을 여러 가위를 써낸다 선풍기 도라가면서 번거로히 바람을 내쁨는다

『자 이리 드리대 머리를 짤으게』

하면서 뒷머리를 덥석 잡는다

『아이』

하면서 갑순이는 머리를 쌔칠냐고 한다

『괜찬어 이러케 해야 하는 법이야』

반 위협**141**적으로 눌느면서 덥석 단번에 뒷머리를 짤는다

---

140 문맥상 '서'의 오류로 추정.
141 문맥상 '협'의 오류로 추정.

의자 밋으로 툭 써러지는 짤녀진 머리 그것을 네려다 보는 갑순이의 눈에는 눈물이 글성글성한다

『자 그럼 목욕을 해야지 이런 데 잇슬냐면 우선 사람이 정결해야 쓰는 법이야』

『……』

짤녀진 머리 우에 갑순이 눈물이 써러진다

초인종을 누르자 원정이 드러온다

『물 덴 것 잇나』

『네』

『그럼 이 애 목욕을 하게 해』

『네』

머리를 숙인다

원정을 싸러 갑순이는 안으로 드러간다

상덕이는 갑작이 상을 씽그린다 어듸가 압혼 듯이 상을 씽그린 채 전화를 건다

『거기 지성당 약방임니까 ××약으로 뭣이 제일 좃슴니까 네?『지유 싸이드142』라고요 얼만가요 십이 원이요

---

142 지유(GU)사이드. 유한양행은 강장제 '네오톤'이나 임질 특효약으로 명성을 날린 '지유사이드', '안티푸라민'을 수입, 판매하여 1930년대 중반에 비약적으로 도약했다. 유한양행이 실시간으로 수입하여 지유사이드라는 이름으로 판매한 프론토질은 페니실린이 발명되기 이전까지만 해도 대표적인 항생제로 꼽히던 약이라고 한다. (유한양행 편, 『광고로 본 유한양

아이 그럿케나 빗사요── 그럼 그걸 하나 갓다 주쇼 여기는 상덕 별장
임니다』

『지르릉』
압문 열이는 소리다 상덕이는 문박으로 나간다 이제 막 주문한 『쓰레
스』를 들고 드러온다 침실로 갓다 노코는 서재로 나온다

의자에 안는다 담배를 다시 피운다 선풍기는 왱々 하면서 도라간다

갑순이는 문을 열고 드러슨다 상덕이는 기달엿다는 듯이 빙그레 웃는다

『참 목욕을 햇드니 아주 선녀 가튼데』
『………』
갑순은 상덕의 엽헤 슨 채 머리를 숙인다

『자 그럼 화장을 해야지 자 이리로 와』
하면서 갑순이를 데리고 화장실노 드러슨다

행』, 2000, 24~25쪽 참고.)

別莊 (三)

커다란 경대[143] 압헤 안친다 이름 모를 화장품이 으리으리하게 벌려 잇다

상덕이는 이것 저것을 찍어다가 갑순의 얼골에 바른다 미안수, 당고, 크림, 코티—분, 엉둥한 얼골이 낫타난다 마지막으로 눈섭을 그리고 진한 『핑크』색 입슬을 꾸민다

경대를 듸려다보는 갑순이는 달녀진 제 얼골에 쌈작 놀나는 표정을 짓는다

엽헤서 만족하다는 듯이 빙그레 웃는 상덕이——

『자 그럼 이리로 와』

하면서 갑순이를 데리고 이제는 침실노 드러슨다 『따불쌕드[144]』가 노여 잇고 울긋붉긋한 여배우 사진들이 걸녀 잇다

『자 이걸 입어』

하면서 『쓰레스』를 내놋는다

갑순이는 얼골이 확근 붉어진다 엇절 줄을 모른다

『여기선 그런 쌈내 나고 하는 조선 옷을 입으면 안 돼 내가 주는 대로 서양 옷만 입어야 하는 법야』

---

143 경대(鏡臺). 거울을 버티어 세우고 그 아래에 화장품 따위를 넣는 서랍을 갖추어 만든 가구.
144 더블베드(double bed). 두 사람이 함께 누울 수 있는 큰 침대. 주로 부부용으로 쓴다.

『…………』

갑순이는 머리를 숙인다

『자 어서 입으라니가 괜찬어 내가 잇서도 누가 엇저나 이담부터는 나를 겁내서는 안 돼 여기 오면은 누구든지 내 말에 복종해야 되는 법야』

『…………』

그래도 갑순이는 눈만 말쏭말쏭 잠작고 잇다

『그럼 요번만은 특히 내 용서하지 자 혼자 입어 응』

상덕이는 인심이나 쓰는 듯이 침실에서 나온다

나와선 양복을 벗고는 시원한 『까운』을 가라입는다 의자에 안즈면서 침실의 문을 노리는 듯 바라본다

갑순이는 』[145]쯔레스』를 입고 침실에서 나온다『쯔레스』가 제 몸에 탁 달너붓는 것이 엇지도 조혼지 모른다

『참 조쿠면 이만하면 미인ㅅ데』『[146]

상덕의 놀니는 바람에 갑순이는 부스러운 듯 웃는다

『자 이리로 와 안저』

---

145 '『'의 오류.
146 '』'의 오류.

하면서 제 자리 엽헤 의자를 권해 노코 저쪽 탁자를 여러『진─』이란
양주를 쩌내 온다

『자 이걸 한 잔식 하는 거여 여기 오면 으레히 여기 법식대로 쩌러가야 해』
』¹⁴⁷ 퀄 퀄 퀄』
술을 쩌르는 상덕이의 손─

제가 먼저 한 잔을 듸리키고는 다시 부어 갑순이 압헤 내놋는다 선풍기
바람 쫘─ 하면서 부러나은¹⁴⁸다

『자 들나니가 드러 이건 술도 아니고 서양 사람들이 몸 보하라고 먹는
보약야』
『……』

상덕이는 잔을 드러 갑순이 손에 쥐여주고 억지로 기우리다십히 먹인
다 갑순이는 상을 찌푸린다

『잘 먹는구면 그저 괜시리』
상덕이는 거슴츠레 웃는다

다시 한 잔을 상덕이가 쩌라먹고는 쏘 한 잔을 부어 갑순의 입 갓가히
가저간다

---

147 '『'의 오류.
148 문맥상 '온'의 오류로 추정.

『자 먹어』

입슬에 잔이 다으면 찡그리는 갑순이의 얼골——

갑순의 얼골은 급작스레 실죽해진다 눈이 멍하니 팽팽이를 친다

『왜 어듸 골치 압퍼』

『…………』

상덕이는 물끄레미 갑순이를 듸려다본다 그심치레 웃는다.

석양의 햇발이 은은이 빗친다

갑순이는 눈압퍼 어지러워 견딀 수가 업다. 왼통 집이 문어지면서 방안의 살림사리가 썩구로 슨다. 갑순이의 눈! 벌컥 뒤집힌 듯이 헤멀게진다

『아!』

두 손을 드러 얼골을 바친다 눈이 더 크게 써진다 괴로운 듯이 상을 찡그린다 기어이 압 책상 우에 쓰러진다 선풍기 바람에[149] 머리털이 유난이 날른다

---

149 원문에는 '에'의 글자 방향 오식.

내가 가는 길 (23)

쌔一白薔薇 (一)

지하실가티 파 드러간 『쌔一화이트·로一스』(白薔薇)의 밤 종여수(棕梠樹)[150]가 서 잇고 『샨데리아[151]』가 환하게 빗처 잇다

여기저기 흐터진 손님들의 흥겨운 코스노래가 들닌다 장내는 잠시 어수선하다

『왈츠』의 『레코一드』 소리 은은이 들닌다

그 사이를 나비와 가튼 『웨이트레스[152]』들이 도라단인다

이쪽에 로一스가 손님을 밧고 잇는 것도 보이고 저쪽에 『에레나』가 진치고 잇는 것도 보인다

로一스는 얼골이 불그레하다 그 압 양주(洋酒)병을 건너서 상덕이가 안저 잇다 상덕은 부어 논 술잔을 든다

로一스 노래 부른다

---

150 종려수(棕櫚樹). 야자과의 상록 교목. 높이는 3~7미터이며 잎은 줄기 끝에 뭉쳐나는데 부채 모양이다. 5~6월에 노란색 꽃이 수상(穗狀) 화서로 피고 열매는 둥근 장과(漿果)로 까맣게 익는다. 재목은 고급 악기의 재료로, 꽃은 중국요리의 재료로 쓴다. 정원수로 재배하며 일본, 중국이 원산지이다.
151 샹들리에(chandelier). 천장에 매달아 드리우게 된, 여러 개의 가지가 달린 방사형 모양의 등(燈). 가지 끝마다 불을 켜는데 예전에는 촛불이나 가스등을 켰으나 지금은 주로 전등을 켠다.
152 웨이트리스(waitress). 호텔, 서양식 음식점, 술집, 찻집 따위에서 손님의 시중을 드는 여자 종업원.

『이 봄이 도라와 들꽃은 피여도 그대는 가버린 쓸々한 방 안에 낫에나 밤에나 홀곳을 안고서 혼자서 부르는 사랑의 노래여 들창에 밤비는 울면서 스처도 그대는 어데로 어두운 일요일』

상덕은 놀낸 듯이 술잔을 든 채 물끄렘이 바라본다

노래 소리 이어 들닌다

『가을은 도라와 국화는 피여도 그대는 가버린 쓸々한 방 안에 낫에나 밤에나 국화를 안고서 혼자서 부르는 사랑의 노래여 들창에 밤비는 울면서 스처도 그대는 어데로 어두운 일요일』

우더운[153] 일요일(日曜日)이란 마지막 구절에 가서 쌔알가케 상기된『로―스』의 애상이 가장기리에 바르르 떤다

『하하하 참 잘하심니다그려』
『무얼요 보통이죠』

『그게 무슨 노래길네 그러케 구슬픈가요』
『그게 바로『쑤[154]르미 선데이』라고 발서 일세기(一世紀) 전에 유행한 게야요 이 노래 째문에 미국에서는 설혼 명이나 자살을 햇대요』

---

153 문맥상 '어두운'의 오류로 추정.
154 문맥상 '끄'의 오류로 추정. 40회차에 '끄루미 선데이'로 표기되어 있음. 'gloomy sunday'를 일컫는 것으로 추정.

그러튼가 하는 듯이 멍하니 바라보는 상덕의 얼골—

『로—스 오늘은 상해 이야기 좀 해볼가』

『그럴냐면 말갑155을 두둑이 쥐야지요 호호』

『암 그거야 염려 업지』

『로—스는 술을 제 손으로 한 잔 부어서 마신다 다시 부어서 상덕의 압
헤 갓다 놋는다

『오 년 전인가 만수156사면157 째만 해도 그러케 심하지는 안엇서요.
그래서 할 수 업시 울며 게자 먹기로 나오기 실혼 이곳을 칠 년 만에 나왓
지요』

상덕은 기이타는 듯이 물스레미『로—스』의 이야기를 듯는다

『우리들은 바로 쏘겨나왓기 째문에 자세한 것은 일일이 알 수가 업지
만 엇잿든 상해서 써나올 제 멧칠 동안은 밥도 잘 못 먹고 간이 콩만 해서
『아파—트』속 벽장에 쥐죽은 듯이 파뭇처 잇섯서요 대포 소리가 유리
영창158을 덜그덩 덜그덩 흔들거리면서 지나가는 째마다 소름이 씨치는
데는 사람이 금방 죽는 것만 갓해요』

로—스 그 당시의 처참한 장면을 연상해 보는 듯 얼골을 약간 흐린다
상덕이도 싸라서 흐려 지려는 것 갓다

---

155 말값. 어떠한 말을 한 보람이나 그 말에 대한 대가.

156 문맥상 '주'의 오류로 추정.

157 문맥상 '변'의 오류로 추정. 만주사변(滿洲事變). 1931년 류탸오후 사건(柳條湖事件)을 계기
로 시작한 일본군의 중국 둥베이(東北) 지방에 대한 침략 전쟁. 일본의 관동군(關東軍)은 둥
베이 삼성(三省)을 점령하고 이듬해 내몽골의 러허성(熱河省) 지역을 포함하는 만주국을 수
립하였는데 이것은 그 뒤 중일 전쟁의 발단이 되었다.

158 영창(映窓). 방을 밝게 하기 위하여 방과 마루 사이에 낸 두 쪽의 미닫이.

샌 ― 白薔薇 (二)

『피란 수용소에 하론가 잇다가 밤중에 겨우 기선을 타고 전선(全船)에 소등(消燈)을 한 채 오송[159]포대[160](吳淞砲臺) 압흘 지날ㅅ적은 아주 손에 진짬이 밧작 낫서요』

『나가사씨』[161](長崎)로 해서 여기까지 공차를 태워줘서 오기는 왓지만 그째 일을 생각한다면 아주 무시무시해서 지금도 괜시리 가슴이 두근거리는 것 갓해요』

『로―스』의 얼골은 지금도 무서운 듯이 눈섭이 까칠하다

『말만 드러도 무섭습니다』
상덕이 부시ㅅ 일난다

『어딀 가세요』
『나 잠간 변소에』

전기 축음기의『스피커―』가 울려 나온다

로―스는 벌덕 일어슨다『이부닝 쯔레스』가 축 느러진다
종려수 밑 빈자리로 온다 빙그레 웃으면서 곡조에 맛처 짠스를 한다

---

159 오송(吳淞). 중국 장쑤성(江蘇省) 동부, 황푸강(黃浦江) 어귀에 있는 상하이의 항구. 양쯔강 (揚子江) 삼각주 평원의 꼭대기 부분에 해당한다.
160 포대(砲臺). 포를 설치하여 쏠 수 있도록 견고하게 만든 시설물.
161 문맥상 『 』는 오식으로 추정.

『도롯 돗〃〃 돗도롯돗!』
『도롯 돗〃〃 돗도롯돗!』

손님들의 시선이 일제히 로―스에게로 몰려든다 활닥 핀 얼골 청수한 목덜미 가는 허리 날신한 다리 로―스는 여전이 빙그레 웃는다

『스피커』소리가 끈친다 로스는 웃득 슨다 홀― 안을 휘― 도라본다 맵시가 엇드냐는 듯이

박수 소리 요란이 난다『앙콜』소리 뒤를 잇는다

『로―스상』
『로―오스』
『장미 씨』
하고 부르는 소리 이곳 저곳에서 나온다

로―스는 어듸로 갓스면 조흘지 잠시 어리둥절한다

먼저 갓가운『백스』로 간다

『참 잘하십니다 축배를 한 잔』

『상큐』
빙그레 웃으며 술잔을 밧는다

그 다음 쌕스로 올마간다

『참 훌륭하십니다』

『낫 앳을』

빙그레 웃으며 쏘 술잔을 밧는다

그 다음 』[162]쌕스』로 넘어간다

『동양의 아스데아[163]입니다그려』

『호호 그레케 비행기를 태다간 지나 비행기가 되겟습니다』

눈을 큼직하게 써보이면서 술잔을 밧는다 눈웃슴을 우스면서──

로─스는 완전이 이『홀』의 여왕이다

상덕의[164] 자리로 온다 안즈면서 로─스가 업슴으로 휘─ 둘너보면서 찾는다

『레코─드』의 『룸바[165]』─가 흘너나온다

로─스는 『룸바』에 마처서 춤추는 시능을 혼자 내면서 제자리로 온다

『아이 속상해』

---

162 ‘『’의 오류.

163 프레드 아스테어(Fred Astaire, 1899.5.10∼1987.6.22). 미국의 무용가이며 가수 겸 배우. 브로드웨이에서 뮤지컬코미디로 명성을 얻었으며 많은 뮤지컬 영화에 주연을 하여 품위 있는 춤과 독특한 분위기로 영화무용에 새 경지를 개척하였다.

164 문맥상 ‘이’의 오류로 추정.

165 룸바(rumba). 쿠바의 민속 춤곡. 19세기 초에 아프리카계 주민들 사이에서 발생한 것으로 활기차고 빠른 4분의 2박자의 리듬에 마라카스 따위의 타악기를 사용하는 것이 특징이다.

하면서 털석 테불을 맛대고 안는다 공연이 로─스의 얼골이 흐려진다

『왜 별안간』

『춤을 맘대로 출 수 잇서야지요』

『허々々… 춤 못 추워서 죽나』

『상해선 춤으로만 사럿는데요』

『그럿켓지!』

『그냥 곡만 드르면 송곳질이 나서 사람이 죽을 지경예요』

상덕이 빙그레 우스며 탐스러운 듯 물쓰럼이 로─스를 본다

『자 술 드세요』

로─스, 술잔을 드러준다 상덕은 밧으면서 빙그시 로─스의 얼골만 바
라본다

내가 가는 길 (25)

1939년 2월 7일

쌔一白薔薇 (三)

『아이 사람 보지 말고 술 드세요』
『그러지』
하면서 반쯤 마시다간 네려 노코는
『로―스』
은근이 부른다
『네』
무표정하게 바라본다

『로―스 우리가 제일 첨에 맛난 것이 바다에서 맛나지 안엇수』
『그러치요』
『그러고 그 다음에 로―스가 대전에 올 적에 차 안에서도 맛낫고』
『그러치요』

『그것이 우선 인연이란 말야 그런데 첫 연분을 몰나 준다면 그런 큰 죄
가 어디 잇슬가』
동정해 달나는 듯 물끄레미 바라본다』[166]

『누가 몰나 주나요 이러케 해 드리지 안어요』
하면서 술잔을 마저 들어서 상덕의 입에 대 준다』[167]
『쌀덕』

---

[166] 문맥상 오식으로 추정.
[167] 문맥상 오식으로 추정.

먹고 난 상덕이

『오라』

하면서

『그래도 말샌이지 실행이 잇서야지『[168]

공연이 씨무룩해 보인다

『네 실행 말이죠 암 잇겟죠 그런데 어디 세상엔 벼락 연애가 그러케 흔한가요』

『그러찬어요 뭐 호호』

『그러지 말고 로—스』

저쪽 쌕스에 잇는『에레나』가 눈을 쉼벅해 보인다 로—스도 눈을 쉼벅해 보낸다

에레나는 고무줄에 조희 쪼각을 뭉처 대고는 로—스를 견양한다 탁 팅긴다 로—스는 손으로 얼골을 가린다

『아야』

상덕은 소리를 쌕 지르면서 목덜미를 만진다 뒤를 도라본다 아모 것도 잇는 상십지 안타

『호 호호』

---

168 ‘』’의 오류.

로—스는 웃는다 상덕이는 어찌 된 영문을 몰나 멍하니 목덜미만 만지고 잇다

이윽고 에레나가 테불 밋에서 일어난다 로—스와 눈이 마조친다 쌩긋 웃는다 에레나가 손을 저어 보인다

『뭘 그러세요』
로—스 시침이를 쭉 썬다
『누가 작난도 원』
아직도 씨무룩하다

『그런데 담배 좀 주세요』
『아 참 담배 써러젓군 좀 가저다 주』

『주사도 참―― 담배는 현금에요』
『그러튼가』
상덕이는 지갑을 여러 십 원짜리가 수북히 드러 잇는 속에서 한 장을 써낸다
그것을 듸려다 보는 로—스의 눈이 순간 이상하게 번쩍인다

『자 제일 빗산 늠으로 가저다 주』
『죠—바요 해태 하나만 가저 오』
로—스의 소리 갑작이 부드럽다

『자— 인제는 내 엽호로 좀 오』

『왜 여기 잇스면 엇저나요』

『아니 내 긴히 할 말도 잇고』

로—스는 못이기는 든[169]이 상덕의 엽호로 가 안는다

쏜이가 해태표를 갓다 놋는다 거슬듬논[170]을 테불 우 한편에 놋는다 상덕이 집어 널 생각도 안는다

로—스는 담배를 붓처 한 개는 상덕이에게 주고 한 개는 제가 피우면서 슬며시 억개를 상덕에게 기대여 준다 상덕이는 테불 밋트로 로—스의 손을 잡어 본다

로—스의 엽 얼골을 바라보는 상덕이의 눈이 몹시 빗난다 로—스는 담배를 피면서도 생글거린다

『로—스』

은근히 부른다

『왜요』

상덕이와 얼골을 맛댄다

---

169 문맥상 '듯'의 오류로 추정.

170 문맥상 '거슬음돈'의 오류로 추정.

내가 가는 길 (26)

1939년 2월 8일

쌔一 白薔薇 (四)

『우리 오늘『쓰라이브』좀 할가』

『어듸로요』

『유성(儒城)[171]도 조코 동학사(東鶴寺)[172]도 조코』

로―스는 잠시 망설인다 호랭이를 잡을냐면 호랭이굴에 드러가야 하는 법이다

문이 열니면서 드러오는 손님 나가는 손님 등이 멀직이 보인다

『글세요 오늘은 몸이 좀 불편해 못 가겟세요 요댐에 가지요』

『몸이 압퍼 그거 안 됏는걸 무슨 병이지 지금 나하구 병원에 갈가』

놀내는 듯 인심쓰는 듯――

『그만두세요』[173] 그런 걱정싸지 씨치기는 실어요』

『그럼 요담엔 꼭 약속 직히지 응』

『그럼요 자 술이나 가치 드세요 호호』

로―스는 선우슴[174]을 치고 술 한 잔을 부어 상덕에게 올닌다

술을 밧어 반쯤 기우린 상덕이 그래도 못맛당한 듯한 얼골을 쑤미면서

---

171 유성(儒城). 대전광역시의 북서부에 있는 구(區).
172 동학사(東鶴寺). 충청남도 공주시 반포면 학봉리 계룡산(鷄龍山)에 있는 절.
173 문맥상 오식으로 추정.
174 선웃음. 우습지도 않은데 꾸며서 웃는 웃음.

『그럼 래일 우리집이래도 놀너 나올 테야』

『어뒨데요』
『왜 별장 말야』
『말만 드렷지 어듸 잇는질 누가 아나요』
『그럿튼가 저 부사산만 차저오면 그 산 중턱에 이칭 양옥으로 지어 논
집이니까 찾기는 쉽지』

『가도 괜찬아요』
상덕이 잠시 얼골을 찡그리다가는
『그럼 아모도 업서 식모들과 심부름 게집애들박겐 업스니까』
『네 그러세요』

『피아노도 잇고 전기 축음기도 잇스니까 자 어쩌케 할 테요』
어서 승락하라는 듯이 물끄레미 처다보는 상덕이의 눈

로—스는 잠시 생각을 가다듬는다
『그럼 가 볼가요』
빙긋이 웃는다
『그럼이 아니라 올냐면 꼭 온다고 해야지』
상덕이 눈이 번득인다

『가지요 그러케 초대를 하신다면』
『그럼 오후 두 시쯤 오겟소』

『네』

가늘게 말하면서 얼골이 벼란간 흐려진다

『자 그럼 약속으로 술이나 들지』

술을 부어 로―스의 입으로 가저온다 금시로 햇쓱해진 로―스의 얼골이 써 보인다

『왜 어디 압허―』

『아니』

『그럼 무슨 근심이 잇서』

『…………』

근심스런 빗을 더 크게 써 보인다

『말 좀 해봐 응 로―스』

『아녀요 래일 걱정이 잇서요』

로―스는 스르르 머리를 숙인다

『래일 걱정이라니 뭐야』

상덕이 눈을 씀벅어린다

『저 양복을 맛첫는데 그걸 차저 입고 갈냐고요』

남부끄러운 듯이 얼골을 일부러 붉킨다

『오오! 그 찻을 돈이 업단 말이지』

『…………』

로―스 머리를 더 숙인다

『그까짓 게 뭐시 걱정야 참― 자』

하면서 지갑을 써내서 시퍼런 백 원짜리 하나를 슬며시 로―스의 손에

쥐여 준다 쥐여 주고는 손을 더 꼭— 잡으면서 문질너 본다

『이만하면 될 테지』

『네』

『[175]대답 가늘다

『그럼 래일 그 옷 차저 입고 오—』

『네』

로—스 머리를 든다 얼골이 다시 부드럽게 된다 감사하다는 듯이

『자 고만 가지 간조[176]해요』

『왜 더 놀다 가지요』

보내기 안타갑다는 듯이 로—스의 얼골이 갑작이 흐려진다

---

175 문맥상 오식으로 추정.
176 간죠(かんじょう, 勘定). 계산, 셈.

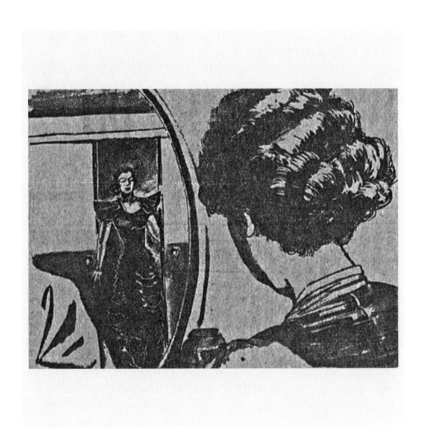

쌔 ─ 白薔薇 (五)

『아니 고만 갈 테야요 차나 하나 불너 주』
상덕이 부시시 일어난다

『화이트 • 로─스』 압헤서 자동차가 써나간다 차 뒤 유리창으로 상덕
은 히죽 웃어 보인다
　로─스는 손을 드러 잠시 응대한다

『쎄긋』
문을 열고 드러스는 로─스─
『미친 놈』
중얼거리면서 『홀』을 지나 뒷문으로 드러간다

테불 우에 거슬은 돈이 그대로 노여 잇다
　여급실로 드러스는 로─스
　경대[177]가 대여섯 개나 쭉─ 느러서 잇다. 여급들의 옷들이 어수선이
걸려 잇다

에레나는 경대 압헤서 얼골을 매만지고 잇다 로─스도 경대 압헤 안는다

『로─스』
에레나는 경대를 듸려다보면서 로─스를 부른다

177　경대(鏡臺). 거울을 버티어 세우고 그 아래에 화장품 따위를 넣은 서랍을 갖추어 만든 가구.

『왜』

로―스도 분을 얼골에 바르면서 대답한다

『어쩌치 메칠 잇서보니까』

『뭐시』

『여기 사람들이』

『말 마러 슬쩍 윙크 한 번만 줘도 돈 백 원식을 지고 뎀비는 쇠락선이란 엇지도 웃우운지(야하리이나까와지가우네[178])』

『호호 로―스도 여간 안여』

『그런데 긴상이 로―스한테 반한 모양이지』

『글세 의례히 그러케 돼야지 뭐 순서가』

로―스는 승리감을 늣기는 듯이 빙그레 웃는다 웃는 얼골이 경대 위로 써오른다

에레나는 화장을 슷내고 이쪽을 바라보면서

『그런데 로―스는 어쩌케 할 적[179]정이지』

『뭐시』

『그 긴상 말야』

로―스도 톡〻이 할 이야기가 잇다는 듯이 분칠을 하다 말고 에레나 편으로 고쳐 안는다

『어쩌케 하긴 뭘 어쩌케 해 실컨 쌔라먹고 탁 베터 버리지』

---

178 야하리이나카와치가우네(やはりいなかはちがうね). 역시 시골은 다르네.
179 문맥상 '작'의 오류로 추정.

『그러케 될나구』

『되지 안쿠 여급이란 그게 본업이지 뭐야』

『호호 그러치만 쌔라먹은 만치 그 사람의 욕심도 드러주어야지 뭐』

『그건 아직 에레나가 모르는 소리야 그런 것들의 욕심을 다 드러주다 간 한 몸이 열 가닥이 나 버리게 우리 갓튼 게집은 잇는 놈헌테서 쌔서다가 뒤치닥거리를 해야 하는 법이야 만일 중간에 한 번이래도 넘어가기만 하면 사내들이란 우수워서 돈먹기는 아주 틀녀마셍이니까[180] 호호』

그러튼가 하는 듯이 로—스의 철저한 여급관(女給觀)에 에레나는 제 머리가 숙으러드는 것을 늣긴다

『그러치만 로—스는 혼자몸이 안야』

에레나는 의미 잇는 듯이 씽긋 웃어 보인다

로—스는 담배를 피우면서 홀—로 나온다 밤이 쌔 느젓는지 손님도 흥성드뭇하다[181]

아모 데나 빈 쌕스에 안는다 담배 연긔를 푸— 하면서 풍긴다

『이타리안·싸—든』이란 레코—드가 도라간다

『삐—긋』

문이 조용이 열닌다 키가 후리~~~한 준수한 사나이가 선듯 드러슨다

드러스자 아모 데나 빈자리를 잡어서 덜석 안는다 담배를 쩌내 문다

---

180 틀녀마셍이니까. '틀려 버리니까'라는 의미의 말을 한국어와 일본어를 섞어서 농담처럼 한 것.
181 흥성드뭇하다. '여러 사람이 활기차게 떠들며 계속 흥겹고 번성한 분위기를 이루다'는 의미의 '흥성거리다'와 '사이가 촘촘하게 많다'는 '드뭇하다'가 합쳐진 말.

『로―스상 고싱씨[182]』

스탠드 뒤의『쌔―덴[183]』의 웨치는 소리

로―스는 이제 막 드러온 사나이 압에 조심성 잇게 온다 마악 안질냐다 가는 쌈작 거이 질겁하듯이 놀내면서 도로 이러슨다

순간 눈과 눈을 마조친다 그러나 그 사나이는 어듸서 보앗던가 하는 듯이 아모런 표정도 업시 안저 잇다

---

182 고신키(ご しん き, ご新規). 뒤에 'お客さん'이 생략된 형태로, 새로운 손님을 일컬음.

183 바텐(バーテン). 바의 카운터 안에서 주류를 배합하는 사람인 '바텐더(バーテンダー, bartender)'의 준말.

내가 가는 길 (28)

1939년 2월 10일

싸一 白薔薇 (六)

『홍차 하나만』

로―스는 『스텐드』 쪽으로 오면서 펏득~~~ 환영이 지나친다 기차 안에서 맛나든 그이 해변가에서 맛나든 그이――

조심성스럽게 사나이 압페 홍차를 갓다 놋는 로―스의 손――

묵々히 안저서 홍차만 훌적어리는 사나이의 모양을 이쩍에 안진 채 유심이 드려다보는 로―스의 눈 얼골――

『저 실례임니다만』

로―스는 붓그러운 듯이 말을 멈춘다 사나이는 얼골을 든다

『선생쎄서 한 달 전인가 남선 방면에 갓다 오신 일이 게시지요』

순간 로―스의 얼골이 확근 다러온다

『네! 잇슴니다 그건 엇재』

그제야 사나이의 얼골이 긴장을 씌운다

『그리고 바로 대천에도 가섯지요』

『네! 그건 쏘 엇재서』

사나이는 이제는 눈까지 크게 쓴다

로―스는 제 생각이 우선 드리맛츤 것이 조아서 붓러스[184]운 표정을

쑤비[185]면서

『그째 저랑 한 차에 왓기에 말예요』

『네에— 바로 가튼 쌔스에 안젓든 분임니다그려』

그제야 아러보겟는 듯이 빙그레 우슴을 지워 물싀레미 로—스의 얼골을 스처본다

『저 역시 어듸선지 뵈왓든가 한 얼골이엿습니다 그런데 대천서는 엇재서』

『네 저도 거기 해수욕하러 갓드랫서요』

『네— 오라 그런데 전 대천서는 통 못 봣습니다』

『저만 봣서요』

빙그레 우서 대하는 로—스와 사나이의 얼골

로—스는 이 사나이를 맛난 것이 우선 마음에 흡족해 엇절 줄 모른다

『왜 여긴 자주 오시지 안치요』

로—스는 우선 그 사나이가 누군가를 알고 십다

『이제 오지 안엇습니가』

『지금이 처음 아니세요』

[186]왜요 첫녀름인가도 와 본 기억이 잇는데요』

---

184 '싀러'의 글자 배열 오류.
185 문맥상 '미'의 오류로 추정.
186 '『' 누락.

『제가 여기는 온 지가 거진 한 달이 되는데 선생님은 첨에요』

『그럿턴가 한 달에 한두 번쯤은 일을 싸라 각금식 오지요』

『그런데 선생님은 무얼 하시지요 실례임니다만』

『저요 저는 보잘것업는 쟁임니다』

『쟁이라니요』

로―스는 눈을 둥글게 쓴다 쓰면서도『쟁이』』[187]쟁이』『쟁이』하고는 여러 번이나 뇌여본다 좀처럼 아러지질 안는다

『쟁이도 모르세요 허々々 대관절 남을 뭇는 것은 무슨 리유가 잇는 것인지요』

잠시 로―스 낫을 불킨다

『좀 알면 못스나요 갓치 대하니까 알고 지낼냐고 그러지요』

『네 그러시다면 본인을 소개해 드리지요』

홀적 차 한 목음을 마시고

『저는 허욱(許煜)이라고 부름니다 허할허짜 빗날욱자 그리고 직업은 신문쟁임니다』

『……』

잠시 멍하니 욱을 바라본다

『이만하면 알겟지요』

---

[187] '『'의 오류.

『네— 신문 기자 말이죠』

로—스 눈을 크게 뜬다

『왜 놀나심니가 신문쟁이는 무섭슴니가 허허』

『안에요 전 차간에서 처음 볼 적에 도모지 선생님의 직업을 몰낫댓서요』

『아니 뭇지 안코 남의 직업을 엇지 안단 말요』

『왜요 직업에 쌀녀서 척 보기만 하면 아러 마추는 수가 잇거든요 일테

면 저이들도 선생님과 갓치 륙감노동(六感勞働)[188]을 부려먹어야 할 쌔가

만어요 호호』

---

188 육감노동(六感勞働). 직감적으로 포착하는 심리작용을 활용하는 것을 비유적으로 이른 말.

쌔一 白薔薇 (七)

『아 그럿턴가요 그럴 것임니다』
고개를 끄덕이는 허욱이 타다 말은 담배를 다시 드러 피운다

『그럼 무슨 신문이죠』
『네 ××신문 지국임니다』
『네 그러세요』

로—스는 속이 후련해지면서 얼골이 부드럽게 써오른다

욱이는 담배를 맛잇게 피운다
『그래 그째 어딀 갓다 오시는 길이죠』
『네— 볼일일[189] 잇서 대구(大邱)까지 갓다 오든 길임니다』
『대천은요』
『거긴 내 고향임니다』

『네에——』
방천[190]을 네려 논길을 거러간 것이 이제야 알겟다는 듯이 대답을 길게
잇는다

잠시 정막[191]이 이어간다 욱이는 그대로 잇기가 멋적어서

---

189 문맥상 '이'의 오류로 추정.
190 방천(防川). 둑을 쌓거나 나무를 많이 심어서 냇물이 넘쳐 들어오는 것을 막음. 또는 그 둑.

『당신은 뭐라고 하지요』

『전 여기서 로―스라고 불녀요』

『로―스요 그럼 바로 장미(薔薇)임니다그려 이『화이트・로―스』하고 인연이 잇는데요』

『호호 제가 힌『쓰레스』를 입엇스니까 바로『화이트・로―스』가 안예요』

『오라』

『그런데 그째는 어딀 갓다 오시는 길이지요』

『그째가 상해서 오는 길에요』

『네? 상해요?』

욱이는 상해란 바람에 잠시 기이한 표정을 갓는다

『네 북지사변[192]이 이러나서 그것이 상해까지 밋치자 우리는 고향으로 나왓서요』

[193]네 그러심니까 그럼 고생도 만이 햇겟슴니다』

『고생이랄 게 뭐 잇서요 그런 것쯤은 언제든지 각오한 것이니가요 호호』

『그럼 그 지방에 오래 게섯슴니가』

『한 칠 년 잇섯지요』

『돈도 만이 버러섯군요』

욱이 빙그레 웃서 보인다

---

191 적막(寂寞). 고요하고 쓸쓸함.

192 북지사변(北支事變). 1937년 7월 7일에 화베이(華北)에서 일어난 제이차 중일 전쟁을 이르는 말.

193 『 누락.

『글세요 좀 버럿다 할가요』

『엇잿든 우리네가 국제 무대에 나가 활동한다는 것마는 찬양할 노릇임니다 허허』

『호호』

허욱의 우슴에 싸라 처음으로 우서 보는 로―스의 마음은 오늘싸라 행결[194] 깁부다

남어지 차를 마저 마시고 난 욱이는

『인젠 가겟슴니다 얼마지요』

하면서 간조해 오기를 기다린다

로―스는 잠시 어리둥절한다 얼골이 흐려진다

『좀 더 이야기 좀 해주세요 모처럼 오섯는데』

『무슨 애김니가』

로―스를 물ㅅ그레미 바라본다 할 말이 잇거든 하라는 듯이

『저― 이번 사변이 언제나 끗날가요』

『글세요 대관절 그건 웨 무르시나요』

『사변이 끗나는 대로 거길 쏘 드러가야만 하겟서요』

『왜요』

『우선 여기는 내 고장이면서 모―든 것이 그러고 피란하느라고 그곳에 돈을 좀 두고 왓서요』

『네 그러심니까 그러나 이 사변이 장긔전인 만큼 누구도 알 수 업는 노

---

194 행결. '한결'의 방언(충청, 평안).

롯임니다』

『그럴가요』

로―스 의아하는 표정을 써 보인다

『그럼 전 이제 가겟습니다』

하면서 욱이 자리에서 일어슨다

로―스는 그제야 정신이 펏덕 일어난다

』[195]아이 좀 더』

로―스의 눈매 애련이 썬다

『아이 느젓습니다』

[196]그럼 또 자주 오세요 조혼 말도 마니 해주시고』

로―스의 얼골 애소하는[197] 듯―

로―스는 아모 말이 업시 덥석~~ 거러가는 욱의 뒷모양을 멍하니 직

흰다 마치 그이를 먼 나라로 써나 보내는 연인과도 가티――

욱이 칭칭대를 올나슨다 하나 둘 셋―― 넷

[198]쎄굿』

욱이 아주 나가 버린다 로―스 얼골이 흐러진다

---

195 '『'의 오류.
196 '『' 누락.
197 애소(哀訴)하다. 슬프게 하소연하다.
198 '『' 누락.

힘업시 덥석 욱이가 안젓든 자리에 안는다 눈총을 모아 문 쪽을 물그레
미 바라보고 잇다

『트리고의 세레나―드』가 애상[199]을 피면서 도라간다.

---

199 애상(哀想). 슬픈 생각.

세 사람 (一)

멧칠 지난 날의 정오

『웽──』

경찰서 루상의 『싸이렌』이 울니면서 정오 시보의 소리 꾕장이 크게 들인다

『으── 으──』

이불 속의 로──[200]스 그 소래에 쌔인 듯 지지게[201]를 피면서 눈을 쯘다 손으로 눈을 비빈다 책상 우 시게 열두 시를 가르킨다

다다미 방안의 로─스의 살림사리 단조하나마 멋잇게 쑤며진 것이 보인다

얇은 이불을 반씀 거더차면서 천정을 물그레미 바라본다

우에 『파쟈마』만 입은 르[202]─스의 몸이 보인다

미다지가 스르르 열니면서 로─스가 부리는 게집아이가 얼골을 디려다본다

『물 써왓세요』

---

200 '로─스'의 글자 사이에 들어가는 선이 다른 곳보다 두 배쯤 길게 식자되어 있음.
201 지지게. '기지개'의 방언(경북 포항·영천·경주).
202 '로'의 오류.

『응—』

현관문을 나스는 로—스는 눈부신 화장과 날신한 양장이 아울린다[203]
구월달 양광(陽光)[204]이 아담스레 비친다

눈 압헤 역전 광장의 화단(花壇)이 보이면서 그 뒤로 대전역이 놉드라니
드러나 보인다

로—스 역으로 드러스면서 옥상에 잇는『레스트랜트[205]』의 칭칭대를
올나간다 올나가는 칭칭대 우에『레스트랜트』조명 간판이 보인다

『런취』를 맛잇게 먹는 로—스의 포—스 제멋대로의 손님도 멧 사람식
이 드러 잇다

그 사이를 왓다갓다 하는『레스트랜트 썰』들의 하얀『에푸론』이 귀엽다

로—스 역에서 나슨다 나스는 길로 바로 역 압헤에 서 잇는 공중전화실
로 드러슨다
로—스 주머니에서 조그만 수첩 하나를 쩌낸다 그리고 펴서는 왼손에
든다 전화번호 적은 것이 선듯 보인다

---

203 아울리다. 여럿이 서로 조화되어 자연스럽게 보이다.
204 양광(陽光). 태양의 빛. 또는 따뜻한 햇빛.
205 레스토랑(restaurant). 서양식 음식점.

전화를 돌닌다 씨르룽 하는 소리 요란이 울닌다

오전싸리 백통전[206]을 구녁에 집어 넛코는 로—스의 손——
『뎅그렁』
돈 써러지는 소리——

『거기가 D상사 회삼니까 미안하지만 전무 선생 좀 잠간만 대 주세요
——
아이 선생이세요 전 로—스에요 그간 안영하세요 엇저면 요새 통 나오
지 안으세요 밧부시다구요 그까짓 거짓말 고만두세요 오늘밤에 나오세
요 기달니겟세요
『[207]네 네 슷쌔이』
쌩긋 우스며 수화기를 놋는다
『절그렁』

수첩을 다시 드려다본다 또 돈을 다시 집어넛는 로—스의 손
『뎅그렁』

『거기가 H은행인가요 미안하지만 지배인 좀 잠간만 대 주세요
아이 B선생님이세요 전 로—스에요 엇저면 요 멧칠은 쏨작도 안 허세
요. 전 기달리기에 눈이 쌔젓세요 호호 그럼 오늘밤에 꼭 네 슷쌔이』
수화기 노면서 쏘 고소(苦笑)하듯이 쌩긋 웃는다

---

206 백통전(錢). 구리와 니켈의 합금인 '백통'으로 만든 돈.
207 문맥상 '『'의 오식으로 추정.

돈을 쏘 집어넛는 로—스의 손

『뎅그렁』

『거기가 M백화점인가요 미안하지만 잠간 젊은 주인 좀 대 주세요 여기
요? 난 그분의 친구라고 그러세요.

저 S선생이세요 전 로—스에요 왜 요새 멧칠은 씀작도 안 하시지
요…… 오늘밤에는 꼭 나오세요 기달니겟세요 호々』

수화기를 눗는다

『덜그랑』

내가 가는 길 (31)

1939년 2월 15일

세 사람 (二)

　잠시 엇절가 하다간 한 번 더 전화를 건다 돈을 쏘 늣는 로—스의 손 순간 까막어리는 로—스의 눈——

　까운을 입고 서재에서 서성거리든 상덕이는 탁상전화가 요란이 울니자 그 압혜 안저 수화기를 든다

　『아 김 선생이세요 전 로—스에요 왜 요샌 오시지 안어요』
　눈을 까막어리면서 잠시 긴장해지는 로—스의 얼골——

　전화를 드른 채 씨무룩한 상덕의 표정
　『거 요샌 왜 빗싸게 그래』
　못맛당한 듯이 텁텁한 목소리——

　『아이 골이 나섯구면요 저번에 약속한 날은 몸이 압허 가질 못햇서요 그래 요 멧칠은 죽도록 알느라고 쌔—에도 못 나갓는데요』
　순간 목을 움출하면서 혀를 입 박으로 노코 거짓말 꾸미기가 간질업다는 듯이 저쪽의 의중(意中)을 살피는 얼골이 써돈다

　상덕이의 속 못 채리는 얼골이 갑작이 달녀진다
　『그래 난 속도 모르고 공[208]연 욕만 햇지 그럼 오늘은 로[209] 나올 테야』

---

208 원문에는 ‘공’의 글자 방향 오식.
209 원문에는 ‘로’의 글자 방향 오식. 문맥상 오식으로 추정.

로—스는 잠시 망서리면서 눈을 깜박이다가
『네 잇다 두 시쯤 들느세요』

『참말노』
상덕이의 눈이 번쩍 써보인다 얼골이 긴장한다

『그럼요 호호 긴상도 원』
일부러 눈 흘기는 체

전화실에서 나오는 로—스 개벼운 거름으로 역전 광장을 것는다

일기는 아직 더우나 날세[210]는 첫가을이여서 머—르니 하날 밋흐이 쌀닌 『푸류샨쌀류[211]』의 진한 색이 조타
도청 압까지 쑥— 쌀닌 『아스팔트』의 포도 그 엽으로 느러선 가로수가 시원스럽게 드러온다

로—스는 어듸로 지향도 업시 그 쪽 쌔더진 포도를 것는다

경쾌한 『투—피쓰』 날너갈 듯한 모자 바독판 갓튼 『하이힐』의 슈—스
——

스치는 거리의 사람들을 기이타는 듯이 공연이 더 써본다

---

210 날세. '날씨'의 방언(평남, 함경).
211 문맥상 페르시안블루(persian blue)를 지칭하는 것으로 추정.

자동차는 번거로이 지나가고 또 지나온다

길 엽에 크게 부튼『마즈루가²¹²』의 영화 광고가 스친다

로―스는 다리 우에 올나슨다 대전교(大田橋)란 글자가 보인다

『절그렁 절그렁』
급작스러²¹³ 방울 소리가 들니면서
『호외요』
하고는 한 장을 던지면서 압서간다

선듯『로―스』는 호외를 밧어 든다 잠시 그 자리에 슨다

소주²¹⁴함락(蘇州陷落)의 신문 호외이다 소주함락이란 커드란 제목 엽헤
×××신문 제호가 눈에 닷는다 로―스는 퍗득 생각키는 듯이 얼골이 긴
장된다

『야』
압헤 쏘차가는 배달부를 급히 부른다

『절그렁 절그렁』

---

212 마쯔루카(Mazurka). 1935년에 윌리 포스트(Willi Forst, 1903.4.7~1980.8.11) 감독이 제작한
독일 영화. 윌리 포스트는 1930년대에 일본과 조선에서 인기 있었던 영화인이었다.
213 문맥상 '레'의 오류로 추정.
214 쑤저우(蘇州, Suzhou). 중국의 지명. 쑤저우는 1937~1945년 일본에 점령당했다.

못 드른 양 그냥 다러난다

『야 호외 돌니는 애야』
로—스는 쪼차가면서 더 크게 부른다

배달부 아해가 다리를 멈추면서 뒤를 도라다본다

세 사람 (三)

『너이 지국이 어디 잇니』

『바로 도청 압헤요』

『선생 게시냐』

『몰나요』

공연이 밥분 사람을 붓잡고 실강이한다는 듯이 씽— 저쪽으로 다라나 버린다.

『절그렁 절그렁』

로—스의, 얼골 약간 흐려지면서 다시 것는다

이제는 도청의 웅장한 집이 더 크게 드려나 보인다

로—스는 ××일보 지국의 간판이 부튼 집 압헤 슨다 유리 영창을『녹 크』한다

『누굼니까』

국직한 사나이 소리가 안에서 들닌다

『저에요』

로—스는 잠시 얼골을 불킨다

문이 드르르 열니면서 욱의 얼골이 쏠숙 나온다 로—스는 가슴이 덜녕

네려안는 듯이 얼골이 잠시 변한다

『에구 윈일이심니까』
급작스런 방문에 욱이는 놀내는 표정을 한다

『지나는 길에 선생님 댁이 잇기에 들넛지요』
『네 고맙슴니다 자 이리로 드러오시지요』
드르스는 로―스에게 의자를 권해 안친다

로―스는 권하는 대로『세멘트²¹⁵』바닥 사무실 안의 책상 압페 의자
에 조심성 잇게 안는다 뒤편으로 마루를 거처 침실인 듯한 방문이 보인다

『참 밧부신데 미안하구면요』
『원 별말슴을… 요샌 기사거리도 업고 해서 그냥 놀다십피 함니다』
욱이는 그제야 원고지를 피면서 담배를 부침²¹⁶다

『여긴 보시는 바와 가티 이 모양이어서 못처럼 오세도 대접도 별노』
욱이 빙그레 웃는다

『뭘요 괜찬어요 그러면 되려 제가 거북해요 호호』

달²¹⁷배를 피우든 욱이

---

215 시멘트(cement). 건축이나 토목 재료로 쓰는 접합제.
216 문맥상 '친'의 오류로 추정.

『그래 요샌 자미가 만으심니까』

『뭐 그러치요』

『상해만은 못하겟지요』

『아무럼요』

『그럼 압호로도 줄것 그런 생활만 하실 작정임니까』

『…………』

로—스는 갑작이 입이 벌려지지 안어 머리를 숙인다

『왜 말이 업스신지 그럼 오래 하시고 십단 말슴임니까』

『안예요 인젠 그런 천한 짓에 실쯩이 낫세요』

『천한 직업이요?』

욱이 눈을 둥글게 쓴다

『네 천하지 안코요 여급이란 천한 게 안여요』

욱이는 눈을 씀벅어리면서

『여급을 단순이 천하다고 생각하신다면 인식 부족이겟지요 그것도 현
대 법률이 용허해²¹⁸ 준 당당한 직업이 아님니까 그러니까 로—스 씨로
말하드래도 한 개의 직업여성(職業女性)이겟고 싸라서 로—스 씨 자신도
직업여성의 사명과 인식을 철저이 갓출 필요가 잇슬 것입니다』

---

217 '담'의 오류.
218 용허(容許)하다. 허락하여 너그럽게 받아들이다.

『그러치만 세상에선 어듸 여급을 완전한 인간으로 취급해 주나요 그러고 여급들도 대개가 타락된 생활을 하는 것이 만코!』

『그러나 그것은 달슴니다 객관적 주안(客觀的主眼)과 주관적 주안에는 왕왕 커드란 차이가 잇는 법이 잇스니까요

일테면 세상 사람이 아모리 여급을 천한 직업이라고 손가락질하드래도 당자된 여급의 인생관이 확고부동한 점이 잇다면 조곰도 두려운 것이 업을 겝니다

쏘한 여자가 타락한다는 것은 여급에게만 한정된 것이 아니니까요 우리는 여급보담도 짠 부류(部類)에서도 타락된 여자를 보는 일이 열[219]마나 만슴니까』

『…………』

로—스는 마음이 싀원해지면서 열[220]골이 부드럽게 써오른다

---

219 문맥상 '얼'의 오류로 추정.
220 '얼'의 오류.

내가 가는 길 (33)

1939년 2월 17일

세 사람 (四)

로—스를 직히는 욱이의 얼골

손 사이에서 제대로 타는 담배의 연기가 일직선으로 길—게 피여오른다

『그야 일부러 그러케 타락하기 쉬운 직업을 골나서 취직하라고까지는 강요하지 안슴니다만 주의 사정에 의해서 엇절 수 업시 그곳에 잇게 될 적에는 그 주인공 되는 사람이 우선 직업여성이란 근본 의식을 이저서는 안 될 것임니다

그럼으로 우선 로—스 씨만 하드래도 조금도 락담하시거나 자포자기 하시진 말고 그런 데에 게시드래도 그것이 도리여 한 시련(試練)이란 뜻으로 달게 바드신다면 얼마나 훌륭하겟슴니가』

[221]글세요 그러케 말슴하시니까 제가 아주 속이 싀원한 것 갓태요 호호』

『허 허』

두 사람이 웃는다

저쪽 벽에 걸닌 시게가 두 시 반을 가르킨다

초조이 로—스를 기다리는 상덕이는 입맛을 쩍々 다신다 저편 탁자 우에 과일 담어 논 것이 풍만스러이 드려다보인다

상덕이 씨무룩한 포[222]정을 가진 채 의자에서 일나[223]난다 창ㅅ가 갓가

---

221 '『' 누락.

이 가『카―덴』을 여러 박안[224]을 바라본다 문깐은 여전이 쓸쓸하다 저
―편작 잔듸밧헤『로스―스[225]『[226]가 다섯 개나 나란이 바람에 펄넉어
리고 잇다 다시 입맛을 다시면서 공연이 방안을 왓다갓다 한다

　이제는 더 못 기달니겟다는 듯이 덜석 걸상에 안젓다가 문득 생각난 듯
전화를 건다

　『거 지성당 약국임니까 여긴 김상덕 별장임니다 요전에 가저왓든『지
유―사이드』란 약 한 제만 더 갓다 주』

　전화 밧는 약방 주인은 대머리가 벗겨진 채 신이 나는지
　『네 고맙슴니다』
　전화른[227] 싣는 약방 주인 의미 잇게 빙그레 웃는 표정――

　로―스는 다시
　『선생님』
　은근하고 은근한 말씨――
　『네』

---

222 문맥상 '표'의 오류로 추정.
223 문맥상 '어'의 오류로 추정.
224 문맥상 '갓'의 오류로 추정.
225 '스로―스'의 글자 배열 오류.
226 '』'의 오류.
227 문맥상 '를'의 오류로 추정.

『사람이란 어써케 사리[228]야 할 쎈가요』

엉쑹한 질문도 다 뭇는다는 듯이 눈을 번득이는 허욱이

『그건 왜 무르심니까』

『아녜요 어써케 사는 게 □[229]일 잘 사는 것인지가 알고 십허서 그래요』

『허々 아주 인생 철학을 연구하시는 모양임니다그려』

『호호』

살작 얼골을 불킨다──

『우선 우리는 가늘고 길─게 사는 것보다는 굴ㅅ고 짤게 사는 것을 배워야 할 겜니다

사람이란 원체가 주의 환경에 쉽사리 지배되는 동물이 되여서 이론으론 굴ㅅ고 짤게 산다고 벗티면서도 실상은 가늘고 길게 사는 사람이 여간만치 안슴니다』

『그러면 저이들 가튼 사람은 압흐로 어써케 사러야 할까요』

『그야 주간적으로 판단할 탓이겟지요 우선 적당한 시기에 그런 데를 나와야 할 게고 그래서 가정을 가저야 할 게고 그래서 우리가 사는 이 사회에 자기 몸을 밧치도록 하야겟지요 우리는 개인이면서도 사회인(社會人)이니까요』

『몸을 밧치다니요』

---

228 문맥상 '려'의 오류로 추정.
229 문맥상 '제'로 추정.

못 아러듯겟다는 듯이 눈을 쌈박인다

『몸을 바친다는 것은 덥허노코 개인의 히생을 말하는 것은 아닙니다 우리는 우리네 부모가 길너 줫다는 문제를 더 파드러 가서 우리가 살고 잇는 이 사회가 우리를 이만큼이래도 성장식혀 줫다는 견지에서 그것에 보답행위(報答行爲)를 하자는 겜니다

실상 우리를 이만큼이래도 길너 내 준 것도 그 원을 캐본다면 인류가 공동생활을 영위(營爲)하야만 된다는 원측에서 하나하나의 자식과 짤을 마터서 사회에 기여(寄與)하게 되는 심[230]이 되겟지요

그러므로 우리는 물논 부모님의 아들인 동시에 이 사회의 아들이란 것을 이저서는 안 될 것입니다』

---

230 심. '셈'의 방언(강원).

내가 가는 길 (34)

세 사람 (五)

잿터리 위에 올녀논 담배가 그대로 타면서 길게 연기를 피여올닌다

『그래도 부모님이 밥 먹여 주고 옷 해 줘서 기르지 안엇세요』

『그것은 부모네가 아들을 제각이 맛터서 사회에 기여하기 위해서 잠시 위탁(委托[231]) 맛튼 세음[232]만 되여 잇지 실지는 쌀 맨드는 사람, 옷 짯는 사람, 집 저 주는 사람은 짜로짜로 잇어서 결국은 이 사회가 우리를 간접적으로 길너 낸 게 아니겟슴니까』

『네 그래요』

빙그레 회심의 우슴을 지으면서

『엇저면 선생님은 그러케 잘 아세요』

욱이를 우러러 처다보는 얼골의 경건한 표정── 새 빗츨 보려는 듯 번득이는 눈빗──

『허 허 뭐 아는 게 잇슴니까 그것은 나의 한 주견[233]이라고나 할가요』

『쎙── 쎙── 쎙──』

벽상 시계가 세 시를 친다

로─스는 의자에서 이러슨다

『전 이제 가겟슴니다』

---

231 문맥상 '託'의 오류로 추정.
232 세음(細音). '셈'을 한자를 빌려서 쓴 말.
233 주견(主見). 자기의 주장이 있는 의견.

『왜요 더 놀다 가시지요』

『안예요 오늘은 조혼 말슴을 마니 드러서 엇지도 고마운지 몰느겟세요』

『별말슴을 다』

욱이를 써나기가 실타는 듯 애련히 써보이는 로―스의 얼골――

문 압을 거러 나오는 로―스는 도청 울타리를 씨고서 것는다

상덕은 참다못해 화난 얼골을 갓는다 로―스가 오면 대접할 양으로 사
다 논 과일과 과자를 지글지글 분노에 타는 눈으로 바라본다 담배를 쓰내
서 불을 그어댄다 애쑤진 담배만 쌕쌕 피운다 다시 얼골을 씨푸린다

그는 문득 무엇을 생각한 듯이 전화를 든다

『햐쑤니주산빙[234]』

『거 미안하지만 뒷집 산홍[235]이 좀 대 주―』

잠시 초조한 양으로 수화기를 댄 채 기달닌다

『어 산홍인가 뭘 해 응 그럼 여기 좀 올가 응 응 나 혼자야 그러니까 오
라는 게지 그럼 자동차를 타고 와 응 곳 오라잇』

『덜그덕』

수화기를 놋는 소리 한결 시원스럽다

---

234 햐쿠니쥬산반(ひゃくにじゅうさんばん, 百二十三番). 123번.

235 문맥상 '홍'의 오류로 추정. 이 작품에서 '산홍'과 '산홍'이 섞여 쓰임. 이후로는 주석을 달지
않는다.

별장 현관에 미끄러 드는 자동차— 네리는 산홍이——

상덕 방을 『놋크』하는 소리가 들닌다
상덕은 기달엿다는 듯이 이러스면서
『드러오』
뱅그레 우스며 드러스는 산홍의 활작 핀[236] 얼골 요염한 태도

산홍이 권하는 의자에 안지면서
『오늘은 어느 바람이 부럿수』
『왜』
『왜는 왜 요샌 쌔—ㄴ가 지랄인가에 밋첫다는 소문이 굉장하든데』
『별소리를—』
『인젠 그런 짓을 하드래도 이러케 종종이 잇지 말고 불너래도 주세요』
산홍의 얼골이 흐려지면서 눈씨울을 글성거려 보인다

『[237]내야 산홍일 이즐 수가 잇나』
하면서 의자에서 일이[238]나 저편쩍 탁자 우의 과일과 양주를 가저다 놋
는다
　그걸 드려다보는 산홍은 쌈쌕 놀내는 듯
『아니 엇저면 래일부터는 해가 서쪽에서 쓰겟네요 호호』
『에이 못된……』

---

236 문맥상 '핀'의 오류로 추정.
237 '『'의 오류.
238 문맥상 '어'의 오류로 추정.

상덕이 일부러 눈을 굴려 보인다

산홍이는 과일을 벳기고 상덕이는 술을 붓고——
술을 마시는 상덕이의 얼골과 산홍이의 얼골

어지간이 취한 모양이 그들의 얼골과 동작에 낫타난다

내가 가는 길 (35)

세 사람 (六)

『산홍이』
하면서 덥석 산홍이의 손목을 잡는 상덕이의 검츠레한 눈
『왜요』
요염한 웃음을 씌워 생글거리는 산홍이의 얼골과 눈——

『자 저 방으로 가지』
하면서 턱으로 침실을 가르킨다

이째 초인종 소리 요란이 들닌다
　상덕이 쌈짝 놀나 산홍이의 손을 눗는다 의아한 표정으로 문쪽으로 거러간다

　현관문을 여는 상덕은 거기 서 잇는 로—스를 본다 순간 상덕이 당황해진다. 엇저면 조흘가 취기에도 앗질해진다

『좀 느젓세요 볼일이 잇어서』
　로—스는 미안타는 쯧을 씌면서 불그스레한 상덕이의 얼골을 쌔안이 직힌다.

『아 왓소. 그럽²³⁹ 이리로 드러오—— 아니 잠간만 기달리지 지금 막 손님이 와서』

---

239 문맥상 '럽'의 오류로 추정.

허둥지둥 대답을 꾸미고는 서재로 드러스는 아직도 엇절 줄 모르는 상덕이의 얼골——

『누구지요』
『저 일가 쌕 부인인데 좀 미안하지만 잠간 집에 가 게슈 내 잇다 갈 테니』
꾸미는 말소리 썰인다

지레 눈치챈 산홍은 갑작이 얼골에 독기를 펴면서
『뭐요 남을 불너 노코 이러케까지 하는 수가 어듸 잇서요 그년이 어썬년예요』
급작스레 포악을 부리는 산홍이 눈물이 글성거린다

『왜 이래 써들지 마러 응 산홍이』
상덕은 허둥지둥 산홍일 달낸다
『시려요 나는 안 갈 테요 죽어도—— 그년만 사람인가 나도 사람이지』
산홍의 푸넘이 더욱더 커진다

상덕은 얼골을 찌푸린 채
『아이 식그러워 남부그럽게 이게 원—』
아직도 엇절 줄 모른다

잠시 무엇을 생각한 듯 지갑을 여러서 십 원짜리 몃 장을 써내서 슬그머니 산홍이의 손에 쥐여준다
『자 오늘만 실레하게 해 주』

거이 애원하는 소리다

돈을 제 손에 잡어 진 산홍이는 그제야 슬며시 울음을 거두고 샥시々 일어슨다

『자 이리로 나가 뒤로 가요』

하면서 뒷문을 여러 준다

『…………』

산홍이 아모 대답 업시 여러 주는 대로 나간다 나가는 뒷모양이 쓸々하다 그제야 얼핏 압문을 여러 로—스를 맛는다

『괜찬어요』

하면서 드러스는 로—스는 버러진 풍경에 잠시 얼골을 흐린다 싹어 쏘개 논 과일들과 그 엽흐로 진탕이 싸르다 마른 양주 걸상 밋 『리노늄²⁴⁰ —』 우에 써러진 껍질, 그리고 저편 탁자 우에 번득이 언처 잇는 상쓰런 『핸드백』——

로—스는 코ㅅ등을 실눅하면서 의자에 안는다 안즈면서도 이제까지 이 방에서 버러젓슬 광경이 선하게 눈에 쎄이는 것만 갓해서 비위가 벌컥 ㅅ러오른다

---

240 리놀륨(linoleum). 아마인유(亞麻仁油)의 산화물인 리녹신에 나뭇진, 고무질 물질, 코르크 가루 따위를 섞어 삼베 같은 데에 발라서 두꺼운 종이 모양으로 눌러 편 물건. 서양식 건물의 바닥이나 벽에 붙이는데 내구성, 내열성, 탄력성 따위가 뛰어나다.

로—스는『핸드백』에서 조이를 써내 오르는 입침을 뱃는다

로—스의 표정을 힐금힐금 써보는 상덕이——
『자 이왕 왓스니 우리 술이나 할가』
멋적은 듯 동의를 구한다

세 사람 (七)

『전 낮에는 술하고 남에요』
『왜 조금만 하지』
하면서 드러주는 술잔—

밧어 든 로—스는 못 이기는 체 반씸 지운다 지우면서 로—스의 표정은 무엇을 결심한 듯이 변해진다 눈매가 날카롭다

술 마시는 것을 본 상덕은 급작스레 마음에 흡족한 것을 늣기는 듯—
『자 여기서 저녁까지 자시고 가지 응』
『네 그러케 하지요 호호』
급작스레 태도가 달나진 로—스는 이 장면을 리용할 수 잇는 연극 하나를 이제부터 쑤밀야는 것이다——

『로—스, 오늘은 참 유쾌한데』
『유쾌하구면요 참말노 호호』
로—스는 허튼 우슴을 웃고 간드러진 말씨를 펴 놋는다

『로—스, 우리가 이런 집에서 오래오래 사러 본다면 어썰가』
『참 조치요 그러나 제가 자격이 잇나요』
『뭐시 엇재 왜『히니쑤241야』242 여기까지 와서도』

---

241 히니쿠(ひにく, 皮肉). 빈정거림, 비꼼, 얄궂음.
242 『』야의 부호 글자 배열 오류.

『히니쓰는 누가 해요 정말이니짜 그러치요 호호』

『그러지 말고 로―스』

상덕이 만족하는 듯이 빙그레 웃으며 로―스의 얼골을 바라본다

『말을 던지세요 호호』

『던지다니』

『호호 그럼 쏘세요』

『쏘다니』

『호호 참 우서 죽겟네』

『로―스 말버릇 느럿군그래』

『이러케 단 둘이 잇슬 적엔 그러케야 격이 맛는 것에요 호호』

『오라 그럿턴가 허허허』

그들은 쏘 술을 싸르고 과일을 싹고――

『로―스 우리 춤 한번 출가』

『오늘은 못 하겟세요 몸이 압푼 걸 억지로 왓서요 오래 서 잇스면 정신
이 팽팽 도라요』

『무슨 병이기에 밤낫 압픈 타령이요』

『그러치만 어써케 해요』

거슴츠레한 상덕이의 눈에 로―스의 쑤며진 애련한 표정이 설네친다

『로―스』

은근이 부르면서 상덕은 덥석 로―스의 손을 잡어단인다

『왜 이러세요 남이 보게』

로―스는 은근이 쌔치는 체하면서도 여음[243]을 부친다

『보긴 누가 봐』

하면서 다시 로―스의 손을 어루만진다 로―스는 가만이 잇다 손을 잡

혀 잇는 로―스의 얼골은 별안간 애조를 씌운다

애조 쓴[244] 얼골에 상덕이의 눈이 닷는 것을 기달여서――

『긴상』

은근하고 애련한 말시다――

『왜』

『저 청이 잇는데 드러주시겟서요』

붓그러운 듯 미안스러운 듯――

『무슨 청』

『……!』

로―스는 스르르 약간 머리를 숙이는 체한다

『아 말해 봐 무슨 청이야』

---

243 여음(餘音). 소리가 그치거나 거의 사라진 뒤에도 아직 남아 있는 음향.
244 문맥상 '쓴'의 오류로 추정.

갑갑하다는 듯이 로—스의 애련한 얼골을 본다

『말 못 할 쎄 뭐 잇서 응 뭐야』
『저——』

내가 가는 길 (37)

1939년 2월 22일

세 사람 (八)

『저— 뭐야』

『다른 게 아니라 제가 요새 자주 알치 안어요 그래서 병원에 갓드니 몸이 약해대서 보혈 주사를 맛기로 햇서요』

붓그러운 듯 머리를 숙이는 척—

『그런데』

아직도 로—스의 진의가 모르겟다는 듯

『하로에 주사대가 삼 원식이래요』

로—스 얼골을 불켜 보인다

『아 아 아———』

그제야 아럿다는 듯이 상덕이 응하면서

『그게 뭐 말 못 할 청인가』

『……』

잠시 눈을 드러 저편 짝 침실을 힐긋 처다보면서 이제부터 이러날 일을 생각해 보는 상덕은 서슴지 안코 지갑을 여러 백 원짜리 하나를 슬며시 로—스의 손에 쥐여 준다

『자 이만하면 위선 한 달은 마질 테지』

『……』

머리를 드는 로—스의 감격한 양의 얼골과 눈에서 글성거리는 약간의

눈물——

물그레미 바라보는 상덕이의 눈에는 지글지글 타는 수심(獸心)[245]의 움 직임이 낫타나 보인다

한 손을 잡고 잇든 상덕이는 덥석 로—스의 허리를 잡어단인다
『로—스』
말소리 거칠다

이째 로—스가 별안간 소리를 지른다
『아이고 압퍼 아이구 아이구』
거이 죽는 것 갓혼 소리를 내면서 왼 몸을 비틀고 방을 헤매다십퍼 외 마듸 소리를 지른다

상덕은 씸[246]작 놀나 벌쩍 이러슨다 눈이 휘둥그레진다

로—스 점점 더 크게 소리지른다
『아이구 아이구 압퍼 사람 죽겟네』
얼골을 씽그리고 배를 웅켜쥐고—

『로—스 왜 이래 어듸 어듸가 압퍼』
상덕이 덩다러 한칭 더 당황한다

---

245 수심(獸心). 짐승같이 사납고 모진 마음.
246 문맥상 '씀'의 오류로 추정.

『로—스 그럼 의사를 부를가』[247]

『안예요 의사가 여기 오면 제가 창피해요 제가 가겟서요 어서 차나 하나 불너 주세요』

『웅 그러켓군』

헐네벌덕 전화를 든다

현관을 써나는 자동차 안에 배를 웅켜쥔 채 상을 찡그리면서 비명을 지르는 로—스의 모양

써나는 자동차의 뒷모양을 닭 쫏든 개 모양으로 물그러미 바라보는 상덕이의 얼골

『제기 재수가 업슬내니까』

아직도 너러 거른『스로—스』가 바람에 펄넉어린다

거리로 나와 달리는 차 안의 로—스는 빙그레 웃는다 이제 쑤미고 온제 연극이 신기하다는 듯이

---

247 『』의 오류.

强盜 事件 (一)

가을이 지터 가로수가 한입 두입 써러지는 시월 금음께[248]의 어느 날 밤

종여수 나무 업서진 자리에 단풍나무가 드러서 잇다 오늘 밤도 저편 짝 벽 우의 화이트 로―스란 영어 글자의 네온이 쌔알가케 정열을 피이고 잇다

밤도 느저 홀 안에 손님도 드물다 『슈벨트[249]』의 『아베 마리아[250]』 곡 이 도라간다

로―스 제대로 한편 쌕쓰[251]에 안진 채 허심이 담배를 쑥― 쌔라 풍긴다

손에 낀 담배가 타는 줄도 이즌 듯이 로―스는 물그레미 문 쪽을 바라 본다 그곳에 무엇을 차즐냐는 사람과도 갓치――

『쏘아[252]』가 슬척 업서지면서 허욱이의 환상이 낫타난다――

---

248 그믐께. 그믐날 앞뒤의 며칠 동안.

249 슈베르트(Franz Peter Schubert, 1797~1828). 오스트리아의 작곡가. 초기 독일 낭만파의 대
표적 작곡가의 한 사람이며 근대 독일 가곡의 창시자로, 600여 곡의 독일 가곡과 실내악곡,
교향곡 따위를 남겼다. 작품에 〈아름다운 물레방앗간의 아가씨〉, 〈겨울 나그네〉, 〈백조의
노래〉 따위가 있다.

250 아베 마리아(Ave Maria). 〈엘렌의 세번째 노래(Ellens Gesang III, D. 839, Op. 52, No. 6)〉
는 프란츠 슈베르트가 월터 스콧의 서사시 「호수의 연인」을 가사로 하여 1825년 발표한 가
곡으로, 흔히 '아베 마리아'로 알려져 있다.

251 박스(box, ボックス). (극장·음식점 등의) 칸막이한 자리.

252 도어(door). 문. 출입구.

『아』

로─스 약간 놀내는 듯 벌덕 이러슨다

『지리링──』

요란한 전령(電鈴)[253] 소리에 깜작 놀난다 순간 허욱이 환영 업서진다

『가자』

『가자』

여기저기의 여급들 소리다

로─스의 얼골 갑작이 흐려진다

벽에 걸린 시게가 새로 한 시를 가르친다

아스팔트 우에 그림자가 거러간다

『핸드쌕』만 드른 로─스다 영정(榮町)에 잇는 셋방을 차저가는 것이다

거리는 죽은 듯이 고요한데 하날은 휘양창 밝다 이그러지는 열일헤 달
이 원한을 먹음은 듯 오늘짜라 애련이 빗친다

자동차부 압흘 지나 신정(新町) 뒷골목 길노 드러슨다 여전이 그림자가

---

253 전령(電鈴). 전류를 이용하여 종을 때려 소리가 나게 하는 장치. 초인종, 전화기 등에 이용된다.

붓터 간다

멀니 거러가는 로―스의 뒷모양이 쓸쓸히 보인다

마아악 신정 뒷골목을 쌔저나와 영정다리(榮町橋)쎄를 도라설 쌔 큰길 엽 어느 집 압헤 사람들이 수십 명이나 모여 욱실거리고[254] 잇는 것이 선쯧 로―스의 눈에 씬다

로―스는 지나치면서 엇전 일인가 하는 생각으로 그 속을 파헤치다십히 드려다본다

군중은 아즉도 써들고 잇다
『그 강도가 도망갓다지』
『뭐 총까지 노앗다는데』
『그럼 주인은 죽엇겟네』

『앗!』
로―스는 순간 기절하다십히 자즈러지게 놀내면서 뒤로 뭇춤[255] 물너슨다 몸을 부르르 썬다 공포에 휩쓸리는 빗이 얼골에 나난다[256]

『쌋 쌋 쌋 쌋』
소리 나면서 『오트쌔이[257]』가 몰여와서 집 압페 슨다. 무장 경관이 십

---

254 욱실거리다. 여럿이 한데 많이 모여 몹시 들끓다.
255 뭇춤. 놀라거나 어색한 느낌이 들어 하던 짓을 갑자기 멈추는 모양.
256 문맥상 '나타난다'의 탈자 오류로 추정.

여 명이나 선뜻 네레슨다. 로—스의 얼골 더 크게 놀내면서 변해진다

　로—스는 그 순간 무엇이 팻득 생각나는 것이 잇는 듯 태도를 곤치고 영정다리세로 다름질치다[258] 십피 쌔르게 거러간다

　××일보 지국 유리 창문을 황급히 두드리는 여자의 손 로—스의 모양 그 안은 전기불을 껏는지 캄캄하다

　『덜겅 ～～ ～～』
문 두드리는 소리 더 크게 들인다

　팻득 안에서 전등을 키는지 유리창이 환해진다 문 여는 소리가 들닌다 문이 드르르 열닌다

　잠자리 옷으로 슨 욱은 깜작 놀나면서
『아 엇전 일이세요』

　『저 저 저기서 강도가 낫서요』
로—스 씨근덕어린다[259]
『네? 강도요 어듸서요』
순간 욱이의 눈이 긴장된다

---

257 오토바이(auto bicycle). 앞뒤로 있는 두 바퀴에 원동기를 장치하여 그 동력으로 바퀴가 돌아가게 만든 탈것.
258 달음질치다. 힘 있게 급히 뛰어 달려가다.
259 씨근덕거리다. 숨소리가 매우 거칠고 가쁘게 자꾸 나다. 또는 그렇게 하다.

强盜 事件 (2[260])

　삼엄한 무장경관이 철웅성[261] 가튼 수색진을 펴고 잇는 무시무시한 현장에 수첩을 든 채 이리 닷고[262] 저리 닷는 허욱이의 그림자 그의 긴장한 얼골 번득이는 눈 담으른 입

　아세아사진관(亞細亞寫眞館) 압에서 이제 막 문 열고 나슨 듯한 사나이와 마조 서 잇는 허욱이——
　『어서 준비해 주십쇼 좀 수고스럽드래도 꼭 좀 가주세야겟음니다』
　욱이는 긴장한 빗이 아직도 사러지지 안은 채 잇다

　전화를 트러대는 욱의 포—스
　『XX부장 게심니가 여기는 대전지국임니다』
　허욱이의 말씨 거세다

　그 이튼날 아츰 본서(本署)[263]로 드러스는 허욱이 지난밤을 새운 것이 눈에 씌인다.

　그제야 다른 지국 신문기자들이 몰려들면서 뒤늣게 법석들이다
　『나는 인제야 알고 왓는걸』

---

260 이 작품에서 소제목의 회차는 모두 한자인데 이 회차에서만 아라비아 숫자로 표기되어 있음.
261 철웅성(鐵甕城). 쇠로 만든 독처럼 튼튼하게 둘러쌓은 산성이라는 뜻으로, 방비나 단결 따위가 견고한 사물이나 상태를 이르는 말.
262 닫다. 빨리 뛰어가다.
263 본서(本署). 주가 되는 관서를 지서, 분서, 파출소에 상대하여 이르는 말.

허욱이 쑤벅~~~ 서장실노 드러슨다

『범인은 잡혓습니까』
『아직 잡진 못햇스나 곳 잡힐 테지요』
서장도 밤을 새윗는지 눈에 핏대가 서 잇다

『혐의자는요』
『그것도 몟 명은 잇지만 아직 모름니다』

『요번 사건은 중대한 것임니까』
슬적 이러케 서장의 내심을 써본다

『중대하다곤 할 수 업서요 악질(惡質)임니다』

『그럼 왜 수색경관의게 무장을 식엿습니까』

허욱의 찌르는 말ㅅ세는 사뭇 날카롭다

[264]그건 단순이 범인이 단총[265]을 소지했다는 것박엔 별 리유가 업슴
니다 아직 그 총의 진가도 모르긴 함니다만』
　서장의 눈이 까막어린다

---

264 『『』 누락.
265 단총(短銃). 짤막한 총.

욱이는 서장의 태도가 아모래도 수상해 대담무쌍한 넘겨잽이[266]를 쑤민다

『그러나 범인이 실내에 드러와 공포(空砲)[267]를 울넛다고 하지 안슴니까』

순간 허욱이는 날카롭게 서장의 눈을 노린다 그 반응을 보자는 것이다

『네? 그건 어디서 아럿음니까』

서장은 깜작 놀내는 포[268]정을 지면서 더 감출 수가 업다는 듯이

『글세 그것이 여기서도 여간 의심나는 것이 아님니다 아모래도 작난감 갓지는 안타고 증인도 말하고 잇으니까요』

허욱이의 눈 한칭 더 번득인다[269]

『범인이 복면햇든가요』

『아니요』

『그러면 이 근방 사람은 아님니다그려』

『글세요』

『그럼 언제쯤이나 체포되겟슴니까』

『글세요 제가 대전을 버서나지 못햇슬 거니까 금명간[270]에 체포될 테지요』

---

266 넘겨잡다. 앞질러 미리 짐작하다.
267 공포(空砲). 실탄을 넣지 않고 소리만 나게 하는 총질.
268 문맥상 '표'의 오류로 추정.
269 원문에는 '다'의 글자 방향 오식.
270 금명간(今明間). 오늘이나 내일 사이.

욱이 이러슨다

신문사 윤전기가 고속도로 도라가는 모양 그 속에서 쌰저나오는 산쳄이 갓혼 신문——

『절그렁 절그렁』

방울을 찬 ××일보 지국 배달부의 썽충 썽충 달이는 뒷모양 이집 저집에 신문을 너 준다 방울 소리 멀니 사러진다

신문을 드려다보는 사람들의 놀내는 표정

『단총 청년의 돌현 공포 발사코 오천 원 탈거[271]』

이런 제목을 드려다보는 로—스는 빙그레 웃는다 저윽이 흡족하다는 듯이

기사 압에 강도가 드러갓든 집의 사진이 커다라케 보인다 로—스의 눈은 더 크게 써지면서 웃는다

---

271 탈거(奪去). 물건을 빼앗아 감.

내가 가는 길 (40)

强盜 事件 (三)

그 밋트로 속보(續報)[272]가 잇고 서장담과 피해자의 이야기까지 실여 잇다

로—스의 웃음이 빙그레 한참이나 잇는다

멋칠을 지난 겨을을 재촉하는 어느 비 오는 날 오후

비에 젓는 아스팔트의 거리는 쓸々하다 가로수 써러진 입새 위에 비가 두둘기면서 나린다

비ㅅ사이로 보이는 『화이트 로—스』의 전경은 오늘짜라 쓸々하다

가을비는 『화이트 로—스』의 창을 두들긴다 들창[273] 두들기는 소리가 홀 안에서도 들닌다

깁숙한 홀 안은 음산하리만치 고요하다
『인지안 라멘트[274]』가 가늘게 도라간다

비 나리는 탓인지 손님은 하나도 업다 『로—스』『에미꼬』『다이나』오

---

272 속보(續報). 앞의 보도에 잇대어서 알림. 또는 그렇게 하는 보도.
273 들창(窓). 들어서 여는 창.
274 인디안 라멘트(Indian Lamaent). 드보르작의 100번째 작품인 〈바이올린과 피아노를 위한 소나티나 G장조, 작품번호 100번, 인디언의 애가(Indian Lament)〉. 드보르작이 아들 토닉과 딸 오르카를 위해 작곡한 작품으로, 1893년 12월에 완성하여 여섯 자녀에게 헌정했다고 한다. 1928년 미국 빅타레코드에서 〈Indian Lament〉라는 제목의 음반을 발매했다.

늘의 낮 당번만이 안저 잇다

로─스는 피우든 담배를 손에 든 채 깁흔 생각에 잠겨 잇다

홀 안은 회색에 짓터가는 분위기가 가을비 짜라 더 한칭 싸늘하다
벽의 시게 다섯 시 반을 가르킨다

『에미츠』『싸이나』는 벌덕 이러서 콧노래를 부르면서 화장실로 드러
간다

로─스 혼자만이다 갑작이 더 쓸쓸해진다 로─스의 얼골 애련하게 썬다

비에 맛는 유리창 우에 선 듯 욱의 환상이 나타난다 빙그레 웃는다 그
엽프로 상덕의 매섭게 흘기면서 무기미하게 웃는 모습이 써오른다

로─스는 놀내는 듯 눈을 깜박어린다 환상이 업서진다 『로─스』의 얼
골이 다시 흐려진다

축음기는 다시 『쓰루미 선데이』를 울닌다
『밤비는 울면서 창틈에 스처도 그대는 어데로 캄캄한 캄캄한 일요일』
창틈을 두들기는 가을비의 비말(飛沫)²⁷⁵이 홀 안으로 풍기는 것이 샌얀
이 보인다

---

275 비말(飛沫). 날아 흩어지거나 튀어 오르는 물방울.

이것을 물그레미 드려다보는 『로―스』의 무거운 얼골―

손고락 사이에서 애수와 갓치 길게 피여오르는 담배의 연기

선ㅅ듯 유리 우에 욱의 환상이 쏘 나타난다 로―스의 얼골 눈 긴장하듯
이 바라보고 잇다. 욱이는 마치 성자(聖者)와도 갓치 숭고하다

『인간은 가늘고 길게보담도 굴ㅅ고 쌀게 사러야 합니다』
　하면서 이런 진리를 아러라 하는 듯이 유심이 로―스의 얼골을 파고 드
려다보든 허욱이의 그 미덤직한 얼골이 지금도 그제와 갓이 무서운 압
역[276]을 가지고 육박해온다
　욱의 환상에서 빗이 나면서 그것이 환하게 로―스를 싸준[277]

로―스의 얼골, 점점 더 심각해온다 웃을 듯 웃을 듯 얼골이 번득인다

허욱이의 환상이 다시 사라진다

로―스의 얼골 햌숙하리만치 다시 흐려진다

『후―』
길게 모라내는 한에
손에서 제대로 타버린 담뱃재를 툭 하면서 테불 우로 써러트린다

---

276 현대 어법으로는 '력'이 맞지만, 당대 표현으로 추정하여 오류 처리를 하지 않았다.
277 문맥상 '싸준다'의 탈자 오류로 추정.

눈에 눈물이 글성하다 그것이 쭈루룩 볼 우로 구을는다

로―스는 손으로 얼골을 가린다 그대로『테불』우에 머리를 써러트린다

『그는 손 안 닷는 하날의 별인가』
혼자 중얼거린다
『스루미·메라』의 애상곡이 도라간다

앙상한 가로수 나무 압 하나이 툭 써러저『화이트·로―스』의 들창에
부다친다 그대로 쌍 우에 써러진다 그 우를 세찬 비방울이 두들긴다

로―스 흐느긴다 억개 약간 들먹인다

내가 가는 길 (41)

1939년 2월 26일

비 오는 밤 (一)

그날 밤 비는 여전이 나린다

『홀』에는 코스노래가 들니고 여기저기 손님이 안진 채 술을 드리키고 잇다

『씨―아나짜빈』의 『트라비다』곡이 유량히[278] 들려온다

밤거리는 비가 나려 쓸쓸해도 홀― 안은 오늘밤도 환락경[279]이다

『호 호 호』
상덕이 압페서 간드러지게 웃는 로―스의 얼골

『저 밤참 좀 사주세요 네』
『그래』
음식을 달게 먹고 잇는 『로―스』그 엽으로 느러논 여러 가지 음식이 흐무럭스럽게[280] 벌여 잇다

맛잇게 먹는 『로―스』의 얼골을 물끄레미 드려다보는 상덕의 눈――

---

278 유량(嚠喨)히. 음악 소리가 맑으며 또렷하게.
279 환락경(歡樂境). 아주 즐거운 경지.
280 흐무럭스럽다. '매우 흐뭇하거나 푸지다(매우 많아서 넉넉하다)'라는 뜻의 '흐무러지다'와 '그러한 성질이 있음'을 뜻하는 접미사 '-스럽다'가 붙어 만들어진 표현으로 추정.

두 불[281]이 불룩불룩해 보인다

『아이 그러케 바러보면 부끄러워 못 먹어요』

입안에서 씹다 마른 밥알이 말하는 바람에 나온다
『그러지 허허——』

『로—스[282]
『스푼』과 『포—크』를 내노면서 찬물을 드려키기가 무섭게
『자 와인 한 잔만』
하고는 로—스에게 포도주를 싸라준다

로—스 밧어서 쑬덕 넘긴다
『상큐—』
하면서 다시 부어서 상덕의 압헤 갓다 놋는다

창문이 번쩍하면서 뒤이어 우루ㅅ 소리 들인다 번개가 이러난다

『로—스』
『왜요』
로—스의 눈이 애교 잇게 반짝인다
『로—스는 나한테 너무 푸대접만 하지 안어』

---

281 문맥상 '볼'의 오류로 추정.
282 '』' 누락.

『푸대접이요 호호 참 우서 죽겟네 인제 좀 더 잇서 보세요 척척 구다사이[283] 할 쎄니까요』

『그러튼가 하하하…… 기달니기 힘도 든다』

『그런데 로―스, 로―스는 이런 생활을 언제까지 할 생각인지』

『그건 왜 새삼스럽게 무르세요』

『아니 글세 말야 일테면 말이지』

『나 가튼 년을 데려갈 놈이 어디 잇서야죠』

『만일 잇다면 어써케 할 테야』

상덕이 눈이 번적 씌여 벗석 서둔다

『잇다면 단연 오―케죠 그러나 본처가 잇다든지 해서 첩으로 드러가는 건 첨부터 사절에요』

『뭐!』

상덕이 불시로 씨무룩해진다

『호 호 호 긴상은 어린애 가터요 그건 쌔와 장소에 의해서 달슴니다. 그와 정(情)만 드렷다면 다음 문제는―』

『암 그러쿠말고 우리 편 잘한다 하 하 하……』

신통하다는 듯이 로―스의 등 뒤를 툭 툭 치면서 신이 나서 한바탕 씰씰대고는 우서댄다

---

283 구다사이(ください). '~해 주십시오'라는 의미로, 상대방에게 간절하게 원한다는 뜻을 나타낸다.

『쌔―굿』

덧문이 열닌다 더부륵한 사나이가 비를 털면서 우산을 접어든 채로 드러슨다 칭칭대[284]를 네려온다

『아 허욱 씨』

로―스는 벌덕 일어나 허욱이를 마저 빈자리에 안친다

---

284 층층대(層層臺). 돌이나 나무 따위로 여러 층이 지게 단을 만들어서 높은 곳을 오르내릴 수 있게 만든 설비.

비 오는 밤 (二)

상덕이 한참이나 바라보다가 그 꼴이 못맞당한 듯이 씨무룩하면서 머리를 돌닌다

『엇저면 그럿케 못 뵈여요』
『실례햇슴니다 자연 밧버서 그리됏슴니다 오늘은 요전에 페 끼친 것도 잇고 해서 일부러 틈을 타서 사레라도 듸리려 왓슴니다』
빙그레 웃어 우선 호의를 씌여 보인다

『뭘요 그까짓 것 가지고 사례를 다』
사례를 밧는 로—스의 마음이 벅차오른다 얼골이 빙그시 써오른다

이쪽을 홀기는 저짝 『쌕스』의 상덕의 눈에는 지글지글 쓸는 분노의 빗치 써보인다
『차나 한 잔 갓다주』
『네』

테불 우 차ㅅ종지에서 김이 무럭무럭 오른다 한 목음을 드러킨 욱이
『참 요전엔 대단이 고마웟슴니다 기실은 로—스 씨 째문에 『도쿠다네[285]』(特鐘[286])를 해먹은 겜니다 엇저면 그러케도 영민하슴니까[287]』

---

285 도쿠다네(とくだね, 特種). 특종 기사의 줄임말.
286 '種'의 오류.
287 영민(英敏)하다. 매우 영특하고 민첩하다.

전과는 달니 부드러이 대해주는 허욱이의 눈─

『뭘요』

사양하는 로─스의 얼골 눈을 잠시 불킨 채 욱의 눈과 마조친다

잠시 침묵이 이어간다

『선생임은 언제든지 그곳에 게신가요』

『어듸 말임니가』

『왜 저 지국**288** 말에요』

『네』

『살림은 어디서 하시고요』

안 물을 말을 물엇다는 듯이 얼골이 확근 다러오른다

『살림이요 허허─』

그는 대범이 지워버린다

『왜 여기선 안 하시나요』

이왕에 내논 말이니 안 무러볼 수 업다

『대관절 우리 가튼 사람에게 누가 쌀을 줌닛가』

『네?』

---

288 지국(支局). 본사나 본국에서 갈라져 나가 그 관할 아래 있으면서 사무를 맡아보는 곳.

로—스는 놀내는 표정을 지을냐다가 다시 도리킨다

『웨요?』
그게 무슨 의미냐는 듯이 욱이의 얼골을 직힌다

욱이는 그제야 빙그레 우스며
『우리 갓튼 백수건달을 누가 짤을 준담닛가 허々々』

『호々々々々 선생임도 참』
싸러서 웃는 로—스의 마음 왜 그리 존지 알 수 업다

저편짝 상덕의 눈은 코ㅅ장등이가 시여서 못 보겟다는 듯이 이쪽을 노리고 벗티고 잇다

『다른 술 가저오너라』
공연히 성낸 소리다 참다못해 기어히 분통이 터진 것이다

욱이는 슬며시 못이기는 체 담배에 불을 뎅게 문다

쏘 번개가 번쩍하면서 창이 훤해지자 우루루 소리 들인다

『선생님은 언제든지 밥부세요』
『밥불 쩨가 정해 잇진 안치요 요번 갓튼 돌발사건이 나면 밧붜지니가요 그러나 보통은 일반²⁸⁹이지요』

『밤에는 뭘 하시지요』

『주로 내 시간이 돼서 서책 보는 게 보통임니다』

『그럼 노시는 째는 통 업게요』

『왜요 일요일만은 좀 한가하지요 친구들과 협슐이기도 하닛가요』

---

289 일반(一般). 특별하지 아니하고 평범한 수준.

내가 가는 길 (43)

지금까지의 梗槪[290]

국제도시 상해(上海)에서 『샌서』로 잇든 『로─스』는 작년 팔월의 지나 사변(支那事變)을 맛나 고향에 도라오는 도중 경부선 열차 속에서 『에레나』라는 『카페』 녀급(女給)을 맛나 대천(大川)의 해수욕장에 가서 가치 맛날 것을 약속하고 고향인 부여(扶餘)의 옛집을 차저갓다가 헛되히 도라섯다 『로─스』의 부모는 『로─스』가 상해로 간 뒤 어듸로인지 리산(離散)[291]해 가버린 것이다 이리하야 『로─스』는 실망하고 대천 해수욕장에 갓스나 『에레나』 역시 대전(大田)으로 가버려서 맛나지 못하고 다시 대전(大田)에 와서 『화잇트・로스』라는 『카페』에 잇게 된다

여기서 광산을 경영하는 색마 부호 김상덕(金相德)과 ××일보 대전지국 긔자인 허욱(許煜)이란 청년과 맛낫다 색마 김상덕은 『로─스』를 돈으로 유혹할냐고 들지만 『로─스』는 허욱에게 홍미를 갓고 여러 가지로 도읍는다 오늘 밤도 허욱이가 『카페』로 『로─스』를 차저온 것이다

비 오는 밤 (三)

쏀이[292]가 갓가이 온다

『무슨 술예요』

『제일 독한 것 잇지 『월커』나 『킹 오프 킹킹[293] 스[294]나』

---

290 경개(梗槪). 전체 내용의 요점만 간단하게 요약한 줄거리.
291 이산(離散). 헤어져 흩어짐.
292 보이(boy). 식당이나 호텔 따위에서 접대하는 남자.

공연이 샌이를 흘기고 야단이다

박게선 여전이 구즌비[295] 창틈을 두들기고 잇다 라듸오는 『쿡크 왈스』의 유량한 멜노듸―를 퍼붓고 잇다

남어지 차를 마저 기우린 욱이는
『그럼 난 가겟습니다 집에 가 원고 쓸 것도 잇고』
『좀 더 놀다 가세요 선생님은 여기만 오시면 쪽겨 온 사람갓치 서들기[296]만 하세요』

『서드는 건 아니지만 더 잇스면 뭣합니까』
『좀 더 게서요 제가 할 말도 잇고요』
로―스는 언듯 일요일이란 말이 쮜여 오른다
『그럼 일요일쯤 놀너 가도 조켓서요』
『네 좃습니다 저의 지국은 언제든지 조용하니까요 그러나 여기 가튼 레코―드는 업습니다』
『아니 누가 그까짓』……[297]
그런『쟈스[298]』곡이 로―스도 실타는 표정을 뵈인다

---

293 '킹'의 중복 오류.
294 '』' 누락.
295 궂은비. 끄느름하게 오랫동안 내리는 비.
296 서들다. '서두르다'의 방언(경남, 전남).
297 '……』'의 부호 배열 오류.
298 쟈스. '쟈스'는 미국에서 아직도 의견이 분분한 재즈의 어원 가운데 하나이지만 한국에서의 의미는 다르다. '쟈스'는 일본에서 사용되던 말을 그대로 받아들인 경우로 서구음악의 통칭으로 사용되었다.

『그럼 요댐[299] 일요일날『피크닉』이나 할가요』

『그거 참 좃습니다』

로―스는 정신이 벗적 나는 듯 순간 썽청 쒸리만치 깁부다 눈이 열려저 보인다

『어디가 좋가요』

『글세요 아모 데나 조켓지요』

『저 보문산록 가튼 데는 엇덜가요 거기 게곡이 잇고 호수가 잇대요』

『참 거기가 조켓군요』

『그럼 꼭 그러케 해 주세요 밋겟서요』

『네 그러케 하세요』

선뜻한 대답 로―스의 얼골은 감격에 벅찬 듯 빙그레 써오른다

이째다

『[300]라듸오 스피카에서 나오는 주악(奏樂)[301]이 쑥 싄키면서

『쩨 오 쮜 케(JODK) 여긴 경성방송국임니다 임시급보를 알임니다 금일 오후 남경 방면에서 날너온 적의 비행기 다섯 대가 ××폭격을 목적하고 ××군도(×群島)[302]를 지낫다는 정보가 드러왓슴니다 ×××은 물론 중부 ××까지 공습관제[303]를 실시하라는 ××××군사단 사령부의 달시[304]가

---

299 요댐. '요다음(요것에 뒤이어 오는 때나 자리)'의 방언(평안).
300 문맥상 오식으로 추정.
301 주악(奏樂). 음악을 연주함. 또는 그 음악.
302 군도(群島). 무리를 이루고 있는 크고 작은 섬들.

나렷음니다』

　손님들이 어리둥절한다 얼골이 금시로 햇슥해진다

『윙── 윙──』
공습관제의 싸이렌 신호가 무기미하게 울닌다

『쎄긋』
문이 열니면서 방호단원(防護團員)이 웨친다
『어서 실내등을 쩌주시요』

　홀 안의 전등이 일시에 확 쩌진다 갑작이 캄캄하다
　로—스와 허욱이 우산을 가치 쓰고 문을 나슨다 비가 주룩─ 주룩─
퍼붓는다

『전 낫에 일기가 괜찬킬네 우산을 안 가저 왓서요 미안하지만 제 집까
지 좀 데려다 주시고 가세요』
『좃슴니다』
　비는 여전히 철버덕어리는데 나란히 부터서 한 우산 속에 파뭇친 채 것
는다

　쌔— 정문 압헤 서 잇는 상덕이 나란이 서 가는 두 사람의 뒤를 험상굿

303 공습관제(空襲管制). 적의 항공기가 야간에 공습할 때 실시하는 등화관제.
304 달시(達示). '시달(상부에서 하부로 명령이나 통지 따위를 문서로 전달함)'과 같은 의미.

게 흘긴다

비가 상덕이 얼골 우에 드리처 흐르는데 입김이 후— 후— 하면서 풍
기는 것이 무기미하다

『네 이년 어듸 봐라』
흘기는 상덕이의 눈매는 무엇을 결심하듯 사뭇 처참하다

비 오는 밤 (四)

마른번개[305]가 번쩍한다

『아이 무서워』

하면서 로—스는 작고만 허욱이 엽흐로 닥어슨다 우산이 좁아 비가 한 편 싹 억개를 적신다 허욱은 할 수 업시 한 팔로 로—스의 팔을 쏙— 붓들 어 준다

거리는 캄캄하다 사람의 왕래도 쑥 끈첫다 집집이 불빗 하나 보이지 안 는다 이제는 완전이 사도(死都)다 죽은 마을이다

두리는 철버덕어리면서 신정[306] 뒷골목으로 드러슨다 비가 쏘 바람에 석겨 횔— 덤비자 그 뒤를 싸러 번개가 번쩍하면서 『우루루 퉁 탕』

우뢰[307] 소리 처참이 울닌다

『아구— 어머니나』

깜짝 놀나면서 욱이의게 밧삭 덤비는 비들기갓치 로—스를 욱이는 귀 여운 어린애갓치 좀 더 닥어스면서 팔을 붓들어준다

훗훗한 욱의 체온이 제 몸에 스며든다 이 스며드는 그윽한 맛이 엇지도

---

305 마른번개. 맑게 갠 하늘에서 치는 번개.
306 신정(新町). 대구 '대신동'을 지칭하는 지명. 1914년에 대구 서상면 전동, 후동의 각 일부를 병합하여 신정(新町)이라고 불렀음. 당시 일본은 일본식 한자로의 지명 개칭을 하였는데, '신정'도 그 일환으로 붙여진 이름임.
307 우뢰. 천둥.

조흔지 모른다 로—스는 이럿케 달녀붓튼 체 씃업시 이 길을 것고만 십다

로—스의 눈은 어둔 속에서도 한결 빗나 보인다 마치 새 빗을 보는 사람과도 갓치

　비는 여전이 우산을 짜린다

　우산 씃에서 빗줄기가 줄줄이 흐른다

　쏘 번개가 번쩍하고는 뒤를 이어 대포 소리 가튼

　『우루루 퉁탕』

　하는 하늘이 금방이래도 문허질 것만 가튼 우뢰 소리 천지를 진동한다

　『에그머니』

　하면서 로—스는 욱이의 품 안으로 밧삭 기여든다 순간 욱이는 덥석 그를 쩌안은 채 슨다 놀내진 로—스의 눈이 두리번거린다 로—스의 가슴속 심장의 고동이 『둑근 둑근』 그대로 욱이의 가슴에 부다친다

　두 사람은 다시 것는다 피역[308] 회사 엽길노 드러스자 조그만한 현관이 나슨다

　『잠간만 제 집에 들넛다 가시지요』

　『아닙니다』

　『아무도 업는데요』

　『괜찬습니다 전 바로 가야겟습니다 안영히 주무시지요』

---

308 문맥상 '혁'의 오류로 추정. 피혁(皮革). 날가죽과 무두질한 가죽을 아울러 이르는 말.

『……』

욱이는 대답도 드를 필요가 업다는 듯이 뚜벅~~ 다리쎄로 거러간다

뒷모습을 바라보는 로—스의 마음엔 연인을 멀니 쎠나보내는 것 가튼 벅찬 격동[309]이 설내져온다

『허욱 씨』

소리가 썰인다 입김이 풍긴다 허나 허욱이는 못 드른 체 저편 다리 우로 그림자조차 사러저 간다

원망하는 듯 물쓰레미 그쪽을 바라만 보고 잇는 로—스의 눈에는 눈물이 글성거린다

히미한 그림자조차 아주 업서지자 눈물이 기어히 볼 우로 주루룩 흐른다

번개가 쏘 번쩍한다

저쪽 다리 우로 거러가는 욱이의 뒷모양이 조그마케 드러나 보인다

들창에는 밤비가 세차게 두들긴다

캄캄한 속에 로—스는 그냥 섯다

---

309 격동(激動). 감정 따위가 몹시 흥분하여 어떤 충동이 느껴짐. 또는 그렇게 느낌.

내가 가는 길 (45)

1939년 3월 3일

비 오는 밤 (五)

만추(晩秋)의 저녁 햇살이 싸겁게 빗처주는 보문산[310] 산록[311](寶文山麓)을 거러가는 두 젊은 남녀의 그림자가 멀직이 보인다

욱이와 로—스다 산ㅅ길 엽으로 욱어진 잡초들이 말은 채 가을바람에 나붓긴다

『전 오늘을 기달니느라고 눈 쌔질 번 했서요』

『왜요』

『모르겟세요 엇지도 날ㅅ자 가는 게 더된지 몰으겟세요』

『그런 데 게시면 시간 가는 줄도 모르실 텐데요』

욱이는 빙그레 웃으며 나란이 엽에 슨 로—스를 바라본다

『안예요 그건 피상적[312] 관찰에요 저도 그전엔 그런 생활이 실증도 안 낫고 거기에 위안 갓흔 것도 밧어 왓는데 요새 와선 왜 그런지 씨무럭해 저요』

『왜요』

『그 리유는 모르겟세요 거기 오는 손님들도 요새는 개밥두덕이[313] 갓치

---

310 보문산(寶文山). 대전광역시 중구 대사동(大寺洞) 외 11개 동에 걸쳐 있는 산.
311 산록(山麓). 산기슭.
312 피상적(皮相的). 본질적인 현상은 추구하지 아니하고 겉으로 드러나 보이는 현상에만 관계하는. 또는 그런 것.
313 개밥두디기. '땅강아지'의 방언(충북).

뵈여요』

『허허 그것 큰일낫슴니다』
욱이 빙그레 웃으며 의미를 안 듯이 머리를 쯔덕인다

『놀니지 마세요 호호』
힐긋 욱이를 바라본다

락엽을 밟는 두 구두——
『바시락』
『바시락』
발피는 소리——

일홈 모른 새가 앙상한 가지에서 푸드득 날나간다 로―스는 놀낸 듯이 바라본다 멀니 물방아³¹⁴ 뵈인다——
『선생임』
『왜요』
『저도 여기서 나오면 새 인간이 될 수 잇슬가요』
『여기라니요』
놀내는 얼골에 의아한 표정

『쌔―의 생활 말이죠』

---

314 물방아. 물의 힘으로 공이를 오르내리게 하여 곡식을 찧거나 **빻는** 기구를 통틀어 이르는 말.

『그건 새삼스리……』

『안예요 제겐 늦기는 것이 잇서 그래요』

『그야 새 빗쏜이겟슴니까 새 세게라도 볼 수 잇슬 겜니다』

『그럴가요』

멀—니 프른 하날을 바라본다 마치 그 속에 새 빗을 차저보는 양과도
가치

두 사람 여전이 것는다 아모 말이 업다 덥수룩한 갈째가 휘적휘적 스치
면서 지나간다

바람이 휘— 부러 로—스의 머리를 나붓긴다

물방아가 갓가워 온다 물방아가 도라간다 도라가는 우로 힌 물이 철철
거리며 써러진다

로—스와 욱이는 조용히 물방아 엽헤 안는다 물네 도라가는 것을 처다
본다

『기—기』

『기—기』

물방아 도라가는 소리가 그윽히 들인다

이윽고 욱이는 머리를 로—스 편으로 돌니면서 입을 연다

『이제 막 늣기는 게 잇다고 햇는데 무엇을 늣겻단 말예요?』

욱이는 로—스의 전과 달녀진 말씨와 태도에 호기심이 생긴다

『늣기는 것이란 다른 게 아니라 요번 일지사변[315]이 긋나는 대로 곳 남지나(南支那)[316]로 쮜여드러 가겟다는 것에요』

『그곳이 게이씨(景氣)[317]가 낫단 말이죠』

『아녜요 인젠 이 장사를 집어치고 짠 것을 해보고 십허요』

『네? 짠 장사요』

욱이는 모르겟다는 듯이 잠시 로—스의 얼골 엽을 스친다

『네 일테면 무역상 갓흔 것 말에요 하다못해 구멍가개라도』

『그럼 왜 하필 남지나로 가실냐고』

『자본을 그곳에 가야 차질 수가 잇서요…』

---

315 일지사변(日支事變). 중일전쟁(中日戰爭). 1937년 루거우차오(盧溝橋) 사건에서 비롯되어 중국과 일본 사이에 벌어진 전쟁. 일본이 중국 본토를 정복하려고 일으켰는데 1945년에 일본이 연합국에 무조건 항복함으로써 끝났다.

316 남지나(南支那). 화난(華南). 중국의 남부 지방. 푸젠성(福建省), 광둥성(廣東省), 구이저우성(貴州省) 등으로 이루어져 있다. 중국에서 가장 온도가 높고 다습한 아열대 기후 지역이다.

317 게이끼(けいき, 景氣). 생산·물가·고용이 상승하는 시기와 하락하는 시기가 주기적으로 순환을 반복하는 경제활동의 상황.

비 오는 밤 (六)

『찻다니요』

욱이는 쏘 모르겟다는 표정이다

『여기 올 제 중국은행은 모다 모라트리엄(支拂猶豫)³¹⁸을 해서 돈 만 원 잇는 것도 못 찻고 나왓서요』

『그럼 왜 하필 지나은행에 맷겻든가요『정금은행』(正金銀行)도『내손알
• 시티 • 뱅크』도 잇슬 텐데요』

『예금 리자(預金利子)가 좀 빗사서 그랫서요』

『허허 참 여간 아니심니다그려』

『선생님 그러케 하는 게 조치 안켓서요』

『글세요』

로—스의 얼골은 자신을 엇은 양 행결³¹⁹ 빗나 써 보인다

『철 철 철 철』

물 써러지는 소리 그윽히 들닌다

그들은 잠시 말을 쓴코 나란이 물네방아 도라가는 것을 본다

『아이참 물네방아가 엇지 조혼지 몰나요』

『조쿠면요』

---

318 모라토리엄(Moratorium, 支拂猶豫). 특정 형태 또는 모든 형태의 채무에 대해 일정 기간 동안
   상환을 연기시키는 정부의 조치를 말한다. 이는 경제 환경이 극도로 불리할 때 채무자를 보호
   함으로써 전반적 파산이나 신용의 파기를 방지하기 위해 취해지는 비정상적인 조치이다.
319 행결. '한결(전에 비하여서 한층 더)'의 방언(충청, 평안).

로—스는 깁분 맘을 못 참는 듯 노래를 부른다 욱이는 잠작고 물속을 드려다보면서 노래 듯는다

『옛날에 금잔듸 동산에 매기 갓치 안저서 노든 곳

물네방아 소래³²⁰ 들닌다 매기 내 사랑하는 매기야

동산 숩풀은 욱어지고

장미화는 피여 만발하엿네

옛날의 노래를 부르자 매기 내 사랑하는 매기야』

욱이 노래에 감격한 듯이 로—스의 얼골을 물끄레미 바라본다

『북망산 숩풀은 고요타 매기

영웅호걸이 뭇친 곳

흰 비석 둘너서 직힌다 매기 내 사랑하는 매기야

지금 우리는 늙어지고

매기 머리는 백발이 다 되엿네

옛날에 노래를 부르자 매기 내 사랑하는 매기야』

감격하는 욱이의 얼골과 흥분된 로—스의 얼골이 마조친다

『이젠 저 위로 가볼가요』

섁시시 일어나면서 다시 것는다

조그만한 계곡(溪谷)이 나슨다 제멋대로 굴너진 바위 사이를 타고 네려

---

320 소래. '소리'의 방언(강원, 경기).

오는 백옥 가튼 맑은 물, 물이 부서지는 곳에 쏠쏠거리는 물소리 더 크다

———

로—스는 바위 미테 손을 너본다

『아이 차궈』

하면서 놀낸 듯 쌘다 엽헤 슨 욱이 빙그레 웃는다

욱이와 로—스 압스고 뒤스면서 게곡을 지나 산중턱으로 올나슨다

물소리 여전히 크게 적게 들인다

산중턱에 조그만한 반석[321]이 나슨다 나란이 반석 우에 자리 잡는다 시가지가 눈압헤 휜이 드러온다

반석 엽헤 우— 하고 서 잇는 갈대가 바람에 날여 나붓긴다

멀리 제사[322] 공장의 연돌[323]에서 연기가 길게 쌔처 나온다

『자연이란 이러케도 조흔 겐가요』

『암요 자연은 인생의 요람(搖攬[324])입니다 『루소』는 자연으로 도라가

---

321 반석(盤石). 넓고 평평한 큰 돌.

322 제사(製絲). 고치나 솜 따위로 실을 만듦.

323 연돌(煙突). 굴뚝.

324 문맥상 '籃'의 오류로 추정. 요람(搖籃). 사물의 발생지나 근원지를 비유적으로 이르는 말.

라고까지 절규햇스니까요』

『참말노 자연은 인생의 요람인가봐요 저기 잇슬 적엔 이런 것보다도 더 조흔 자연을 보앗서도 그러케 신통찬케 역여젓는데요』
　로―스는 엽헤 서 잇는 갈째를 손으로 잡어 쏩는다

『자연을 볼 줄 아는 새 눈이 생겨젓는 게지요 마찬가지로 이제는 새 세상을 볼 줄 아는 새 눈도 가지실 째가 잇겟지요』

『새 눈이요』
　로―스의 소리 날카롭다
　눈과 눈이 마조친다 순간 로―스의 눈이[325] 확실이 번득인다

　바람이 휘― 부러온다 갈째가 잡바지면서 로―스와 욱이의 등덜미를 스친다

---

325 원문에는 ‘이’의 글자 방향 오식.

내가 가는 길 (47)

비 오는 밤 (七)

멀니 제사공장의 싸이렌이
『쒸──』
하고 운다

『자 우리 저싹 호수ㅅ가로 갑시다』
둘이 또 것는다

욱의 뒤를 싸르는 로─스는 무엇에 감격함인지 머리를 써러트린 채 것
는다

일흠 모를 새가 놀낸 듯 푸드득 날는다 씽 한 마리 뒷쏭지를 길게 쎄면
서 푸드득 저싹 골작으로 날녀간다

멀니 저편으로 드러슨 밤나무 가지가 총ㅅ대 드러스듯 총々이 서 잇다

호수가 갓가워 온다 호수ㅅ가에 백양수가 앙상이 서 잇다 백양수가 물
속에 제 그림자를 고요히 써러트리고 잇다

호수ㅅ가 갓가히 갈째밧에 자리를 잡는다 로─스와 욱이의 나란이 안
즌 뒷모양이 멀니서도 다정이 보인다

로─스는 돌을 주어 호수로 던진다

먼 문[326]이 천 갈내 만 갈내로 퍼저 간다 그것이 언덕에 닷자 그만 사러 진다

호수의 노을이 애련이 썬다 호수가 백양수에 닷는 잔양(殘陽)[327]이 행결 더 눈부시다

그들은 서로 그윽한 심정을 써보이는 것인지 잠잠이 안진 채 호수를 바라보고 만다

『선생님』
로―스는 무거운 입을 연다 욱이 대답 대신 얼골을 돌닌다

『살님을 안 하시면 생전 독신주의를 직히실 텐가요』
로―스는 얼골을 불키면서 나즉이 숙여 보인다

『글세요 생각해 보세요 이런 놈에게 누가 딸을 준담니가』[328] 이태리의 『카빌』은 『나의 애인은 이태리』라고 하고는 일생을[329] 독신으로 사럿다 는데 억지로래도 그런 식이나 쑤며 볼가요 허허』
욱이 머리를 다시 호수로 돌닌다
『호호 우수은 말슴도 하세요 그런데 딸 주겟단 사람이 잇스면 어써케 하시겟세요』

326 문(紋). 무늬.
327 잔양(殘陽). 해 질 무렵의 볕.
328 문맥상 오식으로 추정.
329 원문에는 '을'의 글자 방향 오식.

『쌀을 준다고 덥석 덤빌 수는 업곗지요』

『왜요』

『우선 내가 구하는 사람이란 가난한 집안에서 자라야 되고 고생을 격거 본 사람이라야 되니까요』

『하필 왜 그런 궁벽스런330 사람을!』

『그건 결국 쪽바른 생활의식을 가진 사람을 구하자는 겜니다』

로―스의 눈이 번썩 써진다 새 빗치 빗나 보인다 욱이의 엽얼골을 물그러미 직힌다 얼골이 긴장한다 이윽고 머리를 숙인다

바람이 쏘 쏴― 부러온다 숙인 로―스의 머리를 나붓긴다

『아이 선생님 춥곗서요 외투도 안 입으시고』

『안 춥슴니다 전 사냄니다 허허』

『호호 그래도』

로―스는 제『스프링331』을 벗어 나란이 안즌 두 사람의 등 뒤에 걸친다 욱이 그대로 가만이 잇다

『스푸링』안에 든 두 사람 안윽하다 서로 맛대인 체온에 그윽한 맛이 써돈다 욱이는 그대로 호수를 직히고만 잇다 그 속에 위대한 진리를 차저볼냐는 성자(聖者)와도 갓치――

---

330 궁벽(窮僻)스럽다. 보기에 매우 후미지고 으슥한 데가 있다.

331 스프링(spring). 스프링코트(봄과 가을에 입는 가벼운 외투).

산허리를 넘을냐는 햇살이 백양수 맨 윗가지에만 걸녀 잇다

써러지다 말은 입사귀들이 바람에 나붓기는 것이 잔양에 번득여서 더
애련이 보인다
호수는 저—편짝만이 가느다란 노을을 맨들고 잇다

일홈 모를 새가 어듸선지 『낄々々』하고는 한바탕 울어댄다

비 오는 밤 (八)

호수를 직히는 욱이의 눈에도 애련한 동경이 숨여저 오는 겐지 커—다란 사식[332]에 눌리여 잇다

『선생님』
나지막한 소리다——
『……』
욱이 호수를 바라본 채 아모 말이 업다
『선생님』
『……』

호수에서 눈을 거두어 욱이는 조심이 로—스를 바라본다 로—스의 얼골 우에 애련한 표정이 동경에 억눌여 빗처저 보인다

『선생님 저하구 갓치 가실 수는 업슬가요』
로—스의 얼골, 눈, 입, 긴장한다

『네? 갓치 가다니요』
욱의 얼골이 갑작이 변하면서 눈매가 쫑긋한다 순간 로—스의 심정을 잡은 것인지 얼골을 다시 호수로 돌닌다

『절 데리고 상해로 가주세요』

---

332 문맥상 '색'의 오류로 추정.

『⋯⋯⋯⋯⋯』

로—스 머리를 숙인다 눈물이 핑 돈다 눈물이 글성거린다

그대[333]도 욱이는 아모 대답이 업다 숨맥힐 듯한 정막이 삽시 흐른다

『구구구구』
어듸선지 산비들기 우는 소리 들인다

로—스 얼골 든다 눈물이 글성인다
『절 붓드러주세요 이제는 저도 짠 세상에서 살고 십허요 남경이 함락
하는 날 절 데리고 가주세요』
『⋯⋯』
욱이 다시 로—스의 얼골노 도라온다 금방이래도 울상십흔 감정이 설
네진 로—[334]의 얼골을 물그레미 바라본다

욱이의 얼골빗이 손에 잡힐 듯이 변해간다 눈에선 로—스의 얼골에서
무엇을 차즐냐는 듯이 이상한 빗이 번득인다

눈물을 먹음은 로—스의 얼골이 애련한 동경에 썬다

『로—스 씨』

___

333 문맥상 '래'의 오류로 추정.
334 '로—스'의 탈자 오류.

욱이는 감개무량한 듯이 이윽고 무거운 입을 연다

로―스 그대로 욱이를 처다본다

『당신은 벌서 그러케 변할 수 잇섯습니가 이 보잘 것 업는 사나이를 두고서』
『네』
나직하나마 확실한 말이다

『완전이 당신의 과거를 청산하실 수 잇겟습니가』
욱이의 태도 엄숙해진다

『네』
로―스의 벅찬 감정의 얼골―

『그걸 맹세질 수 잇겟습니가 내 압에서 영원이』
가시덤풀 속에서도 변하지 안을 굿은 신렴을 차저볼냐는 듯이 로―스의 표정을 더듬는 허욱이의 얼골은 잠시 침통해진다

『네』
들일락 말락 한 대답을 내노면서 벅차지는 감격에 휩쓸인 채 펑 쏘다지는 눈물과 갓치 허욱이의 품 안에 당겨 쓰러진다

쓰러지면서 그는 늣긴다 히열(喜悅)에서 치미러 오는 오열(嗚咽)을 억압

할 수 업섯든 것이다

　욱이는 제 압에 쓰러진 로―스를 고요이 보듬는다 보듬으면서 로―스의 손을 꼭 쥐여준다 이것이 너와의 영원한 맹세라는 듯이

　바람이 휙― 지나간다 로―스는 아직도 흑々하면서 늣긴다 등덜미가 들먹인다

　욱이의 얼골 경건한 빗으로 써오른다

　남어지 잔양(殘陽)[335]이 복스럽게도 두 사람을 포근이 덥허준다

---

335 잔양(殘陽). 해 질 무렵의 볕.

내가 가는 길 (49)

1939년 3월 8일

그날 밤 (一)

십이월 십일(十二月 十日) 오후

박게서는 음울한 하날 밋테 힌 눈이 부실~~ 써러진다 거리엔 세모경품대매출(歲暮景品大賣出)[336]이란 깃발이 펄넉어린다

로―스는 쌔― 안에서 전화를 건다
『허욱 씨세요 저 로―스에요 안령하셋서요 오늘은 낫 당번이여서 일즉 나왓서요 그런데 저번에도 말슴햇지만 오늘이 제 생일에요 저녁엔 쏙 좀 나와 주세요 제가 한턱할 테에요, 네 그럼 쏙 밋겟세요 일즉암치 나오세요』

전화를 싣는 로―스는 빙그레 웃는다 오늘밤에 욱이를 맛날 것을 생각하니 엇지도 조혼지 모른다

로―스는 『홀―』로 나온다 멧 사람의 『카피』 마시는 손님이 난로 압헤 안저 잇다 창ㅅ가 빈자리에 안저서, 로스는 물끄레미 유리창 넘어로 나리는 눈 모양을 바라본다
『하와이얀 쯔림』이란 레코―드가 도라간다
『야 로―스』
하면서 누가 억개를 툭 친다 에레나다

---

[336] 세모경품대매출(歲暮景品大賣出). 한 해가 저물어 설을 앞둔 때에 진행하는 경품 광고 문구. 세모(歲暮)는 한 해가 저물어 설을 바로 앞둔 때를 의미함.

담배를 푸— 하고 품기면서 로—스의 압헤 안는다

『참 그 담배 맛 조흔데 자 한 대 먹어보런』

하면서 담배갑에서 새 담배를 하나 써내준다

『실여 난 먹기 실타』

의아하는 눈으로 잠시 로—스를 스치고는

『올치 참 담배하고 술을 싣엇다지』

하면서 입매를 쎼죽하여 보인다

『왜 안 먹으면 못쓰나』

네가 그 안 먹는 이유를 아느냐는 듯이 웃는다

『아니 못쓸 건 아니지만 입쎄까지 먹든 것을 쑥 싣는 건 무슨 의미냐』

『그러케 히니쿠[337]할 게 아냐. 사람이란 갱생(更生)할 수 잇는 신통한 신
비력을 가지고 잇다는 것을 아러야 하는 법이야 그리고 우리 갓혼 천한
게집들도 누구보담도 그 갓혼 권리를 가지고 잇다는 것을 자각할 필요가
잇단다[338]

그런 것이 무슨 말이냐라는 듯이 로—스의 얼골을 멍하니 처다보든 에
레나——

『그래 갱생하면 우리 갓은 게 무슨 새사람이 될 줄 아니』

---

337 히니쿠(ひにく, 皮肉). 빈정거림. 얄궂음. 비꼼.

338 '』' 누락.

『아무럼 새 빗과 싼 세상을 볼 수 잇는 것이지 지금의 우리의 이 흐려진 눈으로도』

『⋯⋯⋯⋯⋯⋯』

에레나 그대로 아모 말이 업다

박게선 여전이 눈이 펄펄거리며 나린다

에레나는 다시 입을 연다

『그럼 로―스는 담배랑 술만 쓴으면 사람이 된단 말이냐』

『그런 것도 아냐 그 담엔 여기를 나가야지 그래서 지금까지의 구접스럽든 생활을 버리고 의의 잇는 생활을 해야지』

『여기서 나가』

의아타는 듯이 로―스를 바라본다

『암 나가야지』

로―스의 말이 엄숙하다

『그럼 로―스는 언제 나가니』

『왜 알고 십흐냐 남경이 문허지는 날』

로―스는 빙그레 웃는다 에레나는 그제야 무엇을 늣기는 듯이 로―스의 전과 달너진 얼골을 흠모하듯이 이옥³³⁹히 바라본다

슈벨트의 『미완성 교향악』이 조용이 흘너나온다

---

339 문맥상 '옥'의 오류로 추정.

그날 밤 (二)

밤이다 그날 밤의 『화이트·로—스』에는 손님이 초저녁부터 모여서 웅성거린다

홀 가운데 『스토—브』가 쌔알가케 탄다 녀자의 정열과 갓치——

『카운타』 압폐 슨 로—스의 모양이 오늘싸라 행결 곱게 빗난다 히고 길게 네려간 『이브닝 드레스』 고상한 머리의 물결 진한 장미색의 화장과 반짝이는 목도리 진주——

빙그레 웃는 로—스의 눈 그 흐리든 눈이 환—하리만치 반짝여 빗난다

한편 쌕스에 얼근이 취해진 상덕이가 물끄레미 로—스를 보면서 잔을 드러킨다
로—스 고요히 입을 여러 노래 부른다
『하날[340] 가는 밝은 길이 내 압폐 잇스니 슲흔 일을 만히 보고 큰 고생 하여도 밝은 하날 영광이 어둔 그늘 헤치니 그의 힘을 의지하야 항상 빗츨 보도다

내가 천성 바라보고 갓가히 왓스니 당신 품의 영광 집에 가 실 맘 잇도다 나는 부족하여도 그의 사랑 크시니 영광 나라 게신 임군 나를 영접 하소서』

---

340 하날. '하늘'의 방언(강원, 경기, 전라, 충청).

가늘게 썰니는 로—스의 소리 오늘 밤짜라 더 구슬프다.

『앵콜 앵콜』

『재청이요』

여기저기서 환호 소리와 박수 소리가 요란하다

로—스는 답례 대신『카운타』압헤 슨 채 웃어 보인다

로—스는 홀노 쑤벅쑤벅 거러 나온다 상덕이 엽흘 지나서

『여— 로—스 씨 이리 좀』

로—스는 아모 대답이 업시 탁자를 대하고 안는다

『이쪽으로 와』

하면서 상덕이 제 엽자리를 가르킨다

『괜찬어요 여기도』

서리발가치 차다

『그런데 왜 요샌 아주 빗사젓서』

『빗사긴 누가 빗사요 금갑시 빗사지요』

『올치 그러면 자미업네』

아러드르란 듯이 눈을 직웃이 감어 로—스를 본다

『자미업슬 게 뭐야요』

알고도 모른다는 듯——

『그러지 말고 자아 내 말 좀 드러』

『해보세요』

『오늘이 로—스 생일이라지』

『그건 어데서 아셋서요』

『흥 내가 그걸 몰나 적어도 로—스 씨 생일인데』

『고맙습니다』

상덕이 갑작이 기고만장하야 아주 도도해지면서 저편『카운타』뒤의 『쌔—덴』과 눈짓을 씀벅 주고밧는다

『그런데 오늘이 생일이라면 내가 한턱해야겟는데』

『아이 조와요 제까짓게 무슨 생일이 다 잇나요』

『왜 그래 자 그럼 우선 이 술이래도 한 잔』

하면서 상덕이는 압헤 잇는 술을 싸러 손에 든다

『자 축배로 한 잔』

『안예요 전 술 안 먹기로 햇서요』

『뭐 이런 쌔까지 그러케 고집필 게 아냐. 술 안 먹으면 신선되는 줄 아나 그러지 말고 오늘은 특별한 날이고 하니 한 잔만 들지 자』

『아녀요 술하고 담배하고는 사양하겟서요 벌서 한 달재나 직혀오지 안어요』

『…………』

상덕이 씨무룩해지면서 드럿든 술잔을 스르ㅅ 놋는다

『그러면 우리 잇다『드라이브』나 좀 할가 설경도 구경하고 생일도 축복할 겸』

『그런 것도 어린애 작란 가터서 이젠 하기 실어요』

『……』

상덕이 사뭇 씨무룩해진다.

내가 가는 길 (51)

1939년 3월 10일

그날 밤 (三)

그러나 엇절 수 업는 노릇이다 눈을 씀벅어리면서 잠시 무엇을 생각하든 상덕이가 손을 안『포켓』에 넛다가 써낸다

『로—스』
『왜 그러세요』
『내가 그러케도 시려』
하면서 넌즛이 테불 밋트로 로—스의 손에 무엇을 쥐여 준다
로—스는 바더서 손을 펴본다 한 장의 백 원자리다——

로—스는 질겁을 하드시
『시려요』
하면서 그 돈을 상덕이 압페 펄적 던진다
『제가 벌서 그전에 말슴디리지 안엇세요』
로—스의 얼골이 긴장된다

『뭐!』
알고도 모르는 듯이 상덕이를 바라본다

『전 그전과 달너진 것을 우선 아러주세요 혹시 그전과 달나 괫심하다고 역이실는지도 모르지만 오해하지는 마러주세요』
『‥‥‥‥‥‥』
굿은 신렴의 표증이 로—스의 얼골에 잡힐 듯이 보인다

『로―스상 고싱끼[341]』

『스탠드』의『쌔―덴』의 외치는 소리다

로―스는 벌덕 이러슨다

『저 저기 좀 갓다 오겟어요』

『…………』

상덕이 멍하니 저편으로 거러가는 로―스의 뒷모양을 바라본다

책상에 안저 원고를 쓰는 허욱이는 붓을 노코 기지게를 키면서 저편 벽 시게를 본다

열시 십분!

『아!』

하면서 생각난 듯이 일난다[342] 그리고 사다논 로―스의『버―스데이 프레센트』로 줄 반지 갑을 책상에서 집어낸다 펴보면서 빙그레 웃는다 생일 턱으로 약혼 턱으로 줄 오늘밤의 선물이다――

지국 압을 나스는 허욱이 힐긋 경찰서 문 압에 두 대의 이상한 자동차 가 서 잇는 것에 눈을 멈춘다

욱이 쑤벅쑤벅 그곳으로 거러간다 힌 눈이 부실부실 내린다

---

341 고신키(ごしんき, ご新規). 뒤에 'お客さん'이 생략된 형태로, 새로운 손님을 일컬음.

342 문맥상 '일어난다'의 탈자 오류로 추정.

자동차 압까지 간다 경찰부 자동차다 순간 허욱이의 눈이 이상하게 빗
난다

압 문을 열고 서[343] 내로 드러슨다 드러스면서 욱이는 더 자즈러지게
놀낸다
무장한 경관이 서성거리고 잇다 살기가 등등하다 욱이는 왼몸이 웃슥
해진다 그러나 눈은 긴장하게 빗난다

욱이는 부하 지휘를 싯막고[344] 나오는 듯한 사법주임을 맛난다 얼골이
긴장하고 모잣줄을 턱에 걸친 것이 눈에 썬다

『참 욕보십니다』
사법주임은 쌈작 놀내는 기색을 가질냐다가는 억지로 지우면서──
『뭘요』
『그런데 무슨 사건임니까』
『⋯⋯⋯⋯⋯』
아모 대답도 업시 구찬타는 듯이 그대로 서장실 쪽으로 거러간다

욱이는 짜라가면서
『새로 돌발한 사건임니까』
『아니』
『그럼 전에 강도 사건임니까』

---

343 서(署). '경찰서', '세무서', '소방서' 따위를 이르는 말.
344 끝막다. 일의 끝을 짓다.

욱이는 날카롭게 사법주임의 얼골을 쏜다——

『지금 밧부니 래일 맛납시다』
하면서 서장실노 드러간다

욱이는 문득 스면서 무엇을 생각하듯 눈방울이 구을는다

서에서 나오는 욱이 길을 건너 자동차 정류소로 드러간다

경찰서 문이 열니면서 서장 사법주임은 압 자동차에 무장경관은 뒷 자
동차에 오른다

『헷트라이트³⁴⁵』 켜지면서 차 움즉인다 도청 엽 큰길노 쌔진다——

---

345 헤드라이트(headlight). 전조등.

내가 가는 길 (52)

그날 밤 (四)

뒤를 싸르는 택시 하나 그 속에 욱이 담배를 피우면서 긴장한 채 안저 잇다

『압차를 노치지 말고 싸러갑시다 어디싸지든지』
『네』
욱이의 입매 사뭇 긴장하엿다

압차가 헌병대 압풀 지나 유성가두(儒城街頭)로 드러슨다 욱의 차도 날 쌔게 싸러간다

압차를 싸러가는 욱이의 얼골이 빙그레 웃는다 오늘의 보도진(報道 陣)³⁴⁶에 잇서서도 승리감을 늣기는 듯이—

차가 호남선(湖南線) 후미씨리(踏切)³⁴⁷를 넘느라고 덜커덕 울닌다 그 바 람에 욱이는 새 정신이 펏득 든다

『앗불사』
하면서 잠시 얼골이 흐려진다

로—스의 얼골이 눈압에 써오른다 오늘의 약속이 그제야 생각난 것이

---

346 보도진(報道陣). 현장을 보도하기 위하여 기자나 카메라맨 따위로 구성된 인적 조직.
347 후미키리(ふみきり, 踏切). 철로의 건널목.

다 욱이는 주머니를 뒤저 오늘밤에 줄『엥게지링[348]』을 쩌내 만저본다

　차는 여전이 압차를 좃차 달닌다 욱이 다시 압 유리를 건너 압차를 바
라본다

　눈 날이는 것이『헷드라이트』에 비처 그 모양이 곱다

　눈은 네려도 달밤인지 박갓은 흰―하다 압차는 무인의 광야를 달니는
듯『풀―스피드』로 달닌다 가로수가 펑펑하면서 지나간다

　갈매을 고개를 넘어스자 유성(儒城) 시가지의 전기불이 아련이 반짝인다

　로―스의 얼골이 다시 나타난다 허나
『래일 가서 사과나 하지』
욱이는 이러케 뇌이면서 담배에 불을 부친다

　별[349]서 차가 만년교(萬年橋)롤[350] 건느고 잇다

　『로―스』는 쎅스에 안진 채 시계를 바라본다
열시 반―
얼골을 흐리면서 일어슨다 덥석 덥석 전화 잇는 데싸지 거러간다

---

348 엥게지링(エンゲージリング, engagement ring). 약혼반지.
349 문맥상 '별'의 오류로 추정.
350 문맥상 '를'의 오류로 추정.

전화를 든다

『거기가 ××일보 지국이지요 허 선생 게서요 발서 나가섯서요 어듸로 가섯나요 몰나요?』

로—스 힘업시 수화기를 놋는다

되도라 나오는 로—스는 맥이 탁 풀닌다 얼골이 흐려진다 아모 데나 빈 『쌕스』에 덜석 안는다

머리를 개웃동 해본다 펏득 환영이 써보인다
쌘 여자와 나란이 거러가는 뒷모양
쌘 여자와 나란이 안저 차 마시는 모양
쌘 여자와 질거운 듯이 웃고 잇는 모양

환상의[351] 업어진다 로—스는 선뜻 제정신으로 도라슨다 그다음에 머리를 엽으로 흔든다
『아니다 그럴 리가 업다』
저쪽에서 로—스를 흘근거리고 잇는 상덕이의 눈매가 지금도 지글지글 타오른다

압 자동차는 구온천을 지나 유성교를 건너 시장으로 드러스면서 유성주재소(儒城駐在所) 압에 슨다

---

351 문맥상 '이'의 오류로 추정.

허욱의 차도 뒤에 먹[352]츳하고 슨다 욱이도 네리면서 돈을 주어 돌려보
낸다 눈이 제법 나린다

욱이는 바로 주재소 압에 잇는 음식점으로 드러간다 목노[353]에 안지면
서 못 먹는 술을 청해 놋는다 술 먹는 체하면서 영창[354] 건너로 쌘—이 뵈
는 주재소 안의 동작을 살핀다

---

352 문맥상 '멈'의 오류로 추정.
353 목로(木壚). 주로 선술집에서 술잔을 놓기 위하여 쓰는, 널빤지로 좁고 기다랗게 만든 상.
354 영창(影窓). 유리를 끼운 창.

내가 가는 길 (53)

1939년 3월 12일

그날 밤 (五)

서장 사법주임이 안저 잇는 압에 주재소 주임이 복명(復命)[355]을 하는
것 갓다.

사법주임이 일어스면서 부하에게 무어라 지시한다 무장한 부하들이
주재소에서 나오면서 이리저리로 헤저[356] 간다

『화이트・로—스』의 벽상시게가 열한 시 반을 가르친다 바라보는 로
—스의 얼골이 짜증을 내면서 전화 잇는 대로 쏘 온다

전화를 든다
『아직 안 오셋세요 어디 가셋는지 통 모르시나요』
쏀로통한 말세다——
『썽그렁』
수화기가 뭐라는 듯이 팽개치듯 네려놋는다
로—스는 상을 찡그린 채 나온다 나오다가 『카운타』 우에 보기 조케 싸
어서 세워 논 『큐라스[357]』에 옷깃이 스친다. 순간 술잔들의 깨지는 소리
와 함께 십여 개나 『큐랏스』가 마루바닥 우에 산산이 부서진다

그걸 드려다보는 로—스의 얼골은 금방 울 것 갓다

---

355 복명(復命). 명령을 받고 일을 처리한 사람이 그 결과를 보고함.
356 헤지다. '헤어지다'의 준말.
357 구라스(グラス, glass). 유리로 만든 컵. 특히, 양주 잔.

『로―스 좀 이리오』

엽으로 지나가는 로―스를 부르는 상덕이의 말세가 한칭 더 부드럽다

로―스를 힐긋 처다보고는 상덕이는 테불 압에 덜석 주저안는다 얼골이 급작이 햇쑥하다

『로―스 왜 어듸 편찬으쇼』

『…………』

『왜 말이 업서』

『아녀요』

마지못한 대답이다

『그러지 말고 자 한잔 듭시다 오늘은 조혼 날이 아뇨 조혼 날 그러케 사양할 게 뭐 잇소』

상덕이 술을 부어 공손히 로―스 압에 갓다 노면서

『자 드르쇼 축하로 한 잔만!』

『…………』

로―스는 아직도 싼 생각을 하는 것인지 흐려진 멀[358]골로 저편 싹 문간만 보고 잇다

『셰긋』

『셰긋』

---

358 '얼'의 오류.

문은 열녀도 싼 사람들만 드나든다

로—스는 슬며시 분괴가 써오른다 얼골이 부푸러 오른다 벽에 시게를 원망[359]하듯이 쪼 한 번 흘겨본다 열두 시다

『자 한 잔만 드르쇼 이러케 권하는 걸 그러케까지 할 게 뭐요 응 로—스[360] 애원하는 소리다

『…………』
로—스의 얼골은 초조한 빗에서 분노의 빗이 써오르기 시작한다

『자 한 잔만……』
하면서 『큐랏스』를 드러 공손이 로—스의 입 가장자리에 가저간다

욱이를 원망하는 듯 치미는 분노가 벅차지면서 쪼다시 싼 여자와 안저 잇는 욱이의 환상이 나타난다

순간 로—스는 덥석 『큐라스』를 밧어 한숨에 쑬컥 삼킨다
『하하하… 참 잘하면서…』

신기하다는 듯이 로—스의 얼골을 보는 상덕이의 음침한 눈

---

359 '망'의 오류.
360 '』' 누락.

『자 한 잔만 더』

상덕이는 제가 먼저 싸러 먹고 다시 한 잔을 부어 로—스 압페 놋는다

『슬컥』

『큐랏스』를 넘기는 로—스의 얼골— 랏큐스[361]를 쎄는 순간의 로—스의 얼골

두 잔이나 마시고 난 로—스를 빙그레 바라보는 상덕은 무엇을 급작이 생각한 듯이 자리에서 일어나『쌔—덴』이 잇는 쪽으로 간다

---

361 '큐랏스'의 글자 배열 오류.

내가 가는 길 (54)

1939년 3월 14일

그날 밤 (六)

『쌔―덴』의 귀 갓가히 드러댄 상덕이의 입이 무에라 속삭인다 쌔―덴은 머리를 쓰덕인다

상덕이는 『포켓』을 뒤저 지전[362]을 슬며시 쥐여 주면서 눈을 슴벅한다 쌔―덴은 머리를 싯덕인다

쌔―덴은 『론논 와인』이란 포도주병을 네려서 다른 그릇에 쏫고는 그 대신 『킹 어부 킹』이란 술을 옴겨 붓는다.

자리로 도라온 상덕이는 거슴츠레한 눈을 쓰면서
『자 이왕 술을 할 테면 제일 고급을 하지요』
하면서
『어―이 론논 와인을 가저와』
호걸스럽게 버럭 소리를 지른다

『론논 와인』의 병을 상덕이 테불 우에 놋는 쌔―덴의 손이 약간 썰여 보인다

『자 이 술은 좀 만이 마서도 취하지 안는 거여』
하면서 우선 제가 한 잔을 하고는 한 잔을 부어 로―스에게 준다 로―스는 바든 대로

---

362 지전(紙錢). 종이에 일정한 규정에 맞게 인쇄하여 만든 화폐.

『싫커』

넘긴다 얼골을 씽그린다

로―스의 얼골이 불쾌하게 된다

그는 허급흔 심정을 씌울 길이 업서 고향의 노래를 부른다

『칠백 년 나려오든 부여성 옛터에 봄 마즌 푸른 풀은 넷가치 푸르것만

구중에 빗난 궁궐 잇든 터 어데며 만승에 귀하신 몸 가신 곳 몰나라

『363락화암364 락화암― 웨 말이 업느냐』

노래를 부르는 사이에 고향의 산천이 선이 눈압페 써오른다

『엇둔 밤 불길 속에 곡소래 나드니 꼿 가튼 궁녀들은 어대로 갓느냐 임

주신 비단치마 가슴에 안고서 사자수 깁흔 물에 던젓단 말이냐

락화암 락화암 웨 말이 업느냐』

쌔알가케 상기된 로―스의 눈에는 썰니는 애상곡과 갓치 빗나는 구슬

이 매처 반짝인다

『하 하 하 참 잘하는데 자 한 잔만 더』

로―스는 드러주는 술잔을 서슴지 안코 밧는다

---

363 문맥상 오식으로 추정.

364 낙화암(落花巖). 충청남도 부여군 부여읍 부소산에 있는 큰 바위. 백제가 망할 때 삼천 궁녀
가 이 바위에서 백마강에 몸을 던져 죽었다는 전설이 있다.

이윽고 전령(傳令)인 듯한 경관이 쏘차오면서 주재소로 드러슨다 서장 이하가 긴장한다 무어라 복명하는지 짓거린다

복명이 긋나자 서장과 사법주임이 무어라 짓거리면서 서장이 박으로 나온다 서장만 차를 타고 대전으로 되도라 간다

주재소는 다시 고요해진다 주임은 책상에 안진 채 꾸벅꾸벅 존다

허욱이 술집에서 나온다 눈이 이제는 제법 세차게 네린다

구온천으로 드러스면서 게룡려관(鷄龍旅館)으로 드러간다 엇잡히 왓으니 자고 가는 수박엔 업다
술잔을 입에서 씌는 로—스의 얼골이 핼숙하면서도 씽그린다

그것을 물쯔레미 드려다보는 상덕이의 눈——

로—스는 정신이 팽팽팽 논365다 손으로 눈을 시처366 본다 눈압헤 것이 제 형체가 쪽바로 보이지 안는다

로—스는 정신를367 채릴냐고 눈을 각가수로 크게 뜬다

---

365 문맥상 '돈'의 오류로 추정.
366 시치다. '씻다'의 방언(전라).
367 문맥상 '을'의 오류로 추정.

눈압에 뵈는 홀 안의 모―든 것이 썩구로 쓰러진다 나종에는 홀까지 뒤
집어 업퍼진다

내가 가는 길 (55)

그날 밤 (七)

정신이 쌈박

『아!』

외마듸 소리를 지르고는 눈을 번쩍 크게 썻다가 그대로 테블 우에 쓰러진다

상덕이 거슴츠레 웃으며 로―스의 쓰러진 모양을 바라본다

퍼네리는 눈보래[368]를 쑬코 달리는 자동차

제대로 펼처 드리운 로―스 엽패 상덕이 초조이 안저잇다

『어듸로 갈가요』

『유성호텔까지 쌜리 좀 가주』

『네』

차는 도청 엽흘 지나 유성가도로 드러슨다

눈은 세차게 퍼붓는다 『쉬―갈폼푸[369]』의 쉬― 하는 소리와 『와이바[370]

---

368 눈보래. 눈보라(바람에 불리어 휘몰아쳐 날리는 눈).

369 슈가로펌크. 연료탱크에서 연료를 끌어와 압을 채우는 펌핑식 펌프. 현장에서 기술자들이 쓰는 표현으로 추정됨.

370 와이퍼(wiper). 자동차의 앞 유리에 들이치는 빗방울 따위를 좌우로 움직이면서 닦아내는 장치.

─』의 덜그덕 덜그덕 하는 소리만이 들닌다

차 안은 무기미하게³⁷¹ 정막한데 밧갓 풍경은 흐미하게 빗처온다

눈에 쌔인 편─한 『아스팔트』의 길이 헷드라이트에 드러나 보인다

로─스는 색색어리면서 상덕의 무릅 우에 머리를 언진 채 고라써러저 잔다

로─스의 얼골을 물쯔레미 드려다보는 상덕이 이제는 만족한 듯 빙그레 웃는다

『여보 어서 좀 가주 왜 이리 느리오』
『네』
하면서 악씨레타³⁷²를 힘것 더 밟는다

『수갈폼푸』의 쉬─ 하는 소리가 더 크게 난다
『덜거덕 덜거덕』
『와이바─』는 밧분 듯 도라가면서 눈을 싯는다

『스피─드 메타³⁷³』가 오십과 육십 사이를 오르고 나린다 운전수의 눈

---

371 무기미(無氣味, ぶきみ)하다. 생각하는 바나 기분 따위와 취미가 없다.
372 액셀러레이터(accelerator). 발로 밟는 자동차의 가속 장치.
373 스피드 미터(speed meter). 자동차의 시간당 주행 속도(km/h)를 나타내는 속도 지시계.

이 회동그래저 잇다

벌서 숙뱅이 고개를 너머서 갈마울[374] 고개를 바라보고 잇다 길엽 소나무들이 핑핑 무섭게 지나친다

『카—부』를 돌 째마다 상덕이의 몸은 제멋대로 로—스의 몸에 부닷친다 그럴 째마다 상덕이의 눈은 벌컥 수심(獸心)[375]에 스러오른다

눈은 쉴 새 업시 함박눈으로 퍼나린다
바람이 휘— 불 째마다 차를 부실 듯이 모라처 덤빈다 그 사이를 쑬코 나가는 소리 차 안에서도 윙々 들인다

차가 구온천으로 드러스면서 커드란 현관문 압헤 슨다
『다 왓슴니다』
『아이 수고햇소』

방에 이불을 싸러주는 죠쑤(女中)[376]와 한편에 아직도 고라쩌러진 로—스—

이불을 나란이 두 개를 싸러 노코난 죠쑤—
『오야스미[377]』

---

374 갈마울. 대전광역시 서구에 있는 '갈마동(葛馬洞)'의 옛 지명.
375 수심(獸心). 짐승같이 사납고 모진 마음.
376 죠츄(じょちゅう, 女中). 여관 등의 여자 종업원.
377 오야스미(おやすみ, 御休み). '안녕히 주무세요'라는 뜻의 취침 시 인사말.

하고는 방긋이 웃어 보이면서 나간다

박게선 폭풍설(暴風雪)이 더 세차다
들창 근처 정원에 잇는 나무들이 눈보라에 들복겨『윙―』『윙―』소리
를 내면서 어시[378]럽게 흔들닌다

환―하게 켜저 잇는『로―스』방의 들창에도 눈보라가 사정업이 부다
친다

『덜그덩 덜그덩』
들창이 바람에 흔들니는 소리 난다

안에서 전기불을 씌는 겐지 갑작이 창문이 캄캄해진다

눈보래 윙― 하면서 더 험하게 모라친다 창ㅅ가에 나무들 쓰러질 듯이
흔들인다

---

378 문맥상 '지'의 오류로 추정.

내가 가는 길 (56)

눈 오는 거리 (一)

창문이 흰—하다 욱이 이불 속에서 번썩 눈을 뜬다 새벽이다 놀내는 듯 일나 안는다

여관을 나슨다 뒤로 계룡여관이란 간판이 보인다

눈은 긋첫으나 밤사이에 온 눈이 발에 푹푹 파무친다

앙상한 포포라나무가 쭉— 느러슨 방천쭉으로 웃줄웃줄 거러간다

주재소 압으로 지나면서 주재소 안을 기웃거린다 아모도 업다 인기척도 업다

그대로 도라오는 욱이 이상한 늣김을 얼골에 띄운 채 힘이 하나도 업다

수건을 들고 공중탕으로 드러가는 욱이 탈의장에 옷을 벗는다

욕탕 안에 드러선 대여섯의 손님이 목들만 내놋코 잇다 그중에 욱이도 보인다

『어제 밤에는 왜 그리 야단인지 잠 한숨 못 잣소 참 별일도』
저쪽으로 안진 중년 신사의 말이다
『나는 엇저구요 어디서 왓느냐고 뭇기에 전라도서 왓다고 햇드니 전라

도가 어디냐고 소리를 쫙 지르는 바람에 엇지도 놀냇는지』

　이쪽으로 안진 늙수구레한 로인의 푼염이다

　욱이는 물속에 몸을 당³⁷⁹근 채 모르는 듯이 천연이 듯고만 잇다

『그런데 무슨 사건 째문에 그러케들 왼통 여관이란 여관을 다 뒤지는
게요』

　월급쟁인 듯한 준수한 사나이의 말——

『글세요 모르지요 아마 요새가 연말이 돼서 그러케 해보는 게지요』

　장사쑨인 듯한 근 삼십이나 된 사나이의 말.

『그럴가요 내 생각에는 무슨 범인이 이 근방으로 드러온 형적을 보고
서 수색해 본 것이 아닌지요』

『글세』

　한쪽에서 가만이 듯고만 잇든 헙수룩한 사나이가 쑥 나스면서

『그런데 나는 어제밤에 사람 잡어가는 것을 봣는데요』

『네?』

　일동의 시선은 그리로 몰닌다

　욱이는 정신이 펏득 든다

　숨을 죽이고 귀를 기우린다

---

379 문맥상 '담'의 오류로 추정.

그 사나이의 입을 주의해 본다

『아! 그 북새통에 나도 잠을 깨서 변소에 갓다가 오는데 삼남여관(三南旅館)서는 쌘—이 유성호텔 정문이 드러다 보이지 안소』
『네 그러치요』

주위의 사람들이 더한층 긴장한다

『우연이도 거기를 처다보는데 자동차가 와서 엇던 양복 입은 청년과 양장[380]한 여자를 잡어 태우고 가겟지요』
『어듸로요』
엽에 잇에[381] 젊은이가 조급히 뭇는다

『그야 모르지요 순사들이 엉겨붓터 그 사람을 태워가는 것만 봣으니까요』
『…………』
주의[382]의 사람들은 잠시 아모 말이 업다

욱이의 눈 이양이 빗난다

탈의장에서 옷을 급히 입는다

---

380 양장(洋裝). 옷차림이나 머리 모양을 서양식으로 꾸밈. 또는 그런 옷이나 몸단장.
381 문맥상 '던'의 오류로 추정.
382 문맥상 '위'의 오류로 추정.

『호텔』 현관으로 드러스는 욱이

응접실에『호텔』지배인과 갓치 마조 안저 잇다

『어제 밤에 여기서 누가 검속되엿지요』
『네 잇슴니다』
□선 욱이의 얼골에 생기가 돈다

『어듸로 데려 갓슴니까』
『대전으로 갓나 봄니다』

『그게 누군가요』
『글세 전 자세이 모르겟슴니다 그저 남녀가 밤중에 왓다가 바로 잡혀 갓스니까요 숙박기 가튼 것도 못햇슴니다』

내가 가는 길 (57)

눈 오는 거리 (二)

『그럼 그 사람들이 대전 사람인지 타처 사람인지요……』
『네 그것도 모릅니다』
허욱이는 잠시 흐려진다

호텔 현관을 힘업시 나오는 욱이의 축 느러진 억개가 잠시 무엇을 생각하는 듯 저편 자동차 정유소 압에 이제 막 써날냐는 대전행 자동차를 본다
다러나는 자동차 안에서 흔들니는 허욱이 아츰 해가 불그레 엽쏠을 빗인다

대전경찰서를 황급히 드러스는 허욱이

사법실 문 압에 드러러[383]스자 거기서 나오는 다른 기자들과 마조친다

『야 허 군 오늘은 왜 이리 느젓나 이 약동이[384]가』
젊은 기자 친구가 『히니쑤』로 첫인사를 한다

『글세 그러케 됏네 그런데 재료거리나 잇나』
천연이 무르면서도 실상은 속으로 여간 초조한 것이 아니다

『말 말게 굉장한 밀매음 에로사건이 하나 걸엿데』

---

383 '러'의 중복 오류.
384 약동이. 약고 똑똑한 아이.

『어디서』

욱이 황급히 뭇는다 그것이 이제 막 쪼차온 그 사람들인가가 궁금하다

『글세 유성서 여기까지 잡펴 오다니 창피해서 온』

『누군데』

호기심에 쓸니는 욱이의 눈이 잠시 긴장한다

『바로『화이트 • 로—스』에 잇는『로—스』라고 자네도 알쎌』

『뭐?』

허욱이 자즈러지게 놀낸다 혈관의 피가 슨치는 것과 갓치 사지가 쌧ㅅ
해진다 썩메로 머리를 쌍하고 맛는 것과 가튼 놀내는 늣김이 중추신경을
쑬코 머리를 뒤혼든다 눈압이 캄ㅅ하다 얼골이 핼숙해진다

『이 사람이 왜 이리 놀내나』

『아 아니네』

허욱이는 각가수로 제정신에 도라슨다

잠시 멍하니 섯든 욱이

『남자는 누근³⁸⁵데』

욱이의 얼골이 가늘게 썰닌다

『왜 저 김상덕이라고 돈 잘 쓰는 사람이 잇지 안나』

『그래』

---

385 문맥상 '군'의 오류로 추정.

욱이 쏘 멍해진다

『자 단여오게 난 고등게 좀 단여오겟네』
하면서 휙 가버린다

사법실 문을 드러스는 욱이의 얼골——

이윽고 사법실 문을 나오는 욱이는 더 창백해진 얼골로 머리를 써러트린 채 거러 나온다

경찰서 문을 나슨다 힘이 탁 풀닌다 억개가 축 느러진다
『허 군 갓치 가세』
하면서 한 긔자가 뒤쏘차온다

둘이 나란이 것는다
『글세 그년이 간도 크지 하로밤에 이백 원식이나 먹다니』
『이백 원이나 먹은 건 엇지 아나』
욱이의 눈은 쏘 둥글게 써진다

『아 신체수색을 햇드니 백 원짜리 두 장이 속치마『포켓』속에서 나왓다네』
『…………』
욱이는 어쩌케 갈피를 잡을지 두서가 나스지 안엇다

『그런데 자네 그 녀자 사진 구할 수 업겟는가』

『사진은 왜』

욱이의 정신이 다시 팻득 든다

『아 사진이 잇서야 한바탕 울거먹지 안나』

『글세』

두 사람은 잠시 아모 말이 업다

『반질거리고 제가 젠체하고[386] 너무 쌕이드라 상해에나 다녀왔다고 모도들 미워서 아주 대서특서(大書特書)해서 화제를 맨든다고들 하든데』

『누가』

『누구라니 대감이 선봉이고 기타는 우리 나졸들이지 하하하』

눈은 아직도 시연찬케 다시 부실~~ 나리기 시작한다

『자 그럼 난 실례하겟네』

『여 쏘 보세』

---

386 젠체하다. 잘난 체하다.

내가 가는 길 (58)

눈 오는 거리 (三)

지국 문을 열면서 드러스는 허욱이 걸상 우에 털석 주저안는다

얼골이 햇숙하다 허급혼 심정이 써보인다

눈을 스르르 감는다 얼골을 씨푸린다 머리를 써러트린다 입맛을 다신다

이윽고 머리를 든다 번쩍 쯘다 책상 설합 빈틈에 씨여 잇는 로—스의 사진이 배시시 웃는다

순간 욱이의 눈에는 무서운 폭풍우와 가튼 분노가 지글거려 □오른다 덥석 사진틀을 잡는다

『에이 더러운 년』
하면서 세면[387] 바닥에 냅다 팽개친다

『철석』
하면서 유리와 사진틀이 부서저 조각이 진다 알ㅅ속[388] 사진만이 짓굿게도 저—편 구석에 업드러진다

허욱이 두 손으로 머리를 득득 극는다 상을 찡그리면서

---

387 세멘(セメン, cement). 시멘트.
388 알속. 사물의 중요하고 기본이 되는 부분. 알맹이.

담배를 써내 피여 문다 한 목음 쑥— 쌔러 후— 하고는 풍긴다 아직도 가슴은 뭉클한 채 그대로 잇다

우연히 눈이 책상 우 원고지(原稿紙) 우에 닷는다 순간 욱이는 움츨하면서 눈이 번쩍 써저 보인다

원고지를 드려다보는 욱이는 석고(石膏)와 가티 그대로 안저 잇다 담배가 손 사이서 타면서 쏀—얀 연기를 길—게 올린다

창박으로 눈 나리는 양이 보인다

『후—』
이윽고 욱이는 길게 한숨을 내쉰다 눈이 이상하게 빗난다

무엇을 결심한 듯 타는 담배를 그대로 펄썩 『세멘트』 우에 던지고는 철필을 잡는다

원고지 우에 철필이 닷는다 철필이 닷는 곳에 로—스의 환상이 나타난다

욱이 철필을 씻다 환상이 업서진다 다시 멍해진다 내던진 담배가 세멘 우에서 길게 연기를 올닌다

방 박에는 그대로 눈이 나린다

욱이 다시 마음을 가다듬는다 이를 악문다 철필을 다시 원고지 우에 댄다 철필 쥔 손이 약간 떨닌다

그대로 쓴다
『수사 번[389]부의 에로 소십[390]
하로밤 군조대가 자그만치 이백 원 상해서 온 단발낭의 에로 행장기』
커—드란 신문제목이다

이러케 써노코는 한참 드려다 본다 욱이 다시 그 다음 기사를 한참이나 적는다
이윽고 붓을 노면서 머리를 든다 머리를 드는 욱이의 얼골이 침통하리만치 무겁다

머리를 돌녀 『세멘트』 바닥에 무엇을 찾는 듯 바라본다. 이제 막 던저서 부서진 유리 사진틀이 초라해 드러난다

그 엽호로 써러진 곳에 로—스의 사진이 업더진 것이 보인다

욱이 의자에서 벌덕 일어나슨다 쭈벅々々 거러간다 업드러진 사진을 준는다

---

389 문맥상 '본'의 오류로 추정.
390 가십(gossip). 신문, 잡지 등에서 개인의 사생활에 대하여 소문이나 험담 따위를 흥미 본위로 다룬 기사.

빙그시 웃는 로―스의 사진을 드려다본다 욱이의 얼골이 무엇을 걱정하는 듯 석고와 갓치 그 자리에 서 잇다 사진을 잡고 잇는 손이 가늘게 썰인다

욱이 눈 나리는 거리를 지향도 업시 것는다 『대매출』 기ㅅ발이 이집 저집에서 펄넉어린다 사람들은 밧분 듯이 지나가고 지나온다

거러가는 욱이의 얼골이 괴로운 듯 암울하다 입김이 확확 풍긴다

이제는 어쩌한 원수래도 사랑할 수 잇는 욱이의 커―다란 가슴에도 로―스 하나만은 영원히 거부하야만 되는 괴로움이 벅차오는 것이다

『후――』
하면서 머리를 써러트린다 욱이의 얼골 비통하게 흐려진다

그 우로 눈은 푸실거리면서 작고만 나린다 외로히 허심이 거러가는 뒷그림자가 멀직이 사러지면서 더 쓸쓸하다

내가 가는 길 (59)

눈 오는 거리 (四)

십이월 십륙일(十二月 十六日[391] 아츰

으슴츠레한[392] 경찰서 유치장

로—스가 드러안저 잇는 것이 살창[393] 틈으로 보인다

순사가 덥석덥석 그 압흐로 거러간다 쇠 열쇠로 문을 연다 나오라고 손짓한다

로—스가 짜러나온다 닷새 동안의 구류(拘留)에 시달린 얼골이 창백하다

머리를 숙인 채 거러나오는 모양이 오늘짜라 더 쓸쓸하다

자긔 집 문을 열고 드르스는 로—스를 마저 주는 게집아이의 눈물이 글성인다

로—스는 고요히 방 안으로 드러슨다 방바닥에 덜석 주저안는다

눈을 드러 남의 집에 쓸려온 사람가티 방 안을 휘— 둘너본다 얼골은

---

391 ')' 누락.
392 어슴츠레하다. '어슴푸레하다(빛이 약하거나 멀어서 어둑하고 희미하다)'의 방언(경남).
393 살창(窓). 가는 나무나 쇠 오리로 살을 대어 만든 창.

아직도 핼숙하다

창 건너로 눈 나리는 모양이 보인다

시선이 책상 우에 와 닷는다 그곳에 한 장의 편지가 잇다 로—스는 잠시 긴장한 얼골로 그것을 본다

로—스는 편지를 쯧는다 단숨에 쭉— 읽는다 눈이 무섭게 번득인다
『서글푼 이야기
그 여자와 그 남자는 서로 맛낫습니다
과거를 청산한다는 조건으로 서로 사랑햇습니다
그런데 그 여자가 먼저 변햇습니다
그래서 두 사람은 영원이 갈나지는 수박게 짠 도리가 업습니다
허욱』
손이 가늘게 썰닌다 얼골이 갑작이 흐려진다

편지가 손에서 써러진다 로—스는 책상 우에 그대로 쓰러진다 흑흑 늣기는 억개가 들먹인다

로—스는 머리를 든다 눈물 어린 얼골이 애련이 써오른다

잠시 무엇을 결심한 듯 조히[394] 우에 붓을 든다

---

394 조히. '종이'의 방언(강원, 경북, 전북, 충청).

『꼭 할 말이 잇스니 잠간만 단여가 주섯스면 고맙겟습니다

로―스』

『야』

게집아이를 부른다 게집아이가 문을 열면서 부억에서 나온다

『이것을 저 신문지국 알지 요전에 갓다 온 데 말야』

『네』

『그곳에 가서 허 선생님께 듸리고 오렴』

『네』

게집아이가 나간다 방 안은 갑작이 더 쓸쓸하다

로―스는 그대로 안젓다가 책상 엽헤 싸어논 그동안의 신문에 시선이 닷는다

신문을 당겨서 무심이 한 장식 한 장식 들추어 본다

북지전선[395]이 나오고 중지[396]전국이 나온다 로―스의 눈이 여기저기로 옴기면서 쮜논다

우연히 정치면을 넘기면서 사회면이 나오자 커―다란 여자 사진이 눈에 번쩍 씌는 것에 쓸려 드려다본다

---

395 북지전선(北支戰線). '북지(北支)'는 중국의 북부 지방인 화북(華北)을 가리키는 것으로, 중일전쟁이 벌어지던 지역을 의미함.

396 중지(中支). 중국 중부 지방인 화중(華中)을 가리키는 것으로, 양쯔강(揚子江) 중·하류 지역.

그것은 틀림없는 로—스 제 자신의 사진이다 정신이 앗질해진다 눈압

히 캄캄하다

『아!』

외마듸 소리를 내면서 그대로 신문지 우에 쓰러진다

로—스가 늑겨 운다 소리를 내면서 운다

눈 오는 거리 (六[397])

『허욱 씨』
하고 울면서 불른다 눈은 여전 창 넘어로 푸실~~ 나린다

『드르르』
문 여는 소리가 나면서 게집아이가 드러슨다

로—스가 머리를 든다 눈물진 얼골과 흐트러진 머리칼 애련한 표정이
참아 볼 수 업다

게집아이가 한 조각 조히를 내놋는다 로—스는 황급히 밧어든다

『나는 당신을 전연 모르는 사람임니다』
이것쑨이다

수건으로 눈물을 씨스면서 『오—바[398]』를 입는다

로—스는 눈 나리는 거리를 것는다 『세모대매출』의 깃발이 펄넉어린
다 사람들은 밧분 듯이 총々거름을 것는다

××일보 지국 압페 스는 로—스—

---

397 '五'의 오류.
398 오버(over). 추위를 막기 위하여 겉옷 위에 입는 옷을 통틀어 이르는 말.

『드르릉』

『녹크』할 사이도 업시 압문을 열면서 드러슨다

아모도 업다 잠시 『로―스』의 얼골을 찌푸린다 방 안에서 배달부가 나온다

『선생님 안 게시냐』

『가만잇서요』

안으로 드러간다

로―스는 저―쪽 마루 밋으로 욱이의 구두가 뵈이는 것을 본다.

아해가 다시 나온다

『안 게신데요』

말하기 거북한 태도다

『워 저기 구두가 잇는데』

날카로운 말세다

힐끗 로―스를 처다보든 아해는 다시 안으로 드러간다 또 나온다

『선생쎄서 가라고 그러세요 맛날 수 업스시다고요』

『……』

순간 로―스는 혈관의 피가 역류(逆流)하는 듯 벅차올느는 감정이 솟는다

『로―스』는 발작으로 덥석 마루에 올나슨다 저편 쪽으로 붓튼 방문 압

싸지 가서는 불문곡직[399]하고 방문을 득— 연다

눈과 눈—

욱이의 얼골과 로—스의 얼골이 마조치는 순간 로—스는

『아—』

하고는 감격에 쓰러질 듯이 놀난다 얼마나 보고 십엇든 욱이의 얼골이 엿든가!

그러나 로—스를 홀리[400]는 욱이의 시선은 퍽 엄삼하다 한참 동안 로—스를 홀긴 채 아모 말이 업다

『뭘 하러 왔서 드러운 게집 갓으니』

싯퍼런 칼날 갓다 청천의 벽력 갓은 거세인 말세[401]다 로—스는 앗질해진다 얼골이 더 창백해진다

『그 그건……』

말이 잘 나오지 안는다 몸이 덜덜덜 썰닌다

『오 오햄니다』

말이 썰닌다

『뭐시 엇재 잔소리 말고 가』

금방이래도 폭발할 것만 가튼 형세다

『전 죄가 업서요』

---

399 불문곡직(不問曲直). 옳고 그름을 따지지 아니함.
400 문맥상 '기'의 오류로 추정.
401 말세(勢). 말하는 기세나 태도.

이를 악물은 얼골 우로 쭈루룩 눈물이 길게 흐른다

『듯기 시려』
쌕 소리를 지르면서 욱이는 방에서 벌덕 일어난다 로―스의 엽풀 지나
박그로 나간다
로―스가 싸러나온다
『제 말 좀…! 한 마듸만』
하면서 애원하듯이 서둔다

욱이는 아모 말 업시 사무실로 네려스면서 구두를 신고 박그로 나갈 양
으로 덥석덥석 문 잇는 쪽으로 거러 나간다

로―스는 버선발로 사무실까지 쪼차와서 덥석 욱이의 양복저고리 한
싯을 잡는다

내가 가는 길 (61)

1939년 3월 23일

눈 오는 거리 (七[402])

『잠간만!』
『로—스』의 얼골이 눈물로 뒤범벅이 되여 애원하듯 욱이를 처다본다

욱이는 그래도 아모 말이 업시 씨무룩한 표정을 가진 채 로—스를 확 쌕리치면서 압문 쪽으로 거러간다

로—스는 그 바람에 『세멘트』 바닥에 툭 써러지면서 내새게 욱이의 한편 다리를 붓잡는다

『허욱 씨 저는 죄가 업서요』[403]
와—ㄱ 하고 우름이 터진다

욱이는 그대로 것는다 로—스는 질질질 업더러진 채 쓸닌다
욱이는 압문을 연다 뒤는 볼 것도 업는 듯이 그대로 나간다

로—스는 역시 그대로 쓸닌다 다리를 잡은 손이 부르ㅅ 썰닌다 힘이 탁 풀리면서 다리가 노여진다 문턱 안에 그대로 쓰러진다

『허욱 씨—』
하면서 쏘 와— 하고 우름이 터진다

---

402 'ㅎ'의 오류.
403 원문에는 '』'의 부호 방향 오식.

욱이는 모르는 듯이 저편 거리로 쑤벅쑤벅 거러간다

눈 나리는 것이 바람에 나붓겨 로—스의 업드러진 얼골을 사정업시 휘갈긴다

『드르ㅅ』

현관문을 열고 드르스는 로—스는 얼골이 창백하야 금방이래도 쓰러질 것만 갓다.

제 방으로 드르스면서 그대로 쓰러진다 쓰러진 로—스에 눈에서 눈물이 쏘 쑤루룩 흐른다

로—스는 이윽고 부시시 일어나 안는다 책상 우에 거러 논 허욱의 사진압폐 단정이 꿀어안는다

로—스는 한참이나 그 사진을 물ㅅ레미 드려다본다

『저를 붓드러 주세요 저에겐 죄가 업습니다』

우러러 애원하는 로—스의 애긋는 얼골에는 눈물이 쏘 쑤르룩 흐른다

순간 욱이의 사진이 빙그레 웃스며 호수ㅅ가에서 제 몸을 쏙 껴안어서 손을 잡어주는 환상이 선하게 나타난다

환상이 업서진다

『아아 나는 어듸로 가야 올슴니까』

사진의 욱이 얼골도 눈물에 가려 흐미하게 얼눅저 보인다

눈 압히 가몰가몰해온다 이윽고 캄캄해지고 만다

로―스는 순간 손으로 얼골을 가리면서
『으흐응』
하는 비명과 더부러 방바닥 우에 쓰러진다

쓰러지면서 치미는 격정을 누를 수가 업서 쏘 와― 하곤 늑긴다 억개가
세차게 들먹인다

눈압흔 여전히 캄캄하다 그 속에서 욱이의 비웃는 양이 선쯧 나타난다

비웃는 얼골이 사러지면서 상덕의 능글능글한 얼골이 불쑥 나타난다
『앗! 원수는 이것이다』
로―스는 눈을 번적 쓴다 머리를 든다 아모도 업다

로―스는 머리를 돌려 방 안을 휘 도라본다 원수인 상덕이의 그림자를
찾는 것과 갓치 로―스의 얼골이 점々 긴장해간다 시선이 한곳에 싹 멈춘
다 그곳을 쑤러지게 노려본다 상덕이의 얼골이 쏘 선듯 스처간다

로―스는 압니로 입슬을 문다 커다란 결심을 하는 모양〔404로 얼골이
매처온다

───────────
404 문맥상 '으'로 추정.

내가 가는 길 (62)

눈 오는 거리 (八[405])

책상머리로 와 안는다 붓을 든다 편전 우에 붓이 달닌다

『마지막 글월을 올님니다

불민한 저 째문에 얼마나 상심하셧습니까 허욱 씨 저에겐 아모런 죄가 업습니다 당신과 사귀고 당신의 세례를 밧은 후로는 지금 칼날이 제 목에 드러와도 태연자약할[406] 쑨임니다 잘못이란 눈쑵만치도 업습니다

이젠 누누히 변명하고 십지도 안습니다 변명해도 소용이 업다는 것을 잘 알엇기 째문입니다

이대로 멀니 써날려고도 생각해 봣습니다마는 그것은 너무나 약자의 할 노릇이라고 그만두엇습니다 죽어도 이 쌍과 그대의 겻헤서 맛치고 십습니다 이제 남은 것은 제가 제 손으로 해결 지여야 할 복수박게 업습니다

그놈은 완전이 저를 망처 노코야 말엇습니다 이러케 억울하게 짓밟어 노코야 말엇습니다

윤락의 거리에서 새 빗을 찻고 새 길의 깃발을 놉히 날려볼냐고 발악을 쓰는 저에게 원수의 그놈이 죽엄의 탈을 뒤집어씨워 줄 줄은 몰랏습니다

저는 이제는 그놈을 죽임으로서 저의 쌜분 사명을 다하고자 할 쑨임니다 그놈을 해친다는 것은 저 하나쑨의 복수가 안임니다 그놈에게 당하는 온갓 게집의 복수를 대신하는 것입니다

허욱 씨 짜른 동안이나마 당신을 통해서 새 세계에 살어봣다는 것이 깃붐니다 당신의 피를 게승해서 내 손으로 내 원수를 처리할 줄을 알게 된

---

405 '七'의 오류.
406 태연자약(泰然自若)하다. 마음에 어떠한 충동을 받아도 움직임이 없이 천연스럽다.

것도 쏘한 당신의 힘이라고 깁부게 생각하는 것임니다

저는 이제 비로소 복수를 제 압헤 불너 노코서 당신이 항상 말해주시든 인간의 놉고 크고 귀한 것을 더 절실이 늣겻슴니다 저는 역시 당신의 편임니다

허욱 씨 저는 오늘 그놈에게 위대한 심판을 네리고 오겟슴니다 그다음에 올 법의 재단이란 생각지도 안슴니다 무서워하지도 안슴니다

그러나 허욱 씨 제가 십 년이고 이십 년이고 형기(刑期)를 치르고 나오거든 『역시 너는 정당하얏구나』 하는 단 한마듸의 말슴만 들려주십시요

아즉 마음이 어린지 눈물이 모질게 압흘 가립니다 지금도 지금까지도 호수ㅅ가에서 들려주시든 그 말슴과 그 포옹이 저를 사로잡고 잇슴니다

허욱 씨 저는 남경[407]을 노코서 얼마나 밤마다 발버둥을 칫는지 모름니다 허나 그런 것은 다— 이제 와서 한 개의 꿈이엿슴니다

허욱 씨 당신은 저를 살니고 죽인 것임니다 아닙니다 영원이 살려 주섯슴니다 손이 쩔려 더 쓸 수 업슴니다 그럼 내내 안영하십시요

마지막 올림 로—스』

접어서 봉투에 넛는다

쓰고 난 로—스의 얼골엔 살기가 번득인다

로—스는 자리에서 벌덕 이러슨다— 저편 쪽 구석으로 간다 그곳에 잇는 고리싹[408]을 뒤진다

---

407 남경(南京). 중국 장쑤성(江蘇省)의 성도(省都). 오늘날의 난징 지역.
408 고리짝. 키버들의 가지나 대오리 따위로 엮어서 상자같이 만든 물건.

고리싹에서 써내는 로—스의 손에 무엇이 번썩하고 빗난다 무시무시한『피스톨[409]』이다

오후의 음산한 눈 나리는 거리를 로—스가 쭈벅쭈벅 것는다

입김이 확 확 풍겨진다 사람들이 지나친다 로—스의 얼골이 삼엄한 체 긴장하다

『절그렁 절그렁』
호외[410] 돌니는 방울 소리가 뒤에서 들인다

『호외요』
하고는 한 장의 호외를 써러트리면서 지나간다

남경합[411]낙(南京陷落)[412]이란 큰 활자가 드러나 보인다
로—스는『남경합[413]낙』의 호외인 줄 모르고 그대로 짓밟으면서 지나간다 그런 것에 아모런 감흥이 업다는 듯이 짓발피는 신문의 호외가 찌저지면서 구두 발자국이 시커머케 드러난다

---

409 피스톨(pistol). 주로 한 손으로 가까운 거리에서 쏠 수 있는 짧고 작은 총.
410 호외(號外). 특별한 일이 있을 때에 임시로 발행하는 신문이나 잡지.
411 '함'의 오류.
412 남경함락(南京陷落). 1937년 12월경 중일전쟁 당시 일본군이 중국 남경(난징) 지역을 점령한 사건.
413 '함'의 오류.

내가 가는 길 (一)

산턱을 올나스는『로─스』뒷모양

좁다란 쇠찰상 문 압혜 슨다 초인종을 누른다 문직이 할아범이 공손이
나온다

『주인 냥반 게세요』
『안 게심니다』

『어될 가셋슴니가』
눈매가 긴장한다

『조금 아까 시내로 드러가셋슴니다』
『시내요?』
『네』
『시내 어듸로요』
로─스는 눈을 쌈박어린다

『자세이 모르지만 아마 ××일보 지국에 잠간 들는다고 나가셋슴니다』
로─스의 정신이 퍽득 든다

로─스는 되도라 나온다

문직이는 수상한 듯이 멀직이 사라지는 로—스의 뒷모양을 바라본다 눈은 여전이 세차게 네린다

큰 길거리로 드르스자 군악소리가 요란이 들니면서 수백 명의 축하 행렬이 지나간다 남경함낙의 축하 행진이다 깃발을 휘둘느고 만세를 부른다

로—스는 문득 그 자리에 슨다 눈이 크게 쓰고 입을 버린다 퍽 놀나는 것이다

그는 정신이 아리소리해진다 금방이래도 그 자리에 쓰러질 것만 갓다 얼골이 시커머케 흐려진⁴¹⁴다

눈은 여전이 로—스의 얼골 우에 퍽々 쏘다진다

호수가의 손 잡어 주든 환상이 잠시 지나친다
『남경이 합⁴¹⁵낙되거든』

눈물이 쭈루루 쏼 우로 구을는다 그 우로 눈이 나리면서 부드친다

행진이 멀직이 사러진다 군악소리 가늘게 들닌다
로—스는 멀—니 사라지는 행렬을 훌기는 듯 바라보고만 서 잇다

---

414 원문에는 '진'의 글자 방향 오식.
415 '함'의 오류.

눈보래 속에 서 잇는 로―스의 얼골이 침통하다

침통한 얼골 우에 눈물이 빗나면서 죽―죽 나린다

그 우로 눈이 나리여 부다친다

멀직이 간 행열이 가몰가몰하게 뵈인다

××일보 지국 사무실
상덕이와 욱이가 맛대고 안저 잇다

문 박게는 상덕이가 데려온 험상구진 사나이가 둘이나 창 안을 기웃거리고 잇다

『그래 뭐 째문에 남을 중상⁴¹⁶하는 거냐』
상덕이의 날카로운 소리

『나는 남의 명예를 중상한 일이 업소 사실을 그대로 보도햇슬 쑨이요』
욱이의 눈도 한칭 더 날카러우면서 무서운 압력이 지글거려 나온다
『사실보담도『로―스』와 너와의 추접한 관게를 숨길나고 그런 기사를 쓴 것이 아니냐』
상덕이 열이 벌컥 쓰러오른다

---

416 중상(中傷). 근거 없는 말로 남을 헐뜯어 명예나 지위를 손상시킴.

『뭐시 엇재!』

욱이는 눈이 번쩍 씌면서 눈섭이 까치라니 올나슨다 상덕이의 얼골을 쑤러지게 흘긴다

상덕이 얼골을 살눅어리면서

『납분 놈 가트니 네가 그러다간 쌔가 온전할 상십프냐 로—스를 실컨 쌔러먹을 대로 쌔러먹고는』

욱이의 얼골이 금방이래도 폭풍우가 나릴 듯이 살기가 등등하다. 의자에서 벌덕 이러슨다

『이놈아 개돼지만도 못한 놈아』

하면서

『싹—』

하고는 상덕이의 얼골을 무섭게 후려갈긴다

내가 가는 길 (64)

내가 가는 길 (二)

삭[417]덕이 잠시 어리둥절하다가
『가만잇자 자 우리 이 뒷산으로 가서 단판을 하자』
『조타』

씨근덕어리는 두 사나이가 눈 나리는 뒷산 길노 올나간다

그 뒤로 싸르는 상덕이의 부하가 멀직이 쏘차간다

××일보 지국 압페 눈을 담쏙 마즌 채 서 잇는 로![418]스는 문을 열고 드러슨다 배달부만 잇다

『선생님은?』
『조금 앗가 어썬 이하고 뒷산으로 가섯서요』
『왜』
『몰나요 무슨 말인지 말다툼을 하다가 가셋세요』
로—스의 얼골이 잠시 흐려진다

뒷산 길을 올나가는 로—스의 뒷모양

산 중턱 송림 사이에서는 일대[419] 격투가 버러저 잇다

---

417 '상'의 오류.
418 '—'의 오류.

한 사나이와 세 사나이

힘과 힘 수(數)와 수(數)

하나가 잡바지면 하나가 일어나고 하나가 일어나면 또 하나가 잡바지고 차고 물고 째리고 쥐여박고 쎄밀고 업퍼지고

그 우로 눈은 퍽퍽 쏘다진다

로―스는 여기저기를 기웃거리면서 산길을 올나온다 엽흐로는 송림이 쫙 드러섯다

욱이는 점々 힘이 패해간다 얼골에는 피가 두서너 군데나 흐른다

그래도 욱이는 최후의 일각까지를 싸우는 것이다 차고 째리고 둥굴고 ―― 전율할 육박전이 이러난다

『호호호』
『허허허』
지처가는 입김의 소리――

욱이는 아주 지처간다 강약이 부동이다 세 사나이는 죽어라 하고 막우

---

419 일대(一大). 아주 굉장한.

뎀빈다

욱이는 아주 힘이 탁 풀닌다 그대로 눈 우에 쓰러진다 쓰러지는 그 우
로 상덕이가 눌느면서 죽어라 하고 째린다 욱이는 인사불성이 된 듯이 아
런모[420] 반응이 업다 눈은 그 위로 작고만 퍼내린다

로―스가 이곳에 나타난다 그들의 압헤 슨다

눈 압헤 버러진 처참한 광경을 보고 흥분된다 로―스의 눈이 자즈러지
게 놀내면서 커다라케 써진다
『이놈아』
로―스는 『피스톨』을 써내면서 날카롭게 외친다

그째까지도 모르고 욱이를 째리든 상덕이가 욱이를 깔고 안진 체 이 소
리에 머리를 든다

로―스가 우선 눈에 씐다
『어』
멍한 소리다

순간 로―스의 손에 번적이는 것이 씐다
『아스』

---

420 '아모런'의 글자 배열 오류.

얼골을 찡그리면서 욱이는 일어난다 부하 놈들도 뒤로 문칫한다

상덕이를 노리는 로―스의 무서운 눈 선[421] 율하는 상덕이의 표정

『에잇!』

로―스는『피스톨』을 든다

---

421 문맥상 '전'의 오류로 추정.

내가 가는 길 (三)

『탕—』

『앗—』

상덕이 비명을 지르며 뒤로 걱구러진다

걱구러지는 광경을 보는 로—스의 처참한 얼골 살인한 자만이 가질 수 잇는 극단된 얼골의 표정—

『아!』

로—스는 외마듸 소리와 가티 『피스톨』을 정그렁 노으면서 눈 우에 그대로 쓰러진다

쓰러진 세 사람 우로 눈이 작고만 네린다

그 이듬해 일혼 봄 삼월 초순 비가올 쯧 날새[422] 음울한 어느 날 아츰—

솔입집팽이(松葉杖)를 집고서 쭈벅쭈벅 정원을 거러오는 사나히

갓가이 오자 상덕이의 얼골이 드러난다 정원 『쎈치[423]』 우에 안는다

얼골이 햇슥하다 허나 기품은 전과는 달나 행결 돗뵈인다

---

422 날새. '날씨'의 방언(경북).
423 벤치(bench). 여러 사람이 함께 앉을 수 있는 긴 의자.

그는 묵〻히 사색에 잠긴 채 저―쪽 하날 끗을 노리고 잇다 얼골이 침통하다

한참이나 그대로 안저 잇다 바람이 휘― 분다 상덕이의 머리카락이 휘날닌다 그래도 천연이 안저만 잇다 석고(石膏)와도 갓치

눈에서 이상한 빗이 번적인다 침통한 얼골이 점점 붉어저 온다 웃을 듯한 표정이 그윽히 써오른다

이윽고 솔입집팽이이[424]를 집흐며 다시 쌕시시 일어난다

산길을 한 발로 쑤벅쑤벅 나리는 상덕이의 모양

대전지방법원(大田地方法院)으로 문안으로 드러스는 상덕이
『쑤벅쑤벅』
솔입집팽이에 몸을 매달고 거러간다

비가 부실부실 나린다 하날은 식커멋타 바람이 휘― 휘― 하면서 모질게 모라친다
형무소 문이 열니면서 로―스를 태운 자동차가 움즉인다 로―스는 차 안에 용수[425]를 쓴 채 안저 잇다

---

424 '이'의 중복 오류.
425 용수. 죄수의 얼굴을 보지 못하도록 머리에 씌우는 둥근 통 같은 기구.

법정 안—

백여 명이나 되는 방청객들이 쫙 드러 잇다 기생 여급들이 유난이 만흔 게 눈에 씐다 그 속에 상덕이의 얼골도 욱이의 얼골도 보인다 상덕이 집 문직이의 얼골도 이쪽으로 힐끗 보인다

정정(廷丁)[426]이 나와 드러오는 방청객들을 정리한다

변호사가 법의(法衣)를 입고 드러슨다 드러스는 대로 변호사석에 착석한다

저쪽 재판장 뒤ㅅ벽에 걸닌 시게가 열 시를 친다
『쎙 뎅 뎅……』

용수를 쓴 로—스는 수갑을 찬 채 간수에 옹호되여[427] 나온다 퍼렁 옷 입은 것이 쓸々하다 피고석에 안는다

용수를 벗기고 수갑을 슬는다 얼골은 초라하고 머리가 약간 홍크러저 잇다 장내의 시선이 일제이 그리로 몰닌다

욱이의 얼골이 긴장해진다 상덕이의 얼골도 쒸논다

---

426 정정(廷丁). 일제 강점기에 법원의 사환을 이르던 말.
427 옹호(擁護)되다. 감싸지고 도움을 받아 지켜지다.

재판장석으로 쑬닌 문이 열닌다 먼저 재판장이 압서 나온다 그 뒤로 배
석판사와 검사 서기가 뒤싸라 나온다 제각기 착석한다 재판장의 안경이
번쩍인다

내가 가는 길 (四)

어수선하든 장내가 갑작이 물을 씨언진 듯 고요하다

박에서 비는 점점 더 거세게 나린다 법정 박에 새 눈[428]이 날라는 나무 가지에 모질게 빗줄기가 부다친다

재판장이 서류를 펴면서 들춘다 그 아페 번쩍이는 증거물노 가저다 논 피스톨

로―스는 일어나 슨다 머리를 소긋이 네린다

재판장이 힐긋 로―스를 처다보고는

『성명이 무엇이지』

『로―스임니다』

『민적 일홈은』

『리창애라고 함니다』

『원적은』

『부여읍냄니다』

『나히는』

『스물넷임니다』

『직업은』

『여급임니다』

---

428 눈. 새로 막 터져 돋아나려는 초목의 싹. 꽃눈, 잎눈 따위이다.

약간 머리를 숙여 보인다

『조선에 나온 지는』
『작년 팔월에 나왓습니다』
『그 먼저는』
『상해서 싼서를 햇습니다』
『멧 해나』
『칠 년 동안 햇습니다』
『응』
하면서 다음 책장을 넘긴다

『그리고 김상덕이란 사람과 허욱이란 사람은 언제부터 아는가』
『여기 나와서부터 압니다』
『어썬 정도로 알고 잇는가』
로―스 잠시 얼골을 흘린다
『상덕이는 자주 홀에 나와서 잘 알고 잇고 욱이란 사람은 멧 번 대하지
못해서 그리 잘 알지 못함니다』
『뭐?』
재판장의 눈이 더 크게 써진다

『경찰서에서나 예심 째에 피고는 욱이란 사람을 잘 모른다고 햇는데
그건 무슨 이유인가』
『사실 잘 모름니다 그냥 안면만 잇는 정도임니다』
『그게 사실인가』

『네』

재판장장[429]이 잠시 눈을 흘겨 써본다

『그러면 엇재서 당일 욱이와 상덕이가 싸우는 중에 드러가 욱이 편을
드러 상덕이를 쏘앗는가』

『그건 제가 상덕이만을 차즈러 갓다가 둘이서 싸우는 곳에서 공교히
맛낫슬 쑨입니다』

재판장은 의아한 듯이 머리를 개웃둥거린다

『피고가 일부러 욱이란 사나이와의 관연을 숨길랴는 것은 아닌가』

순간 무섭게 로—스의 얼골을 본다

로—스의 심증(心證)을 써보자는 것이다

『아닙니다』

로—스는 침착히 말을 맺고는 입을 다문다

그래도 재판장은 더 추궁한다

『피고가 욱이란 사나이와의 연락을 숨길냐는 것은 이번 사건에 중대한
공모적 비밀을 은익할랴는 데서 나온 것이 아닌가』

재판장이 한번 더 로—스를 노린다

『네?』

로—스의 눈이 깜작 놀낸 듯이 크게 써진다 욱이의 눈도 크게 써진다

---

429 '장'의 중복 오류.

『안임니다 절대로 안임니다 그건 저 혼자 감행한 것임니다

처음엔 상덕이를 자기 집으로 차저갓던 것임니다 그것은 그 집에 잇는 문직이한테 무러도 잘 알 것임니다 그 문직이가 ××일보 지국으로 갓다기에 저는 바로 그리로 차저갓슴니다

그런데 거기 가봐도 업기에 배달부에게 무러서 뒷산까지 차저간 것임니다

절대로 상덕이를 해할라고 욱이란 사람과 공모하거나 상의한 일은 조금도 업슴니다』

로―스의 얼골이 더 핼슥해진다

내가 가는 길 (五)

재판장이 나즉이 머리를 쯔덕이면서

『그럼 전연 피고 혼자 햇단 말이지』

『네』

후련해지는 안도의 빗치 로―스의 얼골 우에 써오른다

조서를 드려다보든 재판장은 머리를 다시 든다

『그럼 상덕이를 살해할냐고 햇든 것은 언제부터이든가』

『그날입니다』

『그날?』

하고는 의아한 표정을 씌윗다가

『그날이면 언제쯤이엿든가 그 시간』

『바로 그 집에 차즈러 나스기 전 한 시간 전입니다』

『한 시간 전?』

이상타는 얼골을 짓고는

『그럼 그쌔 무엇이 동기가 되여 그런 마음이 생겻든가』

『경찰서에서 나와서 신문을 보고는 너머나 놀냇기 쌔문입니다』

욱이의 얼골이 신문이란 바람에 잠시 긴장한다

『왜 업는 사실이 보도되엿든가 피고는 유성까지 간 일이 잇지 안튼가』

『네 간 일은 잇슴니다만 매음(賣淫)한 사실은 전연 업슴니다』

『매음 행위가 안엿스면 왜 밤중에 한 사나이와 그곳을 갓든가』

재판장의 눈이 무섭게 쏜다 상덕이의 얼골이 긴장해진다

『저는 모르는 새 갓슴니다』

『모르는 새?』

의아스런 표정을 짓는다

『네 술에 취해서 인사불성이 된 것을 그냥 데리고 갓슴니다』

『그러케 술을 먹고 간 것을 다 안다면 알고서 짜른 것이 아닌가[430]

『아님니다 술이 쌔고 정신이 난 그 이튼날에야 어렴푸시 아럿슴니다』

『그러면 속샷스[431]『포켓』에서 이백 원이나 나온 것은 왼 까닭인가』

재판장이 소리를 더 크게 한다

『그건 홀에서 어든 을[432] 모은 것임니다』

『팁?』

『네』

『그날 밤에 밧은 것은 아니든가』

로—스는 벌컥 흥분된다

『안임니다 절대로 안임니다』

거의 부르짓는 소리다

『그러나 상덕이란 사람은 그 돈을 그날 밤의 정조대로 주엇다고 하는데』

---

430 ‘」’ 누락.

431 속셔츠(shirts). 맨 속에 입는 셔츠. 흔히 내의의 웃옷을 이르며, 경우에 따라 와이셔츠를 이르기도 한다.

432 문맥상 ‘팁을’의 탈자 오류로 추정.

재판장은 태연히 이런 말을 내면서 힐끗 로―스를 처다본다

『네?』

로―스는 말이 콱 맥히는지 입만 싹 버린 채 섯다

상덕의 얼골이 실눅실눅 경련을 일으킨다 그는 자리에서 집팽이를 버티고 일어나 슨다

『안임니다 저는 그날 밤 돈 준 일이 업슴니다』

순간 상덕이의 눈이 재판장을 쏜다 정내의 시선이 일제히 놀내는 듯 그리로 모인다

재판장은 얼골을 잠시 흐리면서

『식그러워 지명도 안 햇는데[433]

맘대로 소리를 쌕 지른다

상덕이는 가만이 제자리에 안는다 로―스의 얼골과 욱이의 얼골이 고요히 가러안는다

정내는 고요하다 박게는 거센 빗줄기가 창문을 두들기면서 죽― 줄선을 그어 유리 우로 네리는 게 보인다

재판장의[434] 다시 머리를 든다

『피고는 그럼 그날 신문을 안 봣드면 상덕이를 죽일나고 하지 안엇겟는가』

---

433 '』' 누락.
434 문맥상 '이'의 오류로 추정.

『안임니다 그 사람의 행동이 저의 압길을 파괴한 것을 알엇기 째문임
니다』

『파괴?』

의아한 표정을 쏘 짓는다

『..................』

내가 가는 길 (68)

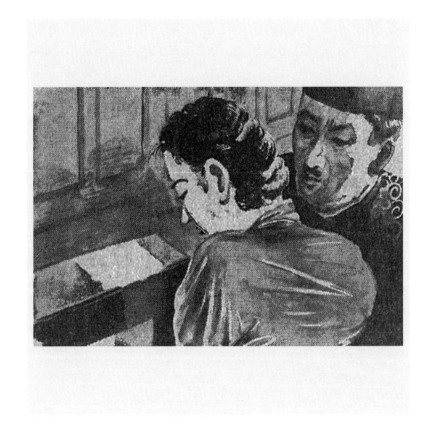

내가 가는 길 (六)

『파괴란 말은 무슨 의미인가』

『…………』

『말해 봐』

『…………』

그래도 잠작고 잇다

『말하래니싸 이런 것은 피고에 유리한 것이니가 되도록 말하는 것이 조치 안는가』

『…………』

『말 안 할 텐가』

이윽고 로—스가 머리를 든다

『저는 한 사나이를 죽일냐고 결심햇습니다 그래서 한 시간 만에 그 사나이를 제 손으로 쏘앗습니다』

장내는 쥐죽은 듯 고요하다 재판장도 신경을 돗궈 로—스의 입을 무섭게 난린다 서기의 붓대가 줄다라 네려간다

『저는 이 자리에서 그 파괴햇다는 것까지를 말하고 십지는 안습니다 엇잿든지 그것이 올흔 일이라고 늣기여젓기 쌔문입니다 단지 재판장에서는 살인죄에 대한 처벌만 네려주시기 바람니다』

로—스의 쏙 다문 입매가 굿센 의사를 보인다

정내는 갑작이 어수선해진다 방청객들의 머리가 움직인다 상덕이는 멍하니 로—스의 뒷모양만 바라본다

재판장이 엽헤 안진 배석판사[435]와 나지막하게 짓거린다

변호사가 당황이 로—스의 엽흐로 와서
『사실을 드러 말하슈 그게 당신에게 유리합니다』
『…………』
로—스는 머리를 엽으로 흔든다 변호사의 얼골이 흐려진다

비는 지금도 작고만 유리창을 두들긴다 바람이 불 째마다 나무가지가 흔들닌다 창을 째리는 빗소리 갑작이 더 커진다

재판장이 다시 기침을 하면서 정내가 다시 조용해진다
『그럼 피고가 살인할냐고 햇든 근본적 동기에 대해서는 전연 말할 수 업단 말이지』
『네』
『그것이 피고에게 불니해도 상관이 업는가』
『…………』
로—스는 대답이 업시 머리를 숙인다 욱이의 긴장한 얼골과 상덕이의 엇전 영문을 모르는 얼골—
로![436]스를 물끄레미 바라보든 재판장이 할 수 업다는 듯이 입맛을 다

---

[435] 배석판사(陪席判事). 재판에서 합의부 구성원 가운데 재판장 이외의 판사. 소송 지휘권은 없으나 재판장에게 알리고 당사자, 증인, 감정인들을 심문(審問)할 수 있다.

시며 책장을 넘긴다

    [437]압헤 잇는 『피스톨』은 어듸서 낫든가』

『상해서 가저왓슴니다』

『상해서 왜 가젓든가』

『보신용으로 가지고 잇든 것임니다』

『피스톨을 산 지는 멧 해나 되는가』

『삼 년쌤니다』

『그동안에 멧 번이나 써봣는가』

『아직 업섯슴니다』

『그럼 요번이 처음인가』

『네』

『그날은 멧 방을 발사햇는가』

『한 방임니다』

『왜 한 방밧게 안 쏴ㅅ는가』

『한 번에 걱구러지기에 그만둬ㅅ슴니다』

『그럼 그쌔 아주 죽은 줄노 인정햇든가』

『네』

『그담엔 엇지햇든가』

『그러고는 모릅니다 정신이 흐려젓슴니다』

---

436 ‘—’의 오류.
437 ‘『’ 누락.

『그럼 피고가 쓴『피스톨』은 이것이엿든가』

하면서 그 압에 잇는『피스톨』을 가르킨다

『네』

정내에 침묵이 흐른다

『이 사건에 대해서 피고의 할 말은 업는가』

『업슴니다』

『그럼 조아』

하면서 서류를 덥는다 로—스는 그대로 조용이 안는다

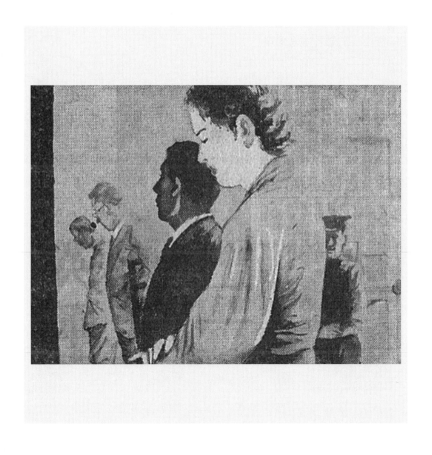

내가 가는 길 (七)

재판장이 증인 신문을 개시한다
『박만수 김상덕 허욱』

부르는 대로 자리에서 일어나 재판장 압헤 슨다 솔입집팽이를 집고 잇는 상덕이 모양이 쓸쓸하다

재판장이 차례로 뭇는다
『네 일홈은』
『박만수임니다』
『직업은』
『고용인임니다』
『피고와 친척 관게는 업는가』
『업슴니다』

『그댐 네 일홈은』
『김상덕이올시다』
『직업은』
『광업임니다』
『피고와 친척 관게는』
『업습니다』

『그댐 일홈은』

『허욱입니다』

『직업은』

『신문 기자입니다』

『피고와의 친척 관계는』

『업습니다』

『자 그럼 선셔문을──』

하면서 선셔서(宣誓書)[438]를 노나준다 증인들은 한 장식 밧어든다

재판장이 일어슨다 정내 사람들이 전부 일어슨다

『첫번 증인만 읽어봐』

욱이 선셔서를 읽는다

『양심에 조차 진실을 말하고 무엇이든지 봇태지 안키를 맹서함』

일어낫든 사람이 다── 안는다 증인들이 각기 이 선셔문에 서명하고는 도장을 찍는 대로 재판장 압헤 내놋는다

재판장은 바른편 싯족으로 슨 증인을 보고는

『네가 상덕이 집 문직인가』

『네』

『그러면 바로 작년 십이월 십륙일 날 피고가 상덕이 집을 차저왓든가』

『네 확실이 왓습니다』

---

438 선서서(宣誓書). 선서의 취지를 일정한 형식으로 적은 문서. 법정에서 증인, 감정인, 당사자, 통역인 따위가 선서할 때에 쓴다.

『멧 시쯤이나』

『오후 세 시쯤이나 됏슬가요』

『누[439]구하고 갓치 온 기척은 업든가』

『업섯슴니다 제가 그 차저온 모양이 수상하기에 한참이나 봣슴니다』

『그럼 차저왓슬 째에는 어써케 햇는가』

『바로 드러오면서 주인을 찾기에 ××일보 지국을 갓다고 햇드니 그 길노 두말도 안코 되도라갓슴니다』

『어듸로 가든가』

『자세이는 모름니다만 경찰서 골목으로 드러스는 것을 봐서 아마 지국을 차저가는 것 갓텃슴니다』

『응 조와 자리로 가』

문직이 조용이 제자리로 와 안는다

『그댐 네가 김상덕인가』

『네』

『그날 밤 로―스가 유성을 싸러갓든가 그러치 안으면 로―스의 말대로 네가 술을 멕여서 모르게 데리고 갓[440]든가』

상덕이가 잠시 망성거린다[441]

『제가 술을 멕여 데리고 갓슴니다』

---

439 원문에는 '누'의 글자 방향 오식.
440 원문에는 '갓'의 글자 방향 오식.
441 망성거리다. '망설거리다'(이리저리 생각만 자꾸 하고 태도를 결정하지 못하다)의 방언(평북).

『그럼 데리고 가서 어써케 햇든가』

『마악 방에 드러스자 로—스는 술이 쌔고 그러자 순사가 드러왓습니다』

『그러면 단순이 그런 것만으로 로—스가 너를 죽일냐고 햇든가』

『…………』

『너를 죽일나고까지 한 심각한 이유를 모르겟는가』

『자세인 모릅니다만 생각컨대 저로 인해서 그러한 사건이 신문에 오보 되면서부터 아마 로—스는 자기 압길이 문허지는 것갓치 늣겨젓스리라 고 생각됩니다』

『그러면 너는 피고를 어써케 생각하는가 한 원수라고 지금도 미워하 는가』

『안임니다』

집헛튼 집행이가 비실거리는 것을 억지로 바로잡으며

『저는 병원에서 의식이 도라와 제가 사럿다는 것을 늣기는 순간부터 그를 도리혀 나의 구세주라고 늣겻음니다』

『구세주?』

재판장이 눈을 둥그러케 쓴다

욱이의 얼골과 로—스의 얼골이 긴장해진다

내가 가는 길 (70)

1939년 4월 2일

내가 가는 길 (八)

『지금까지 저는 방종한 생활을 해왓습니다 그래서 로―스도 그러한 술집 게집으로만 취급할냐고 햇습니다 처음 맛낫슬 제는 그도 쉽사리 응해 줄 것만 갓튼 태도를 뵈엿습니다 그것이 작년 겨울에 드러스면서 돌변햇습니다 술과 담배를 쑥 쓴엇습니다 돈도 주는 것을 밧지 안엇습니다 저는 여기서 미워하기 시작햇습니다 그래서 기회를 탄 것이 그날 밤의 사건이 생긴 것입니다 지금 생각하면 그쌔가 로―스는 확실이 새 빗을 차즌 것임니다 새 빗을 차즌 로―스를 이러케 망처준 것은 제 자신입니다』

상덕은 흥분되여 재판장을 바라본다

『그러므로 그에게 밧은 세례를 저만은 달게 밧겟습니다 이러케 병신만 된 것도 역시 하날이 살려주신 것입니다 저는 이 살려준 하날의 진리를 그 뒤에야 깨다럿습니다 그것은 제가 갈 길을 차저낸 것입니다 저는 확실이 거듭낫습니다 그래서 이제는 저의 그릇된 생활을 모―도 다 청산햇습니다

이것이 다 로―스의 은덕입니다 일생을 두고서도 잇처지지 안으리라고 밋습니다[442]

감격에 벅차는 상덕이의 얼골이 눈물에 빗난다

『저의 마지막 소원으로는 재판장쎄서 로―스의 죄를 너그러히 취급하사 하로래도 먼저 새 빗의 세상에 나와주게 해주신다면 그 은혜 백골난

---

[442] '』' 누락.

망[443]이겟슴니다』

　상덕이 머리를 써러트린 채 흙흙 늣긴다

　정내는 고요하다 욱이의 얼골에 감격한 표정이 써돈다 비는 여전이 줄
기차게 나린다

　잠시 무엇에 감격한 듯 멍하니 안저 잇든 재판장──
『조와 자리로 가』

　상덕이 머리를 써러트린 채 쑤벅쑤벅 제자리로 와 조심스럽게 안는다

『네가 허욱인가』
『네』

　로─스는 머리를 든다 욱이의 엽모양이 슬적 보인다

『그날 누가 먼저 쌈을 거럿든가』
『상덕이가 일부러 차저왓슴니다』
[444]그 산으로는 누가 먼저 가자고 햇든가』
『그도 상덕이가 그랫슴니다』

───────
443 백골난망(白骨難忘). 죽어서 백골이 되어도 잊을 수 없다는 뜻으로, 남에게 큰 은덕을 입었
　　을 때 고마움의 뜻으로 이르는 말.
444 '『' 누락.

『그럼 그날 로─스를 어디서 봣든가』

『통 못 봣음니다』

『뭐?』

이상한 듯이 눈을 쓴다

『현장에서도 못 봣든가』

『네 못 봣음니다 그째는 세 사람들에게 어더마저서 거이 의식이 업섯든 째임니다 병원에 와서 의식이 도라슨 다음에야 그런 말을 드럿을 쑨임니다』

『응』

알겟다는 듯이 코대답을 하고는

『그날 피고가 저즐는 일에 대해서는 갓치 상의하거나 혹은 미리 알은 일은 업섯든가』

재판장이 욱이를 쏜다

『그런 일은 전연 업슴니다』

다문 입매가 천근으로 무겁다

재판장은 책장을 이리저리 넘기다가 더 무를 것도 업다는 듯이 표정을 짓고는

『조와』

욱이 조용이 제자리로 와 안는다

정내가 조용해진다 박게선 여전이 비바람이 나무를 들복는 게 보인다

　재판장은 심문이 다 긋난 듯이 배석판사 엽프로 안진 검사에게로 얼굴을 돌려 보인다 검사가 일어난다 논고가 시작된다

　『피고 리창애는 상해 방면에서 짠서—를 하고 잇엇으나 일지사변[445]에 의해서 지난 소화 십이년[446] 팔월경에 조선에 피란을 건너와 대전 본정에 잇는 『화이트 • 로—스』란 쌔—의 여급으로 잇엇는데 그곳에 손님으로 드러다니는 피해자 김상덕이란 사람을 그해 십이월 십륙일 오후 사시경에 살해할 목적으로 대전 부춘 일정 이정목에 잇는 용두산이란 곳에서 『피스톨』노 저격(狙擊)햇다[447]

---

445 일지사변(日支事變). 중일전쟁. 1937년 7월부터 일본의 침략으로 중국 전 국토에 전개된 전쟁.
446 소화 12년은 1937년을 의미함.
447 다음 호(71호)로 대화문이 이어지고, 대화문 끝에 '』' 찍혀 있음.

내가 가는 길 (71)

내가 가는 길 (九)

[448]현장에는 『체코』제(製) 육연발 피스톨 한 개가 눈 우에 써러저 잇섯고 여기서 약 이 메돌[449] 되는 곳에 피해자가 중상을 입은 채 피를 다량으로 흘니면서 혼도해 잇섯다

이상에 드러난 사실과 증거를 종합해 본다면 피고가 그날 집에서 나슬 째부터 피해자 김상덕을 살해할 목적을 가진 것에는 일ㅅ점의 의심도 가질 여유가 업는 것이다 더욱이 피고가 당시 범행 사실을 전부 시인하면서도 피해자 김상덕을 살해할냐든 목적만을 함구불언하는 데에는 기이한 늣김을 아니 가질 수 업는 것이다 단순이 매음 사건이 신문지상에 오보되엿다는 것만으로써 살해 행동을 이르켯다고는 보통 사람으론 추측할 수 업는 것이다 거기에는 말할 수 업는 악착한 내용이 잇는지도 모르는 것이다』

로―스 번쩍 놀낸 듯 얼골을 든다 욱의 얼골도 잠시 눈을 둥그러케 써진다

『여기서 본관(本官)은 피고의 개준[450]의 태도를 조금도 엿볼 수 업는 것이라 단정하고 중형을 논고하지 안을 수 업는 것이다 즉 형법 제X백X십X조와 제X백X조에 의해서 오 년의 형(刑)에 처하는 것을 구형한다[451]

준열한 논고와 구형을 내린 검사는 위엄 잇는 자세를 가춘 채 자리에

---

448 이전 호(70호) 마지막 부분과 이어지는 대화문이기 때문에 '『' 없음.
449 미터(メートル, meter). 미터법에 의한 길이의 단위.
450 개준. 행실이나 태도의 잘못을 뉘우치고 마음을 바르게 고쳐먹음.
451 '』' 누락.

안는다

정내는 다시 조용해진다 로—스의 얼골이 각오햇다는 듯이 평범한 빗이 써보인다

욱의 얼골이 갑작이 흐려진다 흐려지는 얼골에 무엇을 생각하는 표정이 움즉인다

눈이 더 크게 써진다 그 뒤로 환상이 나타난다 로—스의 유서다

『마지막 글 밧침니다』

환상이 다시 업서진다 욱의 얼골이 긴장한 채 눈을 깜박어린다

그는 무엇을 결심한 듯 자리에서 벌쩍 일어난다

변호사 일어슨다 변논이 시작된다

욱이 비 나리는 폭풍우의 속을 쑬코서 세찬 거름으로 거러간다 비를 마지면서 거러가는 모양이 처참하다

변호사 정중이 입을 연다
『본 사건에 관해서 본직(本職)은 검사의 근본적 오유[452](誤謬)를 지적하고 그 우에 비견(卑見)[453]을 진술하야 써[454] 피고를 변호하고자 한다 검

사의 논고는 먼저 너무나 사상루각(砂上樓閣)⁴⁵⁵의 비난을 면할 수 업게 되여 잇다고 사고(思考)하지 안을 수 업다 무엇보담도 근본적인 범죄 구성(犯罪構成)에 관해서는 하등의 접촉되는 바가 업고 공연이 지엽 문제(枝葉問題)에만 급급한 것만이 드러나 잇기 째문이다……⁴⁵⁶ 무릇 범죄의 성립에는 일반으로 법익(法益)⁴⁵⁷의 침해가 잇고 범인이 여기에 대해서 일ㅅ정한 의사 결정(意思決定)이 필수 요건(必須要件)인 것이다 즉 일정한 범의(犯意)⁴⁵⁸가 업지 안어서는 안 될 것이다 범의(犯意)에 관해서 논할 것은 다다(多多)하겟스나⁴⁵⁹ 특히 여기서는 행위자(行爲者)가 그 결의(決意)를 하지 안는 데 대해서 기대 가능성(期待可能性)⁴⁶⁰이 업는 째에 그래도 범의(犯意)가 잇다고 인정할 수 잇겟는가가 제일 중요하게 고찰되여야 할 문제라고 사고하는 바이다

대체 형벌(刑罰)의 본질(本質)에 관해서는 학자들의 귀설(歸說)하는 바 각종이 잇스나 생각컨대 사회와 개인과의 조화야말노 오인⁴⁶¹의 이상(理想)이고 쏘한 정의(正義)가 되지 안흐면 안 될 것이다 그럼으로 일정한 범죄에 대해서 일정한 형벌을 과(科)한다는 것은 이 이상과 정의에 향

---

452 문맥상 '류'의 오류로 추정.

453 히켄(ひけん, 卑見). 자기 의견의 낮춤말.

454 써. '그것을 가지고', '그것으로 인하여'의 뜻을 지닌 접속 부사. 한문의 '以'에 해당하는 말로 문어체에서 주로 쓴다.

455 사상누각(砂上樓閣). 모래 위에 지은 누각이라는 뜻으로, 어떤 일이나 사물의 기초가 튼튼하지 못한 것을 비유하여 이르는 말.

456 원문에는 '째문이다'와 말줄임표 사이에 7글자 정도의 공간을 비워두었음.

457 법익(法益). 어떤 법의 규정이 보호하려고 하는 이익. 살인죄에서 사람의 생명, 절도죄에서 재물의 소유권 따위이다.

458 범의(犯意). 범죄 행위임을 알고서도 그 행위를 하려는 의사.

459 다다(多多)하다. 매우 많다.

460 기대 가능성(期待可能性). 행위 당시의 상황에서, 행위자가 적법한 행위를 하였다고 기대할 수 있는 가능성.

461 오인(吾人). '우리'를 문어적으로 이르는 말.

(向)하는 인류의 매진(邁進)[462]에 지나지 안는 것이다

그러타면 일정한 행위가 다른 행위 쏘는 현상(現象)에 의해서 반작용적(反作用的)으로 되여 버린 째에 즉 그 행위자(行爲者)가 그 행위의 결의(決議)를 하지 안는 데에 대해 기대 불가능(期待不可能)한 째에 그 행위에 형벌을 과(科)하는 것은 과연 그것이 법(法)의 목적이겟고 형(刑)의 본질일 것인가

아니 무릇 이런 것은 자연현상(自然現象)에 대해서 형(刑)을 가(加)할냐는 우(愚)와 조곰도 다를 것이 업는 것이다[463]

---

462 매진(邁進). 어떤 일을 전심전력을 다하여 해 나감.
463 다음 호(72호)로 대화문이 이어지고, 대화문 끝에 '』' 찍혀 있음.

내가 가는 길 (72)

내가 가는 길 (十)

그러타면 본건[464] 주인공인 피고 리창애가 피해자 김상덕으로 인해서 죽엄보담도 더한 굴욕(屈辱)과 오명(汚名)을 입고서 피해자 번인[465]을 살해할나고 한 데에 대해서 그 반대(反對)를 기대할 수 잇슬 것인가 그것은 과연 도덕적 사회적으로 봐서 배척되여야 할 것인가 아니 그것은 세간의 색마적 존재(色魔的 存在)에 대한 커—다란 경종이고 도덕적 사회적으로 고귀한 히생(犧牲)이고 현재와 갓혼 부인(婦人)의 지위와 인권(人權)을 용인(容認)해 주지 못한 법율제도 하에서는 불가피의의[466] 유일한 수단이엿든 것이다

여기서 본직은 본건 피고에 범의(犯意)가 업다가[467] 주창하여서 형법 제삼십조(刑法 第三十條) 제일항 상단(第一項 上段)을 적용해서 범죄불성립(犯罪不成立)을 갈파하는 바이다』

빗속을 것는 욱의 입김이 홱 홱 풍겨 나온다 비가 얼골과 왼몸에 부다처 젓는다 얼골에 빗줄기가 죽죽 선을 그어 네린다 욱이 그대로 입을 악물은 채 세차게 것는다

변호사의 변논이 다시 잇는다

『다음에 피고는 피해자 김상덕을 살해할나고 한 것이 상해(傷害)의 결과로만 낫타난 것이다 즉 피고의 행위(行爲)에는 위험성(危險性)이 잇섯고 상해와의 사이에는 틀임업시 인과관게(因果關係)가 드러 잇는 것이다

---

464 본건(本件). 이 사건. 또는 이 안건.
465 번인(蕃人). 야만인.
466 문맥상 '의'의 중복 오류로 추정.
467 문맥상 '고'의 오류로 추정.

그러나 여기서 피고는 어째서 이러한 행위를 선택햇는가를 고찰해 볼 필요가 잇는 것이다

그것은 오르[468]지 피해자 김상덕의 행위로 말미암(因)은 결과에 지나지 안는다고 단정할 수 잇는 것이다 즉 피해자의 행위와 피고와의 행위와 쏘한 상해(傷害)와의 사이에는 일연(一連)된 인과관계가 잇다고 보지 안을 수 업다 환언(換言)한다면 피해자 김상덕은 피고인 리창애를 이용해서 자기를 살해할냐고 한 것이겟고 이래서 상해 정도의 결과를 낫아낸 것이라고 볼 수 잇는 것이다

싯흐로 검사는 하고[469]로 피해자 김상덕의 증언(證言) 중에 잇는 진심으로부터의 회오(悔悟)하는 태도에 일고(一顧)도 안는 것인가?

무릇 형벌은 범행에 의해서 사회가 밧는 손해(損害)와 범인의 처분에 의해서 사회가 밧는 손해의 한도 내에 잇서서 과형(科刑)되여야 할 것이다 목적형논(目的刑論)[470]이 크게 강조되여 잇는 금일에 잇서서 너머나 형식적인 법의 해석은 수주대토(守株待兎)[471]의 비난을 면치 못할 것이 아닌가 즉 피고는 자멸해가는 한 사람의 인간을 갱생식힌 것이다 쑨만 아니라 그러한 동양의 사람들에게도 큰 경고를 준 것이다 그것은 일개의 형벌 법규(刑罰 法規)보담다[472] 쏘한 피고를 처벌하는 것보담도 몟 배 이상으로 중대한 가치가 잇다고 보지 안흘 수 업는 것이다

환언한다면 본건에 잇서서 피고에 처형(處刑)을 요구한다는 것은 시대

---

468 문맥상 '로'의 오류로 추정.
469 하고(何故). 무슨 까닭.
470 목적형논(目的刑論). 형벌은 장래의 범죄를 예방하여 범죄로부터 사회를 지키기 위한 수단이라고 보는 이론. 근대 학파가 주장하였다.
471 수주대토(守株待兎). 한 가지 일에만 얽매여 발전을 모르는 어리석은 사람을 비유적으로 이르는 말.
472 문맥상 '도'의 오류로 추정.

에의 역행(逆行)인 동시에 피(血)가 잇고 눈물(淚)이 잇는 법(法)의 목적이
라고는 할 수 업는 것이다 즉 정의(正義)를 망각하고 오인의 이상을 몰
각한 것이라고 단정치 안을 수 업는 것이다 여기서 본직은 단연 피고
리창애의 무죄를 주창하는 바이다[473]

욱이 후줄근이 저진 채 법정으로 드러슨다 마악 변호사의 변론이 씃나
면서 안는다

욱이는 제자리에 오지도 안코 문간에 웃둑 서 잇다 입김이 갑분듯 씨근
덕어린다 아직도 빗물이 얼골 우에 구을는다

재판장은 정내를 휘― 한번 둘너보고는 공판이 다 씃낫다는 듯이 로―
스를 다시 불너 일으킨다

『그래 피고는 그쌔에 꼭 그 사람을 죽여야만 햇든가 짠 도리라든지 짠
생각이란 조금도 업섯든가』
재판장이 유심이 로―스를 본다.

『‥‥‥‥‥』
로―스 잠작고 잇다

『오―즉 그것만이 로―스가 취할 마지막 수단이엿든가』
재판장의 말소리 심각하다

---

473 ‘』’ 누락.

로―스 얼골을 든다 표정이 무겁다 입을 연다

『네 그게 『내가 가는 길』이엿습니다』

확실한 대답이다 다시 입을 다문 입매

『응 그럼 마지막으로 피고가 상덕이를 죽일냐고 햇든 목적에 대해서는
유리한 증언을 제시할 생각이 업는가』

『…………』

로―스 아모런 표정이 업다

내가 가는 길 (十一)

『그래도 말하지 안으면 피고에 불리할 텐데』

『…………』

로―스는 각오한 듯 아모 말이 업다

그째 욱이의 얼골이 긴장한다 눈이 번쩍인다 쑤벅~~ 재판장 압흐로 거러간다 압헤 슨다 정내의 시선이 다 이리로 모인다

재판장 이하로 깜작 놀내면서 엇전 일인가 하는 듯이 주목한다 로―스도 힐끗 처다보고는 놀나는 표정을 짓는다

『제가 그 증언을 올리겟슴니다』

『네가?』

하면서 누군가 하는 듯이 살피다가는

『아까는 왜 그냥 잇섯든가』

『지금 생각이 나서 그 증거물을 다시 가지러 갓든 것임니다[474]

『응 그럼 내놔 봐』

재판장의 시선이 쑤러지게 욱울[475]을 쏜다

욱이는 주머니 속을 뒤진다

무엇이 나오는가 정내의 시선이 그리로 몰린다

---

474 ‘』’ 누락.
475 문맥상 ‘울’은 오식으로 추정.

그는 두둑한 봉투 하나를 쩌내여 조심스레 재판장 압흐로 내놋는다 순
간 로―스는 앗질해지는 표정을 짓는다

재판장이 그것을 밧어 속편지를 쓸숙 쩌낸다 그 바람에 무엇인지 그 속
에서 툭 튀여나오면서 로―스의 압흐로 써러진다

로―스는 놀내는 듯 그것을 바다[476]본다 루비―반지다 로―스의 얼골
이 쌈짝 놀낸다.

재판장은 편지를 쥔 채 아래를 네려다본다 정정[477]이 와서 그 반지를
주어 재판장 압헤 놋는다

재판장이 힐끗 반지를 보고는 편지를 쑥― 홀터 읽는다 욱이 머리를 숙
인다

읽고 난 편지를 접으면서 재판장이 힐끗 로―스 쪽을 바라보고 다시 욱
이를 대한다
『이것으로서 로―스의 심리적 전환을 증언해줄 수 잇단 말이지』
『네』

『그럼 이 반지는 무엇인가』

---

476 문맥상 '라'의 오류로 추정.
477 정정(廷丁). 일제 강점기에, 법원의 사환(관청이나 회사, 가게 따위에서 잔심부름을 시키기
위하여 고용한 사람)을 이르던 말.

『로―스에게 줄 약혼반지엿습니다』

쌈싹 놀내는 로―스의 표정 그것이 풀려지면서 애련이 흐려지는 표정
으로 된다

재판장은 다 안 듯이 머리를 약간 쓰덕이면서
『그러면 엇재서 피고는 당자와의 관계를 숨길냐고 하는가 여기에 생각
나는 점은 업는가』
『글세요 그 글을 보시면 대강이나마 짐작하실 줄노 생각합니다만 요번
사건의 화(禍)가 제게까지로 밋칠가 십허서 그것을 미연에 방지해줄냐는
애틋한 심정에서 우러나온 것이나 아닌가 하고 생각합니다 혹은 저의 명
예 가튼 것을 고려햇든지도 모르겟습니다』

욱이의 얼골이 후련해진다 로―스의 얼골은 감격에 벅찬 듯 침통해저
간다

고개를 쓰덕이는 재판장의 얼골이 부드럽게 펴진다
『조와 자리로 가』
욱이 조용이 거러 나온다

『판결은 오는 삼월 십일날노 정한다』

판사 검사 서기 쑥― 일어나 안으로 드러간다

방청객들이 쑤얼거리면서 일어난다

간수가 아까와 가티 로—스의 손에 수갑을 채운다

욱이 덥석 덥석 로—스의 겻트로 거러간다 로—스의 압까지 가서는
『로—스』
하고 거이 기절하는 사람과 가티 부른다

로—스는 쌈작 놀나 얼골을 든다 눈이 마조친다 감격의 눈물로 얼눅진
로—스의 얼골과 비장한 감정에 벅차진 욱이의 얼골

내가 가는 길 (十二)

그 순간—— 로—스이[478] 머리 우로 용수[479]가 네려온다——

간수는 욱이를 제지하느라고 흘겨보면서 로—스를 압세우고 법정을 나간다

법정을 나가는 로—스는 늣겨 울면서 것는다

욱이 뒤싸르면서 거의 미친 사람 모양으로
『로—스』
『로—스』
하면서 싸러간다——

정정이 나스면서 압홀 가루막듯 붓잡는다

법정을 나슨 방청객들이 거름을 멈춘 채 바라보는 사람들도 잇다

로—스 현관 압 자동차에 오른다

정정에게 붓잡힌 팔목을 쌕리치면서 욱이는 그 자동차 쪽으로 쏘차간다
『로—스』

---

478 문맥상 '의'의 오류로 추정.
479 용수. 죄수의 얼굴을 보지 못하도록 머리에 씌우는 둥근 통 같은 기구.

『로―스』

자동차가 써난다 욱이는 움직이는 자동차를 뒤쫏는다

비가 세차게 내린다 욱이의 머리 얼골 할 것 업시 비바람으로 네려갈긴
다 그래도 욱이는 씨근덕어리면서[480] 쪼차간다

『로―스』
『로―스』
하는 소리 비속에 석겨 더 처참히 들닌다

욱이 정문 박까지 나온다 자동차는 벌서 아스팔트 길을 멀직이 사러진다

욱이 문득 문박게 슨다 스는 욱의 얼골 우에 비가 더 세차게 나려진다

정문 담ㅅ벼락에 남경함락(南京陷落)이란 커다란 신문특보(新聞特報)가
비에 젓고 잇다

비가 그 우로 쏘다저 나리면서[481] 한쪽이 펄넉어린다 펄넉어리는 한쪽
이 금방이라도 써러질 듯하다

---

480 씨근덕거리다. 숨소리가 매우 거칠고 가쁘게 자꾸 나다. 또는 그렇게 하다. '시근덕거리다'
보다 센 느낌을 준다.
481 원문에는 '서'의 글자 방향 오식.

그제야 솔입집팽이를 집혼 상덕이 비를 마지면서 머리를 써러트린 채 거러 나온다 정문을 나와선 저—쪽으로 천천이 사러진다

지동차 뒤를 바라보는 욱이의 눈에 환상(幻像)이 나타난다

봄이다 옥문이 열닌다 박게는 사구라꼿이 벌거케 피여잇다 로—스가 새 옷을 가러입고 나온다 욱이 얼는 밧는 듯이 쩌안는다

로—스는 안긴 채 늣긴다 욱이도 눈물이 글성인다
『그동안 고생햇지』
욱이 로—스의 머리를 쓰다듬는다

『아냐요 이것도 한 시련(試練)예요』
『자 이제는 우리도 남경(南京)으로 갑시다』
『네 어서 데리고 가주세요』

로—스는 안진⁴⁸² 채 방긋이 웃는다 욱이도 감격한 듯이 빙그레 웃는다

다시 제정신으로 도라슨다 환영이 업서진다 비가 아직도 줄기차게 퍼 붓는다

머리 얼골 손 양복 할 것 업시 비바람이 모라친다

---

482 문맥상 '긴'의 오류로 추정.

바람이 불 째마다 머리털이 펄넉어린다 머리털이 흐트러저 한쪽 얼골을 덥푸면서 나붓긴다

얼골이 번들거린다 쏘다지는 눈물이 비ㅅ물에 석겨 줄—줄 그대로 쌤우로 구을른다

『남경함낙』이란 특보가 비에 여전이 들복긴다 이제는 거이 반이나 써러진 채 바람에 펄넉어리고 잇다

욱이 자동차 가든 곳을 여전이 바라본다 그러나 뵈는 것은 비나리는 샌—얀『아스팔트』길쌘이다

『남경함락』이란 특보 조이가 기어히 비에 들복겨 쌍 우로 털석 써러진다 그 우로 쏘 비가 싸리면서 나린다

비는 여전이 세차게 나린다 욱이는 아직도 그곳에 무엇을 찻을야는 사람과도 갓이 멀거니 바라보고만 잇다 마치 웃쑥 세워논 삭[483]상(塑像)[484]과도 갓치——

그 우로 비ㅅ바람이 모라치면서 욱이의 영상이 흐미하게 사라진다

『씃』

---

483 '소'의 오류.
484 소상(塑像). 찰흙으로 만든 형상.

부 록

부록
『매일신보』 연재 시나리오

점으는 밤

金曉汀

시나리오

점으는 밤 (一)

1932년 4월 1일

大都會의 점으름

繁華한 큰 거리

요란스러운 구루마의 往來

찬바람은 고요히 불어 都會의 가을밤은 점으러 간다

      ×

職業紹介所로부터 한 사람의 靑年이 힘업시 나왓다

精神업시 섯다간 다시 터벅터벅 거러간다

      ×

큰 거리

나무닙새 우줄거리는 街路樹가 우죽~~~ 서 잇다

그 엽헤 靑年이 섯다

햇숙한 얼골에 샢족한 턱 거믓거믓 자란 수염 써러진 洋服 구녕 난 구두

양말 못 신은 맨발 뒤굼치가 환하게 드려다뵌다

      ×

靑年은 집안일을 생각하얏다

집안에는 불상한 妻가 잇다 기름ㅅ기 업는 머리를 막 빗고 부즈런히 바

누질을 한다

엽헤는 사랑스러운 어린애가 쿨—쿨 자고 잇다

어두운 電燈 밋헤서 옴기는 한 바눌 쏘 한 바눌은 生活의 외로움을 수매 간다

무엇에 놀냇는지 어린애는 울음을 첫다 妻는 사랑스러히 두둘이여 재워 놋코 쏘다시 바느질을 붓잡는다

X

靑年의 마음은 캄々해젓다
눈에는 不覺[1]의 눈물까지 써돌앗다

X

컴々한 저便으로부터 自動車가 온다
自動車에는 돈 만흔 伯爵이 타 잇다 윤태[2] 잇게 살찐 얼골 아름다웁게 글거낸 수염 上等의 시가—를 물고 잇다 溫和스러운 스프링코—트[3] 白手掌甲 윤태 나게 닥근 구두

X

伯爵과 나란히 젊은 아름다운 夫人이 잇다 돈덩어리 豪奢[4]의 裝身[5]을 하고

X

于先 그 自慢스러운 머리다
夫人의 化粧室에서는 結髮師[6]와 下人과 두 사람이 부터 夫人의 머리를

---

1 불각(不覺). 깨닫거나 생각하지 못함.
2 윤태(潤態). 광택에 윤기가 있음.
3 스프링코트(spring coat). 봄과 가을에 입는 가벼운 외투.
4 호사(豪奢). 호화롭게 사치함. 또는 그런 사치.
5 장신(裝身). 몸치장.
6 결발사(結髮師). 예전에, 관례를 할 때 상투를 틀거나 쪽을 찌던 일을 하는 사람.

빗기고 잇다

夫人은 무엇이 脾胃[7]에 맛지 안어 禍를 내 容易히[8] 머리가 잘 빗겨지々 안는다 結髮師는 두려워~~하며 머리를 빗긴다

　　　　×

伯爵은 外出의 丹裝[9]을 하고 書齋에서 기다리고 잇다 보고 잇든 新聞을 놋코 베루[10]를 눌는다

下人이 나온다

伯爵은 夫人의 丹裝이 아즉까지냐고 뭇는다

下人은 두려워하며 나갓다

伯爵은 滋味[11]업는 드시 新聞을 쏘다시 집어들엇다

　　　　×

化粧室에 下人이 들어온다

그리고 伯爵이 기다리고 잇다는 것을 告한다 조급하게도 참고 잇든 夫人은 그냥 瓶을 집어들어 下人에게 던젓다 瓶은 壁에 부듸저 깨젓다 夫人은 이쪽저쪽으로 物品을 내던지며 惶當해 맴을 돈다

下人은 밧그로 쮜여나가 門을 닷치고 고개를 구부리고 『아—아—』한 表情

室內에는 아즉것 惶當해 도는 夫人을 겨우 安心식혀 結髮을 始作한다

7　비위(脾胃). 어떤 것을 좋아하거나 싫어하는 성미. 또는 그러한 기분.
8　용이(容易)하다. 어렵지 아니하고 매우 쉽다.
9　단장(丹裝). 얼굴, 머리, 옷차림 따위를 곱게 꾸밈. 현대 어법에서는 '단장'의 '장'을 '裝'이 아니라 '粧'을 쓴다.
10　벨(bell). 전기를 이용하여 소리가 나도록 한 장치.
11　자미(滋味). 아기자기하게 즐거운 기분이나 느낌을 뜻하는 '재미'와 같은 말.

이 澤氣[12] 나는 훌륭한 머리는 實로 이와 갓치 해서 빗은 머리다

황당

　　　　×

그리고 가는 손고락에 끼는 다이야半指 女子의 虛榮心을 잇끄는 半指가
죽— 노여 잇다
寶石貴金屬商 가ゝ[13]이다
夫人은 伯爵을 보고 몸을 쏟다
한 사람의 店員이 굽슬~~ 머리를 구부리면서 案內를 하고 잇다
이것저것 손에 쥐고 보고 잇든 夫人은 한 個의 半指를 들어 伯爵에게 보
인다 店員은 싸러 우스며 조타고 한다 夫人은 그것으로 定한다 伯爵은
몃 張의 百圓 紙幣를 내주엇다
그 中 夫人은 다시금 다른 한 個의 半指를 집어 이것으로 할가요 한다 店
員은 싸러 우스며 조타고 한다 伯爵은 쏘 몃 張의 紙幣를 내주엇다
夫人은 半指에 夢中이 되엿다
이와 갓티 해서 사 낀 半指이다

---

12 택기(澤氣). 반질반질하고 매끄러운 기운.
13 가가(假家). '가게'의 원말.

점으는 밤 (二)

夫人은 限업시 거만스러우며 코가 웃둑햇다

伯爵은 한便 마음이 괴로윗다

두 사람을 태운 自動車는 靑年의 압흘 지나갓다

靑年은 터벅~~ 것기 始作하얏다

×

어느 洋食店 압

사람이 나왓다 들어갓다 한다

한 사람의 醉漢[14]이 女給슬에게려[15] 나와 비틀~~ 하며 근[16]너便으로 간타[17]

靑年이 터벅~~ 거러왓다

맛 조흔 냄새가 난다 靑年은 無心히 발을 멈추엇다

洋食店 안에는 살진 사나희가 테—불[18]에 안젓다

푸—덱 접시가 運搬된다 사나희는 고기점을 비여 먹는다

靑年의 목구녕은 울엇다 그의 머리속에는 肉片[19]이 瞥眼間[20] 커지며 切

---

14 취한(醉漢). 술에 취한 사람.
15 '女給에게 슬려'의 글자 배열 오류.
16 문맥상 '건'의 오류로 추정.
17 문맥상 '다'의 오류로 추정.
18 테이블(table). 탁자.
19 육편(肉片). 고깃점.
20 별안간(瞥眼間). 갑작스럽고 아주 짧은 동안.

追하여 온다

그러나 靑年은 스스로 自制하고 가려고 하엿다

쏘다시 肉片이 瞥眼間 커지며 切迫하여 온다

靑年은 드듸여 몸을 흔들거리며 洋食店 入口에 갓가히 갓다

入口 커운터—[21]에는 欲心 만허 뵈는 主人이 돈을 밧고 잇다

金錢出納器가 쟁그랑하얏다

靑年은 문득 생각하얏다 주머니로부터 急히 紙匣을 끄냇다

紙甲[22]을 열어 손바닥에 터러보니 十錢 白銅貨 一枚

靑年은 무슨 생각이 들엇는지 十錢 一枚를 손에 쥐고 『휴―』嘆息을 하고 그 압흘 써낫다

> ×

自動車는 훌륭한 邸宅 門압헤 닷다

伯爵 夫妻는 自動車를 나려 邸宅 안으로 들어간다

> ×

넓고 아름다운 客室

社交界의 사람들이 모여 잇다

쓸데업는 談話를 하며 滋味잇게 우수며 흥겨워하는 사나희들

淸麗한[23] 아름다운 端裝[24]을 한 貴夫人들

夫人들의 身邊을 상필며[25] 도는 사나희

---

21 카운터(counter). 식당이나 상점에서 값을 계산하는 곳.
22 '匣'의 오류.
23 청려(淸麗)하다. 맑고 곱다.
24 단장(端裝). 단정하게 차림.
25 문맥상 '살피며'의 오류로 추정.

男便의 눈瞳子 가는 行方만 注意하고 잇는 老夫人

主人 夫妻는 들어오는 손님들에게 人事를 한다

伯爵 夫妻가 들어왓다

主人 夫妻는 恭遜히 한다

젊은 사나희들의 눈은 一齊히 伯爵 夫人에게 向한다

伯爵과 夫人도 사람~~~의 써드는 談笑中으로 들어간다

　　　　　×

무도곡이 始作된다

사람들은 하나식 둘식 舞蹈室로 들어간다

쌘쓰가 始作된다

춤추는 사람~~~

伯爵 夫人도 젊은 사나희와 춤을 추고 잇다

쌘쓰는 次々 高潮되여 간다

窓밧게서는 찬바람이 술―술 나무가지를 흔들고 잇다

　　　　　×

靑年은 바람 부는 찬 거리를 거러왓다

果物[26] 가々 여러 가지의 果物이 電燈불 밋헤 아름다웁게 노여 잇다

靑年은 발을 멈추어 서서 보고 잇다

林檎[27] 『一個 十錢』이라고 賣札이 서 잇다

26　과물(果物). 과일.
27　임금(林檎). 능금. 사과와 비슷한 모양이지만 훨씬 작다.

점으는 밤 (三)

靑年은 어린애에게 林檎을 사주고 십헛다

어린애의 깁버하는 얼골이 보[28]인다

林檎이 탐이 낫다

어린애의 얼골

샛밝안 林檎

어린애

林檎

그는 견딜 수 업서 가々에 들어갓다 『林檎을 주시요』 한다

愛嬌 만허 뵈는 主人 녀편네가 나온다

『몃 個를 들일까요』

『한 個』

그는 十錢을 주고 林檎을 바덧다

그는 깃버서 벙글~~ 햇다

것는 발에도 元氣[29]가 나와 가벼윗다

       ×

舞蹈室

高潮에 達한 쨈쓰

---

28 원문에는 '보'의 글자 방향 오식.
29 원기(元氣). 마음과 몸의 활동력.

豊滿한 女子의 억개

쓰뎁푸[30]를 밥는 발

伯爵 夫人은 젊은 사나희와 춤을 추고 잇다

亂舞[31]

亂舞

×

술을 마시는 사람~~~을 爲한 食堂

伯爵은 밧가쓰[32]라고 別名밧는 老侯爵과 테―불에 안젓다

伯爵의 근심스러운 얼골

老侯爵은 벌서 술이 몹시 醉해 혼자 짓거리고 잇다

高價의 술이 막 넘친다

伯爵은 未安스러운 듯시 對하고 잇다

×

溫室

남쪽 나라의 異草[33]가 茂盛하야 잇다

伯爵 夫人이 젊은 사나희와 함께 들어온다

쎈취에 털석 기대며 안는다

×

老伯[34]爵은 테불 우에 술 취한 채 눕는다

---

30 스텝(step). 볼링 따위의 운동 경기나 댄스에서, 동작의 단위가 되는 발과 몸의 움직임.
31 난무(亂舞). 엉킨 듯이 어지럽게 추는 춤. 또는 그렇게 춤을 춤.
32 바쿠스(Bacchus). 로마 신화에 나오는 술의 신. 그리스 신화의 디오니소스에 해당한다.
33 이초(異草). 이상한 풀이나 화초.
34 문맥상 '侯'의 오류로 추정.

伯爵은 그대로 혼자 두고 이러난다

　　　　×

伯爵은 비틀~~ 하며 溫室로 들어온다
쌘취 우에 안즌 男女
마조 잡은 손과 손
伯爵의 놀내며 怒하는 얼골
놀내며 두려워하는 男女
벌々 써는 손 주머니를 찾는다
사나희를 엿보는 夫人
권총의 發射
쓰러지는 男女

　　　　×

舞蹈室의 사람~~~들의 놀라움
溫室쪽으로 쮜여간다

　　　　×

食堂 사람들의 놀라움
모도 일어나 溫室로 向한다
老侯爵도 놀내여 이러낫스나 빗틀거려 고만 마루 우에 쓰러젓다

　　　　×

伯爵은 失神한 사람과 가치 서 잇다
힐긋~~ 周圍를 돌아본다
쓰러저 잇는 男女에게 비웃는 微笑를 던진다

自己 손에 쥐고 잇는 권총을 보고 놀낸다

비스톨[35]을 던저 버렷다

×

쒸여오는 사람들의 발

伯爵은 겁이 나 門을 열고 다러낫다

사람~~들이 찬바람을 제치고 쒸여온다

男女를 외워싸는 사람~~들

伯爵을 쏫는 사람~~들

×

伯爵은 쓸 압흐로 다러왓다 두세 사람이 쏫차와 덤빈다

格鬪

사람들을 넘어트리고 伯爵은 囚人[36]과 가티 담을 넘어 달어난다

사람들이 쏫차온다

×

靑年의 집 妻는 바누질을 하고 잇다

어린애가 쏘 운다 妻는 고요히 두둘려 재우려 하나 도모지 울음을 긋치
지 안는다 가슴에 얼사안고 얼러준다

---

35 피스톨(pistol). 권총.

36 수인(囚人). 옥에 간힌 사람.

점으는 밤 (四)

伯爵은 달어왓다 비스듬이 열인 門틈으로 靑年의 집에 들어와 門 뒤에
쑤부리고 안는다
쪼차오는 사람들은 靑年의 집 압흘 쮜여 지나간다

    ✕

門 뒤에 쑤부리고 안즌 伯爵
그는 겨우 安心하엿다
손을 보니깐 피가 무덧다
夫人의 미워하는 듯한 얼골이 想像된다

    ✕

젊은 사나희의 嘲笑하는 듯한 우슴[37]이 생각난다
젊은 사나희의 목에 안긴 夫人의 媚態[38]
쓰러저 잇는 男女
젊은 사나흰 줄 알고 잡어 이르켜 보니 自己 自身이다
伯爵은 여러 가지 幻影에 외로워섯[39]다

---

37 문맥상 '슴'의 오류로 추정.
38 미태(媚態). 아양을 부리는 태도.
39 문맥상 '젓'의 오류로 추정.

　　　　×

妻는 어린애를 얼르며 고요히 자장가를 부르고 잇다
자장가는 고요히 들려온다

　　　　×

伯爵도 언제인지 듯고 잇다

　　　　×

妻는 어린애를 어르며 자장가를 부르고 잇다

　　　　×

자장가는 고요히 꿈 世界를 展開하며 간다
그것은 싸듯한 春野를 지내가는 白羊의 무리이다
그것은 달밤에 바다를 스처가는 白布의 帆船[40]이다
쌔긋한 시내물의 흘름이다
서늘한 나무 그늘의 搖籃이다

　　　　×

妻는 고요히 자장가를 부르고 잇다
어린애는 쿨々 잔다

　　　　×

伯爵은 쑤부려 안진 채 듯고 잇다
그의 두 쌤에는 무어라 할 수 업는 눈물이 흘럿다

――――――――
40 범선(帆船). 돛단배.

　　　　×

妻는 어린애를 재윗다

쌔여진 火爐의 불을 헷친다

火箸가락 代身에 나무적갈로 제처 놋는 알들한 불

물주전자를 언저 노코 쏘다시 바누질감을 든다

　　　　×

門이 펄석 열녓다

伯爵은 唐慌햇다

靑年이 돌아오는 것이엇다

　　　　×

온건한 妻는 憔悴한 쌤에 우슴을 쯰우고 靑年을 慰勞하얏다

靑年은 자고 잇는 어린애의 얼골을 듸려다본다

어린애는 쿨─쿨 平和롭게 자고 잇다

어린애 벼개 엽헤 林檎을 노앗다

사랑스러운 얼골과 林檎

靑年은 빙그레 우섯다

妻도 웃는다 눈물까지 먹음고

　　　　×

伯爵은 가마니 그 模樣을 들여다보고 잇다

　　　　×

간단한 살림사리의 밥床이 나온다

이 쌔진 그릇

한 마리의 며루치

한 그릇의 김치

床 압헤 안저 靑年은 말하엿다

『오날은 어모 것도 업섯다오』

妻는 慰勞하얏다

『인제 조흔 일이 잇슬 테지요』

그러나 靑年의 머리속은 퍽으나 어지러웟다

妻는 말업시 어린애 쪽을 가르첫다

林檎을 벼개 엽헤 노코 어린애는 쿨—쿨 자고 잇다

두 사람은 얼골을 마조 보고 우섯다

손과 손을 마조 잡고

        ×

伯爵은 주머니를 뒤젓다

紙匣

時計

손가락에서 쌔여낸 半指

그것을 手巾에다 둘々 말어 門 안에 살그머니 노앗다

        ×

靑年과 妻는 손과 손을 서로 꽉 잡고 感激에 沈默을 하고 잇다

        ×

伯爵은 門틈으로 살작 밧그로 나갓다

『當身네들 幸福하다』

伯爵은 지난 일을 생각하고 嘆息하얏다

그리고 비틀거리며 거러갓다

暗澹한 얼골

荒凉한 거리 우에 납[41]기는 어지러운 발자욱

그 발자욱 우에 고요히 달그림자가 빗친다

---

41 문맥상 '남'의 오류로 추정.

부록
『매일신보』 연재 시나리오

新春當選 씨나리오 第二席

흘러간 水平線

李春人

흘너간 水平線 （一）[1]

1941년 2월 11일

---

1 원문에는 제목 옆에 '禁無斷撮影'이라는 문구가 매 호 삽입되어 있음.

◇作者紹介

本名 李康洙 大正 六年(二五) 慶南 陜川郡 大並面 長湍里 出生 現住所 京城府 桂洞町 三六ノ一○ 殖産銀行 調査部 勤務

　◇ **當選感想**＝기쁘고 부끄럽고 무겁습니다 혼자 詩를 만히 썻고 小說 戲曲도 좀 써본 일은 잇스나 『씨나리오』는 이것이 處女作이엿습니다 當選을 機契²로 꾸준이 努力하야 映畫學徒로서 쏘는 文學徒로서 些少한 힘이나마 싸아올려 文壇 或은 映畫界에 微弱한 도음이라도 끼칠 수 잇도록 熱心히 工夫하겟습니다 여러 先輩들의 쓴임업는 鞭撻³이 未熟한 저를 힘세게 할 수 잇스리라고 굿이 마음이 든든해짐니다

○ 主要人物

崔金順 (十九歲) 別莊직이 純情의 處女

金喆洙 (廿八歲) 映畫監督

黃春子 (廿三歲) 인테리 女優⁴

崔三俊 (廿七歲) 金順의 옵빠 海南學院 先生

朴粉伊 (十九歲) 金順의 동무

朴壽福 (十七歲) 粉伊의 동생

黃友民 (五十七歲) 黃春子의 아버지

八年이 (十八歲) 黃春子의 下女

2　기계(機契). 현대 통용어로는 계기(契機). 어떤 일이 일어나거나 변화하도록 만드는 결정적
　인 원인이나 기회.
3　편달(鞭撻). 경계하고 격려함.
4　여우(女優). 여배우.

徐生員 (六十歲) 黃友民氏 執事

池順子 (廿一歲) 女優

甲迷이 (廿二歲) 못난이

其他 男女優 섬사람들 多數

○海岸風景 —이른 새벽—

바우에 부다치는 潮水 산々이 쌔여 쪼개지는 물거품

○섬

바다에서 보이는 섬의 全景

뒤로 놉흔 山이 둘러스고 海岸線과 맛다은 곳엔 논바티 잇고 山 미트로
二三百戶 적은 집들 海岸線이 편々히 섬을 쎄고 구비돌다가 힌 燈臺 슨
山 미테 이르러 험한 絶壁이 된다

바다에서 솟는 해 千이랑 萬이랑 물결이 金비눌인 냥 팔락인다

○들녁에

金順이가 羊쎄를 익글고 나온다 이슬 안진 풀포기에 햇발이 반짝인다

金順이는 머리에 힌 手巾을 잘숀 동이고 쌀분 치마 미테 쏀—얀 다리가
이슬에 젓는다

羊쎄가 군데군데 뭉처 풀을 쯧는다 하늘거리는 코스모스

○埠頭

汽笛을 울리며 汽船이 드러온다 갈매기 서너마리 씨—룩 씨룩 波濤를
戲弄한다

○汽船甲板

來客들이 各己 짐을 들고 나릴 준비를 하며 섬을 바라본다 그 속에 春子
도 씨여 잇다

輕快한 洋裝 얼골엔 疲勞가 써돈다

○ 埠頭

汽船에서 나리는 來客들

지게쑨 아이들이 짐을 마트려고 그 압헤 모여 잇다

『짐 지이고 가시지요』

한 아해가 春子 압헤 와서 도랑쿠[5]를 밧으려 한다

『그럼 이 가방을 山 우에 別莊까지 갓다 다우』

아해 春子의 가방을 지게에 실른다

○ 들

羊쎄가 풀을 쯧고 잇는 엽헤 金順이는 한 가지 두 가지 코스모스를 쓴코

잇다 汽船이 다시 汽笛을 울린다

金順이 이러서서 埠頭쪽을 바라본다

○ 길

마을로 가는 新作路에 아츰 햇발을 안고 春子가 걸어온다 그 뒤에 조금

써러저서 짐 진 아해

들에 섯는 金順이와 마조치며

『金順이 안이냐?』

金順『아유― 아씨 이게 왼일이세요?』

春子『아니 크기두 햇다 그새 아주 몰라보게 컷구나』

金順『아씨 엇쯔문 그리 갑잭이 오셋세요 집안도 안 치윗는데……』

○ 新作路

春子와 金順이 나란이 것고 그 뒤에 짐 진 아이 쌀코

뒤에서 自轉車 탄 사람이 힐끗 春子의 몸맵시를 도적질해 보고 지나간다

5　도랑쿠(トランク, trunk). 대형 여행 가방.

○ **春子의 別莊(全景)**

　동내 외써러진 언덕에 우쑥 솟은 二層 洋屋집

　그 엽헤 金順이가 사는 別莊직이 개와집[6] 한 채

6　개와집. '기와집'의 방언(경기).

흘너간 水平線 （二）

1941년 2월 12일

○ **春子의 房** (三層이다)

金順이가 바다로 向한 유리창을 여러제친다

시원한 바다의 景致가 그림가티 보인다 春子는 洋服을 벗어 『까운』으로

가라입고 가방에서 化粧쌕을 끄내들고 나간다 金順이가 奔走스리 房을

치운다

화병에 꼿을 꼿고 유리창에 쌔긋치 쌔라는 레―쓰 커―덴을 달고

春子가 세수를 하고 드러와 椅子에 안저서 화장을 한다

金順『아씨 엇쩌면 오신단 편지두 안쿠 오셋세요』

春子『갑재기 이 섬에서 撮影을 하기루 됏서 그래 난 멧칠 압쌩겨 왓지』

金順『活動寫眞[7]을 백이러 와요?』

春子『그래 金順이두 좀 백혀 줄까?』

金順『아이 아씨두』

春子 가방에서 치마깜을 끄내며

『이건 金順이 거 이걸 입으면 이 섬에선 아마 제일 하이칼라[8]가 될썰』

金順이 치마깜을 바드며

『아휴 이러케 존 걸 어쩌케 입어요』

春子『애두 조은 걸 엇더케 입다니?』

金順이 무슨 寶物이나 보듯 치마감을 만작이고 잇다

春子『요새 도미 잘 잽히니?』

金順『네 요새가 한창이죠』

春子『그럼 한 번 갈까?』

金順『네 작년엔 아주 만히 잡으섯죠』

---

7 활동사진(活動寫眞). '영화(映畵)'의 옛 용어.
8 하이칼라(high collar). 예전에, 서양식 유행을 따르던 멋쟁이를 이르던 말.

春子『요번엔 더 잡을썰 그리구 아까 그 과일은 오쌔하구 갓치 먹어라』

金順『아이 너무!』

春子『오쌘 그저 學校엘 댕기니?』

金順『네』―― O · L[9] ――

○ 私立海南學院

눕흔 언덕 우에 잇는 朝鮮 古家이다 널싼지쪽에 쓴 『私立海南學院』의 문패 집웅 우엔 雜草가 거칠 곳 업시 茂盛하고 유리창은 군데군데 쌔여진 채

○ 敎室 안

男女 뒤석여 三十餘名의 生徒[10]가 마르 우에 펄석 주저안진 채 얏튼 冊床 우에 冊을 드려다보고 잇다

三俊이가 작은 칠판 우에 朝鮮 地圖를 그리고 잇다 地圖를 다 그리고 나서 『자― 여길 봐 제일 우에서부터 咸鏡北道 咸鏡南道 그리고 이쪽이 平安 北道 平安南道 黃海道 이 가운데가 京畿道 그리고 이쪽이 江原道 慶尙北 道 慶尙南道 여기가 忠淸北道 忠淸南道 全羅北道 全羅南道 우리 사는 이 섬은 이 全羅南道야』

三俊이가 地圖로 가르치는 곳 全羅南道 외써러진 섬이다 (인써―트[11])

○ 運動場

敎舍 엽헤 드눕흔 포풀라 바람에 산들~~~ 흔들고 그 우 蒼空[12]에 가벼 히 노는 힌구름

---

9 오버랩(overlap). 하나의 화면이 끝나기 전에 다음 화면이 겹치면서 먼저 화면이 차차 사라 지게 하는 기법.

10 생도(生徒). 중등학교 이하의 학생을 이르던 말.

11 인서트(insert). 영화에서 화면과 화면 사이에 갑자기 신문 기사, 명함, 사진, 편지 따위를 확 대하여 끼워 넣어서 불쑥 나타나게 하는 것을 말한다. 이것으로써 사건이나 인물 등의 소개 를 대신하고, 한층 더 예술적인 효과를 낸다.

12 창공(蒼空). 맑고 푸른 하늘.

下學鐘[13]이 들린다 소리조차 서글푸다 生徒들이 책보를 엽에 끼고 나온다 三俊이도 짤아 運動場 압까지 나온다

生徒들 先生님한테 인사를 하고 허터진다

○ 金順네 싼채[14] 집 마루에

金順이와 粉伊가 과일 꾸레미를 쓸르고 잇다 金順이 쌔나나를 쓰내 粉伊하고 하나式 벳겨 먹는다

粉伊『아주 主人아씨가 작년보담 더 멋쟁이가 됏두구나』

金順『그럼 서울서도 제일가는 俳優라는데 아주 有名하다나 全羅道에서 멧재 안 가는 부자의 외쌀이겟다 日本서 大學을 졸업햇겟다 이름이 안 날 리가 잇니?』

粉伊『아이 어쌔믄 그리 조혼 洋服을 입엇다냐?』

金順『넌 그런 거 입고 십니?』

粉伊『그럼 안 입구 십허?』

金順『그짜지 써 입어 뭘허니 아씨가 사다 준 치마쌈도 너무 하이칼라가 되서 입기가 부끄런데』

粉伊『어디 좀 보자』

金順이 치마쌈을 粉伊에게 보인다

粉伊『어쌔면 아휴— 너는 조켓다』

金順『기집애두』

『金順아—』하는 소리 別莊에서 들린다

『네—』金順이 이러서서 別莊 안으로 드러간다

○ 春子의 房

---

13 하학종(下學鐘). 학교에서 그날의 수업을 마치는 시간이 되었음을 알리는 종.
14 딴채. 본채와 별도로 지은 집.

春子 드러오는 金順이를 보고

『누가 나 업는 새 이 房에 드러왓섯니?』

金順『아무도 안 드러왓세요 왜 무에 업서젓세요?』

春子『안이 이 책상에 너 둔 책이 업길래말야 작년에 내가 가지고 갓는지 잘 생각이 안 나서 물어본 거야 아무도 안 드러왓다면 내가 서울다 갓다 뒷는 게지』

金順『누가 드러올 사람이 잇서야지요』

春子 椅子에 안저 보든 冊을 테—불 우에 던지고 窓박을 내다본다

三俊이가 책보를 들고 도라오는 樣이 보인다 (俯瞰[15])

---

15 부감(俯瞰). 높은 곳에서 내려다봄.

흘러간 水平線[16] (三)

1941년 2월 13일

---

16 원문에서 1, 2회는 '흘너간 水平線', 3회부터 '흘러간 水平線'으로 표기.

○ 金順네 마루

粉伊가 혼자 안저서 풀은 문의 잇는 金順이의 치마를 부러운 듯이 드려다보다가 몸에 걸처본다

三俊이 드러오며

『왼 거야 아주 훌륭헌데』

粉伊『안이예요』

三俊이한테 들킨 것이 부끄러워 곳 마루에다 치마쌈을 놋는다

三俊『뭬 안이야 粉伊가 그 옷을 입으면 아주 더 입썩겟는데』

粉伊『선생님두 金順이 거예요』

三俊『金順이가 왼 거야?』

粉伊『서울 主人아씨가 사다 주섯다나요』

三俊『서울 아씨가?』

粉伊『참 모르시죠? 아까 오섯세요』

三俊『그래―?』

三俊이 마로에 冊을 노코 걸터안는다

○ 마당

한 구석 그늘에 한 雙의 수탁과 암탁이 誼조케 모이를 주어 먹고 잇다

別莊 玄關에서 金順이가 나온다

金順이는 두 사이를 보고 잠깐 주저하야 멈칫 그 자리에 선다

粉伊가 三俊이에게 쌔나나를 벳겨주는 것이 보인다

金順이는 혼자 웃고 쓸을 지나 그들 아프로 간다

三俊 쌔나나를 먹으며 金順이를 보고

『春子가 왓다지?』

金順『春子가 뭐예요 들으면 어쩌라구』

눈을 흘기며 작은 소리다

三俊『그럼 머—래?』

金順『쥔아씰 春子라구 했다가 쥔아씨가 듯구 화를 내시면 어쩌실 테야요?』

三俊『너한테나 主人아씨지 나한테두?』

金順『올지[17] 그리다가 粉伊가 울구 가요』

粉伊 눈을 흘기며『기집애두』

셋 가치 웃는다

샛—안 朝鮮 옷을 가라입고 春子 玄關에서 나오는 게 보인다

金順이와 粉伊 마루에서 이러선다

三俊이 짜라 이러서 人事하며

『오늘 오섯다지요?』

春子『아까 막 왓다우 그래 학교 재민 어쩌우?』

三俊『이냥 저냥 해가지요』

春子『장하신 일이야』

三俊이 마로에 안는다

金順『아씨 어디 가세요?』

春子『望洋亭에 바람이나 쐬러 갈려구』

金順『그럼 단여오세요』

○ 望洋亭

望洋亭이란 縣額[18]이 보이고 한 구퉁이 추녀 긋 우이로 써노는 힌구름

(仰角[19])

---

17 문맥상 '치'의 오류로 추정.
18 현액(縣額). 그림이나 글자를 판에 새기거나 액자에 넣어 문 위나 벽에 달아 놓은 것.
19 앙각(仰角). 낮은 곳에서 높은 곳에 있는 목표물을 올려다볼 때, 시선과 지평선이 이루는 각도.

黃昏의 海邊 붉은 노을을 안고

돌아오는 帆船[20]들

바람이 春子의 치마짜락을 너풀댄다

春子 別莊을 向해 도라온다

○ **春子의 房門 압**

冊을 들고 三俊이 房門을 연다

○ **房 안**

三俊 서슴지 안고 冊을 책장에 꼿고 거러나온다 핸들을 쥐고 門을 열자

春子와 마주친다

三俊 약간 당황한 얼골빗이다

春子『왼일이우? 女子 방에 남몰래 드러와서』

三俊『冊을 돌려놋느라구요』

春子 히스테릭하게

『主人의 승락도 업시 맘대루 先生도 그런 짓을 하우?』

三俊 아무 말 업시 그냥 멋업시 운는다

春子는 그 웃음에 조롱 비슷한 感情을 늦끼며 혼자말가치

『참 웃우워 죽겟네』

三俊이 門을 닷고 나간다 ―F・O[21]―

○ **海邊** ―F・I[22]―

白沙場에 春子와 金順이 걸어온다 春子는 海水浴服[23] 우에 시원스런『케

―푸[24]』를 걸치고 머리엔『스토로―햇[25]』을 썻다

---

20 범선(帆船). 돛단배.

21 페이드아웃(fade-out). 영화나 텔레비전에서, 화면이 처음에 밝았다가 점차 어두워지는 일.

22 페이드인(fade-in). 영화나 텔레비전에서, 화면이 처음에 어둡다가 점차 밝아지는 일.

23 해수욕복(海水浴服). 수영복.

金順인 고기 바구니와 낙씨를 들엇다 밀물이 힌 모래를 곱게 손질하고
물러갓다

바람에 너풀대는 옷자락. ─O•L─

---

24 케이프(cape). 어깨·등·팔이 덮이는, 소매가 없는 망토식의 겉옷. 추위를 막거나 멋을 내
    기 위하여 입는다.
25 스트로 햇(straw hat). 밀짚이나 보릿짚으로 만든 여름용 밀짚모자를 통틀어 이르는 말. 크
    라운의 위가 높고 둥글며, 챙이 크다.

흘러간 水平線 (四)

1941년 2월 14일

[26]배

바람에 너풀대는 돗

작은 배 우에 안진 春子와 金順이

머—ㄴ 水平線 우에 숨인 냥

돗단배 아른거리고 그곳을

바라보는 두 女子

배가 조그마한 섬을 지난다

○그 섬 부근에

섬을 根據[27]로 하고 海女들이 물속에서 紅蛤을 줍고 미역을 짠다

물 우에서 헤염치는 海女 물속으로 곤두서는 海女 물 우에 둥々 쓴 바가지

海女 짜온 것을 바가지 속에 넛는다

멀지 안은 距離를 두고 春子네 배가 지나간다

春子는 異常한 듯이 海女들의 하는 냥을 보고 海女들은 쏘 春子를 유심히 치어다본다

×

배가 쏘 섬을 지난다

金順『자— 여기서 좀 시작해 보지요』

春子『그럴까 좀 더 안 나가도 되니?』

---

26 ‘○’ 누락.
27 근거(根據). 근본이 되는 거점.

金順『이 금방이 제일 도미가 만히 문대요』

春子『그럼 하작구나』

　金順이 돗을 나린다

　　　　　×

　金順이와 春子 뱃전[28]에 낙시를 느리고 안젓다

　金順이가 낙씨줄을 감어올린다

　도미가 쌀아 올라오며 펄덕인다

　그는 재쌔르게 그것을 잡어 배 밋바닥에 넌는다

　안타카운 듯이 春子가 보고 잇다

　다시 너은 金順이의 낙씨에 또 도미가 쓸려 올라온다

　春子 울상이 되여『어쩌나』

　이윽고 春子도 낙거 올리며

　『이것 좀 봐—』하고 소리친다

　서로 처다보며 웃는 두 女子

○가튼 바다 짠 고깃배 우에

　이 배는 무척 크다 七, 八名의 고기잽이가 網[29]을 올리고 잇다

甲『아—싸 別莊에 잇는 서울 색씨 곱기두 허드라』

乙『곱긴커녕 무섭둥만』

甲『제—기 그런 놈을 한번 쩌안어 봣슴』

丙『이 녀석 욕심두 그 女子가 엇던 女子라구 너 가튼 고기잽이 녀석이 쩌
　안을 생각을 해』

28　뱃전. 배의 양쪽 가장자리 부분.
29　망(網). 그물처럼 만들어 가려 두거나 치거나 하는 물건을 통틀어 이르는 말.

丁『우리 푼수에 그런 놈은 과하고 金順이나 壽福이 뉘(粉伊)만 해두 다시
  두말할 것 업지』
  壽福이 아니쯰운 듯이 網만 쌩긴다
乙『金順이가 아주 요새루 얼골이 막 펴올르드라』
戊『이 녀석아 색씨 이애기에 정신 노치 말고 이거나 힘드려 쓸어』
  網을 올릴 째가 되니 고깃꾼은『엥치기 뎅치기』소리 마춰 뱃전에 올린다
  쒸는 生鮮 뱃바닥에 싸이는 고기
○ **春子네 낙시질 배 우에**
  金順이가 쏘 한 마리 낙엇다 통 속에 넛는다
  배 밋 통 속에 수북한 도미들 春子가 낙씨를 치켜올린다
  『아이 무거 金順아 이리 와 이거 좀 어여~~』
  金順이 가서 낙씨를 스러댕겨본다
  두 女子 가치 쌩겨보나 올라오지 안는다
  『아주 크지?』
  春子 반가운 얼골로 힘차게 잡어 낙군다 배 한 쪽에 두 女子가 버둥대닛
  싸 배가 기울고 春子의 낙거챈 낙씨줄이 싹 쓴어저 春子의 몸둥이가 뱃
  전에 쓰러지며 배는 뒤집어저 버렷다
○ **바다 우에**
  허벌덕어리는 春子
  金順이는 배 쪽으로 헤염처 간다
  春子가 두 손을 저으며 허벌덕인다
  그제야 金順이 물 미트로 드러간다
  텅 비인 배 써나려가는 櫓
  金順이 春子를 끼고 헤여나온다

金順이 한 손으로 배ㅅ전을 힘씃 쥐고 배에 오르랴 하나 올를 듯 올를 듯 못 올른다

뱃전을 잡고 오르랴 하면 배는 기우러 올르랴 하면 배는 기우러 업허질 것만 갓고 거진 上半身이 배에 올르랴 하다가 배는 고만 탁 업허지고 만다 金順이는 그 바람에 春子마저 노친다

곳 다시 春子를 씬 채 뱃전에 매달려 가까스로 배 우에 오르기에 成功한다

그는 정신 일혼 春子를 그냥 던저두고 자기도 그 엽헤 쓰러저 버린다

하늘과 바다가 맛대인 아득한 水平線 우에 黃昏의 붉은 노을이 갈비째 처럼 나빗긴다 멀리서 도라오는 漁船[30]의 돗이 閑暇롭다

櫓도 업는 春子네 배 바람에 밀려 조금씩~~~~ 움직일 샌.

---

30 어선(漁船). 고기잡이를 하는 배.

○ **海邊사 白沙場**

    지려는 해를 등애 밧고 三俊이 바다를 바라보며 金順이와 春子를 기다

린다 엽에 보구니를 낀 海女쎼가 일을 다— 맛치고 그 압을 지나간다

바다 우에 두셋 돗단배가 써 잇다

    粉伊가 걸어오다가 三俊이를 보고

『先生님 왼일이세요?』

三俊『金順이가 春子하고 낙씨질을 갓는데 아즉 안 오길래 궁금해서 나왓지』

粉伊『왼일일까요?』

三俊『글세』

粉伊『전 壽福이가 올 째가 돼스려니 하구 왓는데요』

    언덕 우이 燈台[31]에 번쩍 불이 빗첫다 써진다

○ **바다 우에**

    滿漁의 붉은 돗을 달고 고깃배가 섬을 향해 도라온다

壽福이는 고깃슌과는 써러저서 한쪽 구퉁이 뱃전에 안저 아득한 水平線

을 바라보고 잇다 두 녀자를 태운 배가 바람에 밀려 흘른다

金順이가 정신을 차리고 이러난다

四方에 닥처온 어둠을 쎄닷고 니어 엽헤 고대로 누어 잇는 春子한테 달

려가 몸을 흔든다 가슴을 눌러준다

金順인 흐르는 배의 方向을 보고 곳 배ㅅ머리에 가보앗스나 그곳엔 로

는 업섯다

金順이 먼—곳에 돗단배를 보고

『여보—』

---

31 燈台. 문맥상 '등대(燈臺)'로 추정. 중국어의 간체로는 '등대'를 '灯台'로 표기하는데, '燈台'는
    번체와 간체 한자를 혼용한 것으로 보임.

이러서서 힘껏 고함친다

『여보—』

고깃배가 점점 가차이[32] 온다

그러나 로 업는 春子네 배는 向方을 일은 채 그양 바람에 밀려 짠 方向으로 흘러간다

『여보—』

金順이는 手巾을 흔든다

그리자 고만 고깃배는 작은 섬 뒤에 숨어버린다

金順이 失望한 남어지 그 자리에 펄석 주저안는다

春子가 잠고대가티 팔을 들어『응』하고 몸을 뒤친다

金順이 春子를 흔들며

『아씨 정신 차리세요』

春子 눈을 쓰고 이러나려 한다 金順이 春子를 부축해 이르킨다 春子 四方을 둘러본다

섬에서 나온 고깃배를 보고 金順이 이러서서 手巾을 흔들며 고함치는 소리

『여보—』

○ 고깃배

　壽福이가 이상스런 소리에 四方을 둘러본다

○ 金順네 배

　金順이 여전히 고함친다

『여보—』

32　가차이. '가까이'의 방언(강원, 경남, 제주).

○ 고깃배에선

　뱃사공의 흥타령으로 그 소리 들리지 안는다 섬을 가운데 두고 두 배는

　反對 方向으로 흘으고 잇다 달빗이 물결에 번득인다

○ 金順네 배

　金順이 치마를 벼서 들고 휘둘르며 『여보———～～』 미친 듯이 고함친다

○ 고깃배

　壽福이 뒤를 도라다보고 적은 힌 그림자를 發見한다

　『저—게 사람 안유?』

　고깃꾼들 壽福이가 가르치는 곳을 바라본다

○ 金順네 배

　고깃배가 맛대인다

　壽福이 金順네 배에 올라 金順이를 보고

　『이게 왼일이유?』

　金順이의 눈엔 눈물이 가득 달빗에 반짝인다 ——FO——

○ 春子의 房 ——F—³³—— **(이튼날 아츰)**

　寢臺에 누은 春子 엽헤 金順이가 蒼白한 얼굴을 하고 안젓다

春子 『金順이 너도 가 누어라 오즉 몸이 고단하겟니』

金順 『괜찬어요』

春子 『괜찬은 게 뭐야 어서 가서 누어』

金順 『안이애요 전 아무럿치도 안어요』

春子 『金順이가 안엿드면 난 그만 죽엇슬 쩌야』

金順 『아씨두 쏘 그런 소릴…』

---

33 문맥상 'F'의 오류로 추정.

春子『안이야 金順인 내 生命의 恩人이야 金順이의 은혜를 무얼루 갑나』

　春子의 눈엔 눈물이 고인다 金順의 손을 쓰러다 꼭 쥔다 아무럿케나 헐

어진 春子의 머리 밋트로 여윈 얼골이 웃어보려고 애를 쓴다

　그리다가『쿨룩~~』기침을 한다 金順이 곳 타구[34]를 갓다 대여준다

---

34 타구(唾具). 가래나 침을 뱉는 그릇.

흘러간 水平線 （六）

○玄關

　郵便配達夫가 電報를 던지고

　『전보요』하고 갓다

○春子네 房

　金順이가 집어가지고 온 電報를 春子 누은 채 읽는다

　『명조착[35] 철수』——(인써—트)——

　春子의 얼골에 반가움과 외롬이 번가른다 —F•O—

○埠頭 —F•I— (일은날[36] 아츰)

　안개가 자오—ㄱ이 씨엿다

　汽船 다은 埠頭는 작은 港口나마 複雜스럽다 (俯瞰)

○길

　邑內로 가는 길에 春子와 喆洙가 압스고 十餘名의 로케[37] 團員이 이상한

　섬의 風景에 눈을 팔며 걸어간다 一行과 조금 써러저서 金順이 두 손에

　가방과 과일 바구닐 들고 딸아온다

○春子의 房

　春子 기침을 쿨룩~~ 하고『쩨트[38]』에 가 누우며

　『실례합니다 너무나 외로운 섬이지요?』

喆洙『조용하고 아름다운 곳이로군요 이런 섬에서 一生을 깨끗치 보내는

　것도 퍽 幸福스러울 께야요』

春子『제가 이 섬을『로케이슌』으로 골른 本義가 어그러지지 안을까 그게

　걱정이애요』

35　명조착(明朝着). '내일 아침 도착'을 한자음으로 표현한 것.
36　문맥상 '이튿날'의 오류로 추정. 9회의 '그 이튿날 아츰' 표현 참고.
37　로케. '로케이션(location)'의 줄임말로, '현지 촬영'을 뜻함.
38　베드(bed). 침대.

喆洙『훌륭합니다 海邊은 무척 아름다웁군요 잇다가 조용히 좀 걸어볼 작
　정입니다 望洋亭이라는 덴 여기서 멉닛까?』

春子『바루 요긴데요 잇다 가실 째 金順일 데리구 가세요』

　방문이 열리며 金順이가 茶를 들고 드러온다

　春子 茶를 喆洙에게 권하고 자기도 上半身을 이르켜 茶잔을 잡으며

　『先生님 얘가 金順이예요 아까 얘기한 제 목숨의 恩人이야요』

　金順 얼골을 붉히고 고개를 숙인다

春子『金順이 잇싸 先生님을 望洋亭까지 좀 모서다 드려라』

　　　　　　　——O・L——

○望洋亭

　金順이와 와이샤쓰 바람의 喆洙가 望洋亭을 向해 걸어온다 喆洙는 海邊
　가에 서서 조흔『씬—』을 어드려는 듯 이리 저리『포지슌』을 고처가며
　바다와 모래 그리고 望洋亭을 둘러본다

○海女들 作業하는 光景을 유심히 보고 잇는 喆洙와 金順이

○燈臺 잇는 山 엽 쌔씨운 絶壁에 老松이 바람을 빗질하듯 그 아름다운 景致
　를 喆洙와 金順이 바라보고 잇다

○水晶瀑布에 슨 喆洙와 金順

○海邊가

　松林이 느러진 사이로 喆洙와 金順이 나란이 것고 잇다

○언덕길 —(以上 效果的으로 O・L)—

　金順이 압서 것고 喆洙 뒤싸럿다

　언덕 밋헤 한 포기 노—란 百合꼿이 淸楚히 웃고 잇다 金順이 꼿을 탐스
　럽게 보다가 뒤에 喆洙를 본다 喆洙는 모르는 체 싼 곳만 보며 온다

　金順이 언덕에서 펄적 쒸여나려 꼿을 썩는다 喆洙 이 光景을 보고 싱긋

웃는다

○언덕 미테서

꼿을 슨어가지고 金順이 언덕을 올라오려 하나 손 잡을 곳이 맛당치 안어 썰々매고 섯다

기어오르려다가 그대로 비틀거리며 잡쌔라질 쌘 바라다보니 喆洙는 멧발 압서서 것고 잇다

○언덕길

喆洙 것다 말고 뒤도라다 본다 다시 金順이 잇는 압헤 와서 金順의 팔을 붓들어 줄려고

『자— 손을 이리 내』

金順이 부끄러워 좀처럼 손을 안 내밀고 그 자리에 서서 엇썰 쭐을 모른다

『안 갈 텐가?』

마지못해 金順이는 喆洙의 팔에 매달려 언덕을 오른다 잡어끄는 바람에 金順의 몸이 喆洙의 가슴에 부디친다 金順인 부끄러워 고개를 쑥 써러트린 채 잠시 그 자리에 섯스나 喆洙는 泰然히 언덕길을 것고 잇다

金順이도 혼자 한번 웃고 그 뒤를 쌀는다

흘러간 水平線 （七）

1941년 2월 17일

○海南學院

生徒들 가고 난 學院은 쓸々하기 짝이 업다

○事務室

三俊이 보든 冊을 덥어 놋코 卓上時計를 보고는 이러서 帽子를 쓰고 나온다

○尹滲[39]判네 사랑방

아랫목에 尹滲判이 안젓고 三俊이는 웃목에 무릅을 꿀코 안젓다

三俊『明洙한테선 통 消息이 업음니까?』

尹『벌서 두 달이나 消息이 끈첫네』

三俊『저한테두 달반 以上이나 消息이 업세요 그리 자주 주든 消息이 뚝 끈지니 머 별일이야 잇겟읍니까만 걱정이 되서요… 그리구 學院 經費도…』

尹『學校 일은 明洙가 알지 나야 아나? 자네도 공연한 苦生이야 그리 힘드려 해야 어디 보람이 잇겟든가』

三俊『그러니 더욱 힘써야지요 이런 외싼섬에 이 學院마저 업다면 가난한 아이들은 그냥 文盲이 되고 말지 안습니까?』

尹『그야 그래 그러치만 經費도 업고 그런 걸 가지구 애만 쓰면 뭘 하나』

三俊『영감님 그럼 學校 經費는 明洙君이 오기 前엔 어렵겟습니까?』

尹『난 모르겟네 그놈에 하는 짓이라군 난 상관치 안키루 햇스니까』

○길

三俊이 힘업시 거러온다

저 便에서 喆洙와 金順이도 섬 求景을 맛치고 집으로 도라오는 길이다

39 문맥상 '參'의 오류로 추정. 이후 같은 글자 오류 추정 주석 생략.

갈림길에서 金順이 三俊이를 보고

『오쌔 인제 오세요?』

三俊이 뒤에 슨 사나이를 보다가

『요— 喆洙 아닌가?』

喆洙 『三俊이 이거 윈일이야』

두 사나이 손을 잡아 흔든다

三俊 『아 자네가 이번 撮影 일로 왓나?』

喆洙 『그래 오늘 아츰에 막 왓서 그런데 자네두 이 섬에 잇섯나?』

두 사나이 걸으며

三俊 『벌서 三年이야 金順이 혼자 와 잇기가 안돼서 나도 쌀아온 것이 그
냥 쌔저나갈 수 업시 섬사람이 됏네』

喆洙 『金順이 아! 金順氏가 자네 妹氏[40]인가?』

三俊 『그래 참 金順아』

喆洙 『오라— 벌서 인산 싯낫서 오늘은 妹氏가 手苦를 해서 이 섬 求景을
다 햇지』

金順이도 喆洙가 오쌔의 동무라는 것을 알자 無恨히 기쌘 모양이다 —
F,[41] O—

○ 春子의 房 —F,[42] I— (아츰)

春子 쩨트에 누어 가끔 기침을 한다 窓으로 비최는 九月의 하늘이 아릿
답게 淸明하다

春子는 거울을 가저다 초최한 自己 얼골을 비최여 보곤 가볍게 우서본다

---

40 매씨(妹氏). 남의 손아래 누이를 높여 이르는 말.
41 문맥상 ' • '의 오류로 추정.
42 문맥상 ' • '의 오류로 추정.

(이래선 안 된다 기운을 내서 撮影을 해야지)

그는 寢床에서 이러나 거울에 비처 머리를 쓰다듬고 엽 房門을 녹크한다

喆洙의 소리『드러오세요』

○ 喆洙의 房

喆洙 테—불 압헤 안저 冊을 펴 노코 무엇인가 쓰고 잇다

春子가 드러오는 것을 보고

『왜 누어 잇지 안쿠 이러나섯세요?』

春子『오늘은 』**43**로케『**44**를 해야죠』

喆洙『無理를 해선 쓰나요 며칠 기다렷다 다— 나으신 뒤에 하지요』

春子『오늘은 좀 熱도 내리고 정신이 드는 것 가태요』

喆洙『그러치만』

春子『안얘요 전 걱정 업스니 先生님 준빌 해 주세요』

喆洙『정말 몸은 괜찬슴니까?』

春子『네』

○ 春子의 房

春子 안저서 化粧을 하고 金順인 化粧을 도아주고 잇다

春子『金順이도 가치 가자』

金順『실혜요』

春子『왜?』

金順『모르는 사내들 판에 무얼 하러 가요?』

春子『누가 사진 백이라나? 내 몸도 이럿구 하니 求景 겸 좀 와 줘』

金順인 그제야 알겟다는 듯이 『네』 하고 웃서 보인다

---

43 문맥상 '『'의 오류로 추정.
44 문맥상 '』'의 오류로 추정.

문박에서 『金順이 누나』 하는 소리가 들린다

金順이 『누구냐』 하며 門을 연다

壽福이가 門 압에 섯다

金順 『壽福이 윈일이냐?』

壽福 『저—?』

金順 『참 요전엔 너 째문에 우리들이……』

春子 『개가 요전 날 우릴 救해 준 애냐?』

金順 『네』

春子 『드러오너라』

　壽福 金順일 싸라 드러온다

春子 『요전엔 참 고맙다 너 아니엇드면 우리가 어찌 될 번햇니』

壽福 『하마트면 그냥 갈 번햇세요 원체 어두어 노니까 보여야지요』

　壽福이 憂鬱한 얼골에 그래도 애써 웃스려 한다

壽福 『저어 아씨! 서울 오래 게신다니 저 가튼 애도 서울 가면 살아갈 수가
　　잇슬까요?』

春子 『그야 여기서 살 수 잇는데 서울을 별 데라구 못 살겟니만 서울은
　　왜?』

壽福 『안예요』

春子 『서 서울 가구 십흐냐?』

　壽福이 고개를 들어 春子를 본다 壽福의 반짝이는 눈에 哀願의 表情이
　　또렷하다

春子 『요번 恩惠로 서울 구경시켜 주까』

壽福 『아씨』

　壽福이 感激에 목메인 表情이다

흘러간 水平線 （八）

〈원문에 삽화 없음〉

○ 海邊가

白砂場에 太陽撮影所의『텐트』를 두 군데 처 노코『로케』준비를 하고 잇다

○ 텐트 안

『덱끼췌어[45]에 비스듬이 春子가 기대고 안젓다

演出 助手가 텐트 쪽으로 달여오며

『春子씨 그럼 시작합니다』

春子 몸을 이르켜 海邊가『카메라』압흐로 간다

○ 로케씨─ㄴ

都會의 靑年을 쪼차가는 섬 색씨의 場面이다

준비는 다 되여 男俳優가 압서 泰然히 걸어가고 그 뒤를 海風에 치마자락을 펄럭이며 春子가 쪼차간다

『카메라맨』과 監督 喆洙 구경꾼들 그 속에 金順이도 서 잇다

구경꾼들 틈에 甲述이가 능글능글 웃고 잇다 여덜 달 半이란 別名을 듯는 편이나 金順이를 생각는 마음만은 누구한테도 지ㄱ 안는다

金順이를 發見하자 구경꾼들이 귀찬타는 듯이 눈쌀를[46] 찝으리나 甲述이는 혼자 벙글〰〰

사람들이 미는 바람에 甲述이는 金順의 몸에 부디친다

金順이 홱 도라다본다

甲述이의 허물업는 웃음

金順이 못맛당해서 비켜슨다

그대로 甲述이는 金順의 엽에 버테섯다

---

45 『﹐』누락. 데크체어(deck chair). 휴대용 의자.
46 문맥상 '을'의 오류로 추정.

春子 서너 발자욱 좃아가다 말고 그냥 폭 쑤싀라진다[47]

金順이 재싸르게 쮜여가 春子를 이르킨다

演出 助手 照明員들이 쮜여가고 『카메라맨』은 撮影을 中止하고 잇으닛

싸 그 光景을 보고 잇든 喆洙 『가만 잇서』 하고 달려가는 사람들을 制止

하고 『카메라맨』한테 撮影을 게속케 한다

金順이 春子를 이르켜 몸을 흔든다

喆洙 제 손으로 카메라를 들고 金順이와 春子를 撮影한다

喆洙 그 씨—』[48]을 슷막고 春子한테로 달려간다 —O•L—

○ 春子의 房

春子 『쌧드』에 누어 잇고 그 엽헤 醫師와 喆洙, 金順이 안젓다

喆洙 (醫師를보고) 『先生님 대단친 안켓슴닛까?』

醫師 『몸이 衰弱한데다가 無理를 한 탓임니다 呼吸機關이 좀 상한 모양이

닛싸 當分間 絶對 安靜을 해야겟는걸요』

喆洙 『當分間이라면?』

醫師 『글세 한 달쯤은 靜養해야 할 거 갓슴니다』

春子의 눈이 스르々 열리며

喆洙를 보고

『先生님 미안함니다』

喆洙 『염려마세요 곳 나으실 텐데 자— 安靜하십시요』

春子 『先生님 撮影은 엇쌔요 저 쌔문에』

喆洙 『걱정 마시라닛가요 春子씨가 나으실 쌔까지 기다리지요』

春子 『제가 그리 쉬 나을싸요 先生님 代役을 써주세요』

---

47 문맥상 '쇠쑤라진다'의 글자 배열 오류로 추정.
48 문맥상 '씨—ㄴ'의 오류로 추정.

喆洙『그런 소린 마시고 하로바쎄 나으시도록 해야죠 오늘 木浦 본댁에도 전보를 첫스니싸 專門醫帥도 올 썸니다』

喆洙를 처다보는 春子의 여윈 얼골

——F·O——

○ 白楊木 느러슨 개울가

——F·I——

시원스런 白楊木 그늘 밋헤 喆洙와 三俊이 안젓다

三俊『이 섬이 처음 보기엔 아름답고 쏘 平和해 보이지? 딴 데보다야 平和하다구 할 수 잇지 요전싸지만 해두 이 섬엔 罪惡이 업섯구 거지도 업섯스니싸 다— 자기 힘으로 충분이 사러나갈 수 잇섯지 이 섬은 무엇보다도 進步的이여서 이 섬의 女子들은 大膽하고 활발하고 쏘 다—들 잘 일하거든 그럿치만 요새 몃 해루 이 섬에도 世紀의 風俗이 물들어 왓지 술집이 늘구 高利貸金業者가 橫行하구 그래 生活만은 걱정이 업든 이 섬에도 더러 가엽슨 生活의 落伍者들이 생기게 됏서』

喆洙『그럼 자넨 그 경영한다는 學校는 엇써케 된 건가?』

三俊『尹明洙라구 中學 同窓이 잇서서 協力을 해가지고 그야말로 精誠 하나로 버티고 잇는 셈이지』

喆洙『조혼 일이야 마음이 幸福될 수 잇다는 것은』

三俊『자네는?』

喆洙『나도 決코 不幸하진 안치 내 情熱이 아즉 살아 잇는 동안은 내가 이 太陽映畵에 入社케 된 것도 이번 組織이 從前과 가튼 협수록한 모임이 안이구 眞實한 映畵 運動을 해보겟다는 熱잇는 모임이여서 參加햇지 黃春子만 해두 東京서는 劇藝術에 잇서서 經濟的으로나 쏘는 演技로도 얼

마나 힘써준 사람인가? 이 太陽映畵製作所도 黃春子의 아버지가 經營하
는 거거든』

三俊『그래 요번 作品의 豫想은?』

喆洙『그게 걱정이야『씨나리오』가『히로인』을 위해 씨워저 잇거든 黃春
子를 위한『씨나리오』란 말야 그런데두 불구하고 나는 黃春子의 性格을
살릴 自信이 업서 黃春子의 洗鍊된 都會 女性의 性格을 가지고 純直한 섬
색씨의 性格을 살리기엔『제스추어』나 表情을 다시 만들어야 한단 말
이야』

수양버들 느리운 개울가의 靜寂

喆洙 이야기를 이여

『眞正한 藝術에 대한 冒瀆이지 이 良心的인 괴롬이 날로 하야 自信을 못
엇게 하는 모양이야 黃春子가 社長의 쌀이라고 그런 意味에서 不自然한
映畵를 맨드러야 한다는 것이 제일 큰 苦痛이거든』

三俊『세상이 그러케 되기 쉬운 게지】 [49]

喆洙『그나마 저러케 病들어 눗구보니 더 힘이 써러지네그려』

金順이 걸어오며 喆洙를 보고

『[50]先生님 아씨가 뵈옵겟다구 그래요』

喆洙 니러슨다 三俊이도 쌀아 이러슨다

(와이푸[51])

---

49 '』'의 오류.
50 '『'의 오류.
51 와이프(wife). 영화 시나리오 용어. 화면의 일부를 닦아내듯이 없애는 기법.

○ 春子의 房

쌧드에 누은 春子의 얼골

매우 초최하다 木浦 본집에서 온 늙은 書土[52]와 下女 八年이 專門醫師도

한 모통이에 안젓다

門을 열고 喆洙 드러와 椅子에 안는다

喆洙『좀 어써십니까?』

春子『先生님 代役으로 撮影을 게속해 주세요』

喆洙『아니 쏘 왜 그런 소릴 하십니까? 곳 나으실쎄구 쏘 그동안 좀 연체

되드래도 별 상관 업지 안습니까?』

春子『先生님 저만을 위한 그런 태도는 괴롭습니다 특별한『핸듸캡』을 밧

는다는 것은 괴로운 일이고 쏘 부끄러운 일입니다 선생님 부데 代役을

골라 進行해 주세요 저 째문에 여러분의 熱이 식어서 됩니까?』

喆洙『고맙긴 합니다만 代役도 그리 쉬운가요 아무튼 저로서도 생각해 보

겟스니 春子씨도 하로바쎄 낫도록 하세야지요』

○ 喆洙의 房

『스탠드』압에서 喆洙는 現像된『필림』을 디려다보고 잇다 그는 印畵한

寫眞을 디려다본다

春子가 엽더진 海邊에 金順이가 부둥켜 이르키는 場面의『커트』이다

그는 春子가 섬 색씨로 扮裝한 싼『커트』를 끄내 먼저 것과 比較해 본다

喆洙 이러서서 박으로 나간다

---

52 서사(書土). 대서나 필사를 업으로 하는 사람.

○ 金順네 집 루마[53] 압 — (밤) —

初生달이 곱게 비최고 잇다

喆洙가 그 압에 서서 『崔君』 하고 부른다 아무 대답이 업다

쏘 한 번 『崔君』 하고 부른다

金順이 別莊 쪽에서 이쪽으로 걸어오며

『박에 나가구 안 기세요』

喆洙 『밤인데두 바쌘 모양이군요』

金順 『네 學校일루 밤낫을 안 가리구 단이시죠』

喆洙가 압서고 金順이도 쌀아것는다

○ 길

喆洙 『崔君은 무슨 일에거나 熱心이거든요 東京서 가티 잇슬 째만 해두 참 만히 애를 썻지요 金順씬 참 조흔 옵쌔가 잇서서 幸福이실 쎄야』

金順 『先生님 절 아까가티 그냥 『金順아』 그리구 불러주세요 저도 인제부터 오라버니라고 할쎄요』

喆洙 『그럼 그릴까 나두 조흔 누일 어더서 참 기쌘데』

金順 『先生님두 아이참 오쌔두』

○ 白楊木 느러선 개울가

달빗을 안고 喆洙와 金順이 나란이 안젓다

喆洙 『崔君헌테 먼저 議論을 할랴구 햇더니만 金順이한테 관한 애기닛까 金順이 意向을 먼저 물어봐야[54]지』

金順이 그냥 喆洙의 얼골을 본다

---

53 '마루'의 글자 배열 오류.
54 '야'의 오류.

喆洙『金順인 春子 아씨가 하는 일을 어쩌게 생각하구 잇나?』

金順『아씨가 하는 일이라니요?』

喆洙『女俳優로서 映畵를 백히는 거 말야』

金順『저는 그런 거 몰라요』

喆洙『金順이 내가 하는 말을 친오라버니가 하는 말루 들어 이번 사진에 春子 아씨 병으로 못 하게 됏서 그래 그 代로 金順이가 좀 해줘야겟는데』

金順『제가요?』

喆洙『그래 내 請을 들어주겟지?』

金順『저 갓흔 게 무얼 해요 아이 우쉬라』

喆洙『안이야 훌륭허게 헐 수가 잇지 春子 아씨보다 더 훌륭하게 할 수가 잇서』

金順『오쌔두』

　　喆洙 金順이의 손을 꼭 쥐며

　　『더구나 이 오쌔가 잇는 담에야 金順이가 아주 훌륭하게 해낼 수가 잇단 말야』

金順『전 그런 건 못 해요 羊쎄나 몰구 낙씨질이나 하래면 몰라두』

喆洙『글세 그런 거 하는 거가티만 하면 되는 거야 그러면 할 테지 응?』

金順『그래두』

喆洙『金順이가 만약 안 해준다면 이 映畵가 失敗가 될는지도 몰라 春子가 마튼 役을 해낼 수 잇는 건 金順이쑨이야』

金順『오쌔하구 상의해 보세요 전 아무것두 물[55]라요』

IO・LI[56]』[57]

---

55 '몰'의 오류.
56 '─O・L─'의 오류.

○ 金順네 마루 ― (그 이튿날 아츰)

喆洙『그건 절대루 걱정을 말어 可望이 업는 일을 뭣허러 計畵을 하겟나 더구나 자네 누인데』

三俊『그럿치만 그런 존[58] 애가 해낼 수 잇슬까?』

喆洙『그건 걱정 말라닛까『푸―도푸킨』이 주장하는 소리지만 演技者에 잇서서 아무 經驗이 업는 사람을 登用하야 큰 效果를 엇을 수 잇다고 『亞細亞의 大動亂』中에도 그가 이것을 實地로 試驗해서 成功햇지 나도 늘 생각을 가지고 잇섯서 더구나 朝鮮갓치 아즉 完全한 演技者를 갓지 못한 곳엔 나는 차라리 이름 업는 俳優를 求해서 演出의 힘으로써 成功할 수 잇스리라고 생각해 왓네 試驗的으로 金順이를 쓰겟다는 게 안이야 春子한테서 發見할 수 업든 自信이 金順이의 動作에서 엇을 수 잇스닛까 말이야』

三俊『그야 자네는 專門이닛까 더 할 말은 업네만 만하當者[59]겟다면[60] 나야 그만한 건 理解할 수 잇지』

부억門 뒤에 숨어서 두 사나이의 會話를 걱정스리 듯고 잇든 金順의 얼골에 安堵의 다홍빗치 써오른다

---

57   '」'의 오식.
58   문맥상 '촌'의 오류로 추정.
59   당자(當者). 어떤 일이나 사건에 직접 관계가 있거나 관계한 사람.
60   '當者만 하겟다면'의 글자 배열 오류.

흘러간 水平線 （10[61]）

1941년 2월 20일

---

61 원문에서 회차를 9회까지는 한자로 표기하고 10회부터는 아라비아 숫자로 표기함.

○ 旅舘 집 마루

　　마루에 로케 團員이 안기도 하고 눕기도 하고 담배를 피우는 男俳優 冊

　　을 보고 잇는 女俳優

男優A『이 섬에서 하루 이틀 안이구 으쩌자는 게야』

男優B『이 친구 朝鮮映畵界란 그리 쉼갓이 아름다운 게 안이야 이까진 거

　　야 약과지』

男優A『그럼?』

男優B『이 사람아 밥이 잇구 房이 잇는데 그걸 苦生이라 구래? 전엔 멧 기

　　씩 굶어가며 冷房에서 쩔기가 일수엿지

男優A『그러나 이건 뭐야 個人事情을 가지구』

男優C『자넨 아즉 黃春子와 이 會社의 關係를 잘 모르는가?』

演出助手『그런데 어제 監督 이얘길 들으닛까 春子가 다른 사람을 代役으

　　로 해 달란다고 한대』

　　女優들 모조리 그쪽으로 얼골을 돌린다

男優A『그럼 누구야 池順子씬가?』

　　順子 상기된 얼골이다

女優A『언니 인제 玉姬 役을 하시겟수』

順子『누가 아니?』

　　女優B, C 저이씨리 수군수군

　　——F,[62] ○——

○ 海邊가 『로케』 場面 ——F・I——

　　텐트 안에 女優들 모여 안젓다

---

62 ‘・’의 오류.

女優A『엇써면 이런 섬구석에 처백힌 기집앨 主演을 식힌담』

順子『난 오늘 밤으로 갈 테야』

女優A『언니 기다려봐요 그 촌뚜기가 못 해낼 테니 그럼 별수 잇수 언니박엔』

喆洙와 金順이 텐트 안으로 드러온다

女優들 喆洙한테 人事하곤 金順일 아니꼬운 눈초리로 흘겨본다

喆洙 (金順이를 보고)『별 扮裝은 할 거 업구 저어 峰子씨 이 金順이『메이캽』을 진허게 말구 간단이 좀 해주십쇼』

峰子라는 女優 달갑지 안케

『네』

女優들 化粧하고 잇는 엽헤 金順이도 化粧을 한다

큰 거울을 드려다보려닛까 엽페서 쓰고 잇든 順子가 홱 제 압흐로 돌리며 金順이에겐 안 보여준다

無安을 당한 金順이 고만 이러슨다

女俳優들『하…』하고 소리내여 웃는다

○로케씨―ㄴ 一

섬 색씨로 차린 金順이의『클로―스업』을 백히는『카메라맨』

喆洙 照明係員들

○로케씨―ㄴ 二

埠頭에 고깃배가 다아 고기잽이가 고기를 실어나리고 그것을 이고 가는 女人네들 틈에 金順이도 잇다

○로케씨―ㄴ 三

黃昏의 바닷가에 金順이 누구를 기다리는지 아득한 水平線을 바라다본다

○로케씨―ㄴ 四

都會의 靑年과 金順이 나란이 바우에 안자 이야기하는『러부씨―ㄴ』監

督 喆洙가 表情을 고처준다

(以上 로케이슌의 氣分 잇게 O・L)

○春子의 房

『쎗드』애 春子 누어 잇고 엽헤 下女 八年이 안젓다

春子 몸을 이르켜 窓을 연다

『로케이슌』하는 場面이 눈에 든다 (俯瞰)

春子 힘업시 窓門을 닷고 안는다

꼿병에 시드는 『카―네이숑』

春子 鬱寂을 못 니저 外國映畵雜誌를 들춘다 페이지만 펄럭이고 넉은 싼 데 가 잇는 모양

히스테릭하게 八年이를 보고 『넌 일르지 안음 모르니 꼿병엔 물을 잘 갈어줘야지』

八年이 이러서서 꼿병을 들고 나간다

○金順네 집

三俊이 學校에서 도라온다

冊을 마루에 노코 생각난 듯이 別莊 二層을 바라보곤 別莊으로 걸어간다

○春子의 房

박게서 門을 녹크하는 소리

春子 날카로운 소리로 『누구야』

門을 열고 三俊이 드러온다

三俊 『좀 어쩌심니까?』

春子 多少 마음이 가라안즈며 『안즈시우 그저 그 모양이라우 엇지 심々 한지』

三俊 『金順이가 또 업구 보니 더 불편하시겟군요』

春子『괜찬어요 그런데 學校는 재미잇수?』

三俊『그러치요 애쓰는 게 재미랄는지』

春子『좀 熱만 네리면 나한테 한번 뵈와줘요』

三俊『그야 쉬운 일입니다 보면 곳 同情하실 생각이 나실썰요』

春子『나 갓혼 同情이 篤實한 崔先生의 努力을 망처 노면 어쩌게』

三俊『그러면 眞心으로 學院을 도아주실 생각이 게심닛까?』

　『실상은 그 學院 經費를 대주는 동무가 이 멧 탈[63]레로 消息이 슨엇저요 그래 아주 經營難에 쌔지고 말엇쪼』

　下女 꼿병을 들고 들어온다

　春子『넌 저 방에 가 잇서』

　下女 꼿병을 놋고 나간다

三俊『그럼 도움이 되 주시겟슴닛까?』

春子『도음이래야 돈으루박에』

三俊『그럼 밋겟슴니다 나는 얼마나 깁쌴지 모르겟슴니다 그 學校나마 門을 닷치게 될 생각을 하니 情든 아해들의 얼골이 쌔에 매처 썰어저야지요』

春子『崔先生 어디 金錢이구 名譽구만이 사람을 幸福게 할 수 잇는 것인가요?』

三俊『그러치요 幸福이라는 게 어디 意識되는 검닛까? 무엇에 밧친 情熱이구 쉬지 안코 努力하고 잇슬 쌘 그게 幸福이죠』

　春子는 三俊이의 얼골에서 미듬성을 늣긴다

　三俊 이러스며『그럼 밋구 내려가겟슴니다』

春子『왜 가시려우 더 안저 이야기나 하다 가시구려』

　이러스다 음칫하는 三俊이 春子의 얼골에 쩌도는 외로움

---

63 문맥상 '달'의 오류로 추정.

흘러간 水平線 （11）

○길

撮影을 맛치고 喆洙와 金順이 나란이 서서 집으로 거러온다 金順인 머리
도 맵씨 잇게 틀엇고 고무신 우에나마 옷 모양이 잘 어울린다

갈대가 너울거리는 들 엽흘을[64] 지나다가

喆洙『金順이 여기서 좀 쉬다 갈까』

○갈대밧

喆洙와 金順이 나란이 안젓다

喆洙『고단하지 안허?』

金順『아―뇨 괘―니 겁이 자꾸 나요』

喆洙『겁은 왜?』

金順『저 거튼 게 오쌔 하시는 일을 망처놀까 봐서』

喆洙『무슨 소리야 인제 내가 金順이헌테 치하[65]를 해야 할 텐데, 金順인
참 훌륭한 배우야 金順이 난 어[66]쌔한테 말해서 金順일 서울루 데리구
가서 녀배우를 만들 작정인데』

金順『실혀요』

喆洙『왜 우리 하는 짓이 마음에 안 들어?』

金順『전 그런 건 못해요 女俳優들이 날 아주 실혀들 허는걸요』

喆洙『그런 것 쌔문에 弱한 소릴 해서 쓰나? 金順이한텐 내가 잇는데 미듬
직한 이 오래비가 잇는데 안 그래?』

金順이 고개를 들어 喆洙를 有心히 처다본다

바람에 너울치는 갈대

---

64 문맥상 '을'의 오식으로 추정.

65 치하(致賀). 남이 한 일에 대하여 고마움이나 칭찬의 뜻을 표시함. 주로 윗사람이 아랫사람
에게 한다.

66 문맥상 '오'의 오류로 추정.

女俳優 順子가 지나가다가 이 光景을 눈익혀보고 지나간다

○ **金順네 집**

　喆洙와 金順이 大門으로 드러서 金順인 집으로 喆洙는 別莊으로 드러간다

○ **喆洙의 房**

　喆洙 門을 열고 드러가서 册을 테―블 우에 던진다

○ **春子의 房**

　엽房 門을 열고 喆洙 드러온다

喆洙『좀 어써심니까?』

春子『네 괜찬어요 어찌 심々한지 혼낫세요 撮影은 만히 進行됏슴니까?』

喆洙『金順이가 아주 훌륭하거든요 春子씨가 이러케 갑재기 누으시고 보

　　니 적당한 代役이 잇서야지요 그래 참 큰마음 먹고 試驗해 본 거죠 그랫

　　드니 의외에 成績이 조쿤요』

　春子 그런 소린 듯기 실타는 듯이 은근한 목소리로

　　『喆洙氏』

喆洙『네』

　이째 金順이 門을 열고 드러오다 말고 잠시 멈칫한다

　春子는 喆洙와 단 두리의 時間을 妨害當하는 것이 맛지 안허 若干 토라

　진 소리로『왜 안 두로구 섯니?』

金順 (드러와서)『아씨 좀 엇써세요』

春子『그저 그래』

　喆洙 이러슨다

春子『왜 고만 가세요?』

喆洙『가서 옷 좀 가라입구 오죠』

　喆洙 엽房으로 간다 春子의 얼골에 形言[67]키 어려운 외롬이 써돈다

春子『그래 재밋니?』

金順『무에 뭰지 통 모르겟세요 작구 겁만 나구 또 아씨 생각을 하니 마음
이 편해야죠』

春子는 金順의 말에서 조금도 꾸밈업는 것을 發見하고 그 純眞한 마음에
비처 自己 마음이 부끄럽기조차 했다

金順『아씨 牛乳 짜올까요』

春子『글세 八年일 식히지』

金順『안—이 제가 짜오죠』

金順이 이러서 나간다

○ 農園

金順이가 소젓을 짜고 잇다

그 엽헤 집들은 닭 쎄가 모이나 기다리는 듯이 모여든다

金順이 牛乳그릇을 들고 이러서서 모이통에서 모이를 한줌 허터[68] 준다

반갑게 쪼아 먹는 닭 쎄를 바라보고 金順의 마음은 幸福스러웟다

甲述이가 그 엽흘 지나다가

『金順이 너 여기 잇섯니?』

金順이 대꾸가 업다

『너 배우 됏다드구나』

金順『……』

甲述『너 진작 고만둬』

金順『벨걱정[69]두』

---

67 형언(形言). 형용(말이나 글, 몸짓 따위로 사물이나 사람의 모양을 나타냄)하여 말함.
68 홀다. 한데 모였던 것을 따로따로 떨어지게 하다.
69 별(別)걱정. 쓸데없는 걱정. 갖가지 별다른 걱정.

甲述『그러치만 난 실타』

金順이 가볍게 『흥』 하고 웃고 甲述의 손에 게란을 하나 쥐여주고 別莊 쪽으로 간다

甲述이는 머―ㅇ 하니 그 자리에 서서 손에 쥐인 게란과 金順이의 뒷모 양을 번가러 볼 샨

○ **春子의 房**

金順이가 공손이 牛乳를 들고 들어온다

春子 牛乳를 마신다 ―F・O―

○ **春子의 房** ―(午前) ―F・[70]―

春子 『까운』을 걸친 채 寢臺에 안저 엽房쪽을 보고 『喆洙씨 밧부세요?』

○ **喆洙의 房**

喆洙 椅子에 비스듬이 기대안저 무슨 思索을 하고 잇다가

『네 좀 뭘 쓰고 잇습니다』

사실은 아무것도 쓰고 잇지는 안타

○ **春子의 房**

春子 그 對答에 失望을 하고 엽헤 서 잇는 下女한테

『웨 이리구 섯니 쌜랑~~~ 일을 허는 게 안이라』

病弱에다 孤獨을 겸하야 더욱 神經質이 된 모양이다

---

70 문맥상 'I' 누락으로 추정.

〈원문에 삽화 없음〉

○ 金順네 마루

金順이 와이샤쓰를 다리고 잇다 三俊 册을 들고 나오다가

『그 웬 샤쓰가 그리 조은 게 잇엇니?』

金順 부끄러운 듯이 감출려다가

『안애요 저 서울 옵빠 거애요』

三俊『오 그래애? 난 쏘 내게 그리 조흔 게 잇엇는가 그랫지』

○ 喆洙의 房

金順이 門을 열고 드러온다 喆洙는 업다 째끗이 쌜아 다린 샤쓰를 册床

우에 놋는다

○ 春子네 房

醫師가 春子를 진찰한다

春子 』[71]고만 이러날 수 업을까요 쏙 외롭고 각갑해서 미칠 것 갓애요』

醫師『진정하서야 합니다 무리를 하면 못쓰니까요』

春子『그럼 전 서울루라두 갈 테야요 여기선 견딜 수가 업서요』

醫師『조금만 더 게시다가 가시는 건 괜찬습니다만 이래가지군 좀 어려운

데요』

春子 혼자서 괴로워한다

로케이슌 一行의 幻像과 서울의 번화한 거리가 春子의『클로―스업』한

얼골에 O • L된다

○ 農園

풀밧테 羊쎄가 논다

수양버들 느리운 연못 우에 물오리 두 마리 한낫 겨운 靜寂이 조은다

---

71 '『'의 오류.

○ **春子의 房**

　　春子와 順子 나란이 안젓다

春子『그래 그게 정말이야』

順子『그럼요 내가 당장 밧는데요 갈대밧테서 喆洙씨가 金順이의 손을 잡

　　고 씨러안는 걸』

春子『……』

順子『金先生보담 金順인가 그 기집애가 글러요 金先生이 귀여해 준다구

　　젠척72하구 난 참 아니꽈서 못 잇겟서요 그리구 先生님은 金順일 서울

　　로 데리고 가서 짠 映畵에 主演을 시키겟다고 그리신대요』

春子『서울루?』

　　春子의 얼골에 複雜한 表情이 든다

○ **喆洙네 방**

　　春子 방문을 열고 드러와 우득허니 册床 압에 섯다가 그 우에 노인 멧

　　장의 寫眞 속에서 金順이의 寫眞을 發見하고 有心히 보다가 또 春子의 寫

　　眞과 비교해본다

　　册床 우에 곱게 개캐논 와이샤쓰를 유심히 보든 春子 히스테릭症이 急

　　하게 일어나 金順의『스틸73』을 좍々 찟저버리고 册床에 업데여 흐늙인

　　다 ──Ｆ・Ｏ──

○ **海邊가** ──Ｆ・Ｉ──

　　느러슨 松林74 소나무 그늘에 喆洙와 三俊이 안젓다

喆洙『요번『로케』는 거반 다 씃낫서 金順이 째문에 나는 이번 作品은 꼭

72　젠체하다. 잘난 체하다.

73　스틸(still). 영화 필름 가운데 골라낸 한 장면의 사진.

74　송림(松林). 솔숲.

成功되리라고 自信을 갓네 金順인 훌륭한 演技者야 내가 試驗한 無經驗者의 登用이 效果를 나타낸 셈이야 三俊이 金順일 서울로 다리고 가서 完全한 演技를 가르첫스면 하는데』

三俊『그러케 素質이 잇나?』

喆洙『이번 作品만으로 고만두는 것은 아까워 나는 꼭 훌륭한 女俳優가 되리라고 밋고 잇네』

三俊『그러타면 나도 이러니저러니 할 수 업지 난 그런 點은 絶對로 干涉지 안으니까 資質도 업는 걸 제가 하겟다느니 서울로 가겟다느니 한다면 오빠 된 나로서 참견하겟지만 專門家인 자네가 그만한 資質을 認定한다니 그 뒤에야 當者 마음 하나에 맷끼는 수박겐』

喆洙『그럼 金順일랑 나한테 맷겨 주게 責任을 지고 훌륭한 藝術家를 만들어 낼 테니』

三俊『金順이만 그리겟다면 자넬 밋어도 좃치 아니 되려 자네한테 간곡히 부탁을 해야지』

喆洙『정말인가?』

즐거워 三俊의 손을 잡는다

三俊『우리는 새로운 젊은이니까 낡은 마음을 되씹어서야 되겟나』──F[75]──

○**農園** (아츰) ──F[76]──

붉은 햇발이 山기슭에 솟고 고은 이슬이 풀폭이에 매첫다

前가티 수수한 채림을 하고 金順이 羊쎄를 몰고 걸어온다 放牧한 말 쎄가 썽중~~ 뛴다 喆洙 사쓰 바람으로 걸어 나온다

75 문맥상 '•O'의 탈자 오류로 추정.
76 문맥상 '•I'의 탈자 오류로 추정.

金順이 마주보고 쌩긋 웃스며

『안녕히 주무섯세요』

喆洙『얼마나 아름다운 새벽이야 이런 깨끗한 空氣를 마시고 살찌지 안을

수 잇나』

喆洙 金順과 나란이 것는다

○春子의 房

春子 窓門을 열어제친다 喆洙와 金順이의 情다운 光景이 보인다 嫉妬의 빗치 얼골에 일며 그는 窓門을 홱 닷고『카—텐』마자 느리고 寢臺에 펄석 주저안는다

○들길

三俊이 冊을 들고 學校에 가다가 喆洙와 金順이를 보고 멈췃다가 그냥 싱긋 웃고 걸어간다

金順이 뒤도라보며

『오쌔 인제 가세요』

三俊『어—』

喆洙도 웃으며 손짓한다

○길

三俊이 걸어간다

저쪽에서 점잔케 차린 紳士 걸어온다

三俊이와 마주치자

『저— 別莊에 갈라면 이리로 갑닛까?』

三俊『네— 누굴 차즈시는지요』

紳士『저— 黃春子를 좀 볼려구』

三俊『네 저 그러면 黃先生이심닛까』

紳士『네 黃友民이올시다』

三俊『그럼 저—』—O·L—

喆洙 쒸여오며 黃友民氏한테 공손이 절을 하고

『社長 영감 왼일이십닛까?』

黃『金先生 개는 좀 엇젓슴닛까?』—O·L—

◯ 春子의 房

春子는 寢臺에서 일어나 안젓고 黃友民은 安樂椅子에 안젓다

黃『그럼 곳 가두룩 해야지』

春子『몟칠만 참어주세요 그리구 아버지한테도 여기서 좀 상의할 일도 잇쑤』

黃『무슨 말인데』

春子『아주 重大한 問題라나』

黃『쏘 무슨 쩨를 쓰랴누 쏘 別莊을 짓겟다는 거냐?』

春子『그런 건 안야』

黃『그럼 뭐야?』

春子『結婚』

黃『웅? 結婚? 그래 結婚을 하겟짠 말야?』

春子 고개를 쓰득이고 빙긋 웃는다

黃『야— 이거 얼마나 苦待하든 對答이냐? 그래 相對者는?』

春子 對答은 안코 부스런 듯이 아버지를 처다본다

◯ 喆洙의 房

喆洙 熱心히 册을 읽고 잇다

◯ 春子네 房

黃『金君으로 말하면 그럿치 안아두 내가 前부터 맘을 두고온 데야 春子가
엇찌 生覺을 하는지 그걸 몰라서 참아 말을 못 냇지 냇자『시집 안 가
요』하고 버티는 걸 하는 수나 잇섯나』

春子『아버지 結婚만 한다면 前부터 計畫하든 거 全部 實施해 주시죠?』

黃『그래~~』

春子『映畫 會社를 싸루 쎄주실 쎄 제 名義의 動産 不動産의 處理에는 絕對
로 自由를 주실 쎄 그러구…』

黃『앗짜 아럿다 아럿서』

春子『그리구 저어』

　春子 아버지의 귀에 귓속말을 한다

黃『글세 원 그거까지 내가 해야 하니?』

春子『그럼』　―Ｏ・Ｌ―

○ **喆洙의 房**

喆洙『너무 突然[77]해서 지금 곳 대답할 수 업습니다』

黃『그야 그럿켓지 내짠엔 지금 하는 映畫나 藝術이 朝鮮에 잇서선 重要한
文化事業으루 생각을 하고 잇찌 그래 이 나이에 뒤로야 힘을 쓴다면 쓸
수도 잇지만 어디 直接 硏究한 第一線 사람들 갓틀 수가 잇서야지 그래
서 하나밧쎄 업는 짤자식이나마 적당한 사람을 골라 그 일을 맥길 작정
으루 金先生을 생각한 건데』

喆[78]洙『네 感謝합니다[79]

黃『그리구 春子 짠엔 벌서 여러 가지 計畫이 다 잇는 모양이야 動産 不動産
에 關한 一切 處置權까지두 干涉 말어 달라는 노릇이… 그예 承諾을 맛텃
지 하々々』

77　돌연(突然). 뜻지 않게 갑자기.

78　원문에는 '喆'의 글자 방향 오식.

79　'』' 누락.

喆洙『좀 생각해 보겟습니다』

○ 春子의 房

春子는 어께를 가늘게 들먹이며 울고 木浦 본집에서 온 書土 徐生員은 싹한 듯이 그 엽헤 섯다

書土『아씨 저한텐 아무것도 숭기지 마시구 말슴을 해줍쇼 제가 힘닷는 데싸지는 해볼 테니요』

春子『아무것도 안이유…』

書土『金先生 일이시지요?』

春子 홱 도라보며

『누가 그래? … 그까진 걸누 내가…』

書土『제가 다— 알구 잇는 걸요』

春子 書土의 손에 몸을 맷기며

『그럼 엇쩨야 좃수?』

書土『으쩌긴 그까지 걸 뭐 어쩨요 저한테 맷기세요』

春子『어쩟케』

書土 春子의 귀에 귀속을 한다

春子 쌈싹 놀라 몸을 뒤로 물리며

『안 되우 그건 절대루 안 되우』

書土『안 되긴요 글세 金順이만 업스면 문제가 업지 안아요』

春子『안 되요 그건』

머리를 쌀레~~ 흔든다

書土 잠간 생각하다가

『그럼 이럿케 하지요 美浦 아즈머니한테 金順일 한 한 달 동안만 맛타

달라구요 그럼 될 쩌 안예요』

春子『글세』

書士『아 그럼 제한테두 뭐 나쓸 거 잇세요 뭐 더 길게 생각하실 것두 업짠

어요?』

春子『난 몰루』

春子는 그냥 寢床에 얼골을 뭇는라[80]

---

80 문맥상 '다'의 오류로 추정.

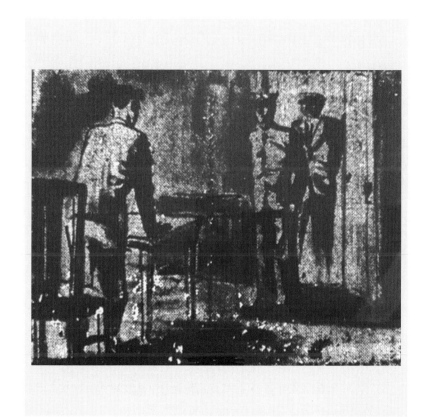

○ 敎室

막 時間이 긋나매 生徒들의 □를 밧고 三俊이 나온다

○ 敎員室

三俊이 册床 우에 册을 노코 椅子에 안는다

유리窓으로 도라가는 生徒들의 모양이 보인다

○ 學院門 압

巡査와 洋服 입은 사람 들어온다

○ 敎員室

門을 열고 두 사나이 드러온다 三俊이 이러서 巡査에게 目禮한다

巡査『崔先生 바샥시요?』

三俊『네 별로』

洋服 입은 사나이 명함을 내민다

刑事『싼 事件에 과연되여 좀 調査할 일이 잇스니 同行을 해야겟는데』

三俊이 泰然히

『무슨 事件인지요』

刑事『그야 가면 알지 尹明洙라구 아나?』

三俊『尹明洙요?』

刑事『그럼 저녁 배로 써날 테니 그리 알어』

○ 校門

校門을 나오며 三俊이 돌아다보다가 또 돌아다보고 낡어쌔진 校舍 쌔여

진 유리窓도 그의 눈엔 情들은 곳이다

그 속에 貴여운 아해들의 숨소리가 크거니 自己의 젊은 피가 슬헛것니

생각하면 글성이는 눈물노 북그럽진 안헛다 세 사람 校門을 나슨다

포플라 닙이 落葉되여 마당에 밀리니 가을이 온 게로구나

○ 春子네 房

春子와 徐生員 무슨 애길 하고 잇다

書士『그럼 金順일 부를까요?』

春子『난 몰루 徐生員 맘대루 해주』

書士『八年아―』

八年이 문을 열고 드러온다

書士『金順이 좀 오라고 그래』

八年이 나간다

春子『난 엽房에 가잇슬 테니 徐生員이 그럼』

書士『염녀마세요』

春子 엽房으로 드러간다

金順이 드러온다

『부르섯세요?』

書士 片紙를 봉투에 너흐면서

『아씨가 이걸 좀 美浦 아즈머니한테 갓다주고 오랫는데』

金順『아씨가요?』

書士『그래 써노코 나가섯구나』

金順 편지를 밧는다

書士『美浦가 二十里라니 지금 가면 넉넉히 갓다올쎄라』

金順『네』

金順이 편지를 들고 나온다

○ 엽房

春子 혼자서 우둑허니 冊床 아페 안젓다

金順이의 나가는 모양이 窓에서 보인다 (俯瞰)

春子 침[81]아 가슴이 아파 보지 못하고 제 방으로 쮜여간다

○ 農園 풀밧[82]

『이걸 갓다가 주구 오너라』

金順『네』

春子『美浦가 二十里라니 지금 가면 넉넉히 갓다올쎄야』

金順『네』

金順이 편지를 들고 나간다

春子 이러서 엽房 문을 『녹크』해 본다

아무 대답이 업다

○ 農園 풀밧

喆洙 잔디에 업더 册을 보고 잇다

○길

나다리 옷을 입고 金順이 걸어간다

喆洙『金順이 어딜 가누?』

金順이 달려오며

『美浦엘 좀 갓다와요』

喆洙『美浦라니?』

金順『여기서 한 二十里되는 곳인데 아씨 심부름예요』

喆洙『걸어서?』

金順『그럼은요[83]

喆洙『金順이 안이면 갈 사람이 업나?』

---

81 문맥상 '참'의 오류로 추정.
82 이 씬은 문맥상 자연스럽지 않은 내용으로 구성되어 있음.
83 '』' 누락.

金順『이 편질 갓다주구만 오면 돼요』

　金順이 편지를 쓰낸다

喆洙『그럼 쌜리 갓다오지 해 저물기 前에』

金順『오빠 오시거든 美浦 갓다구 그리세요』

喆洙『그래』

　金順이 이러서『그럼 다녀오겟세요』

　喆洙 金順이의 뒷모양을 有心히 바라본다

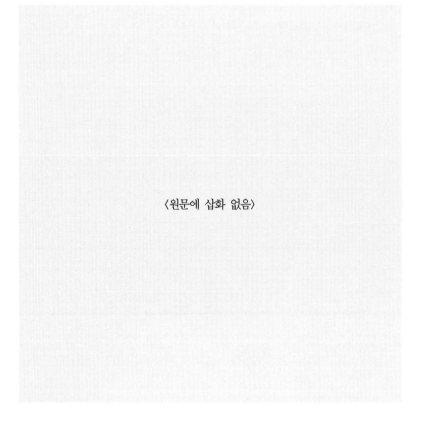

〈원문에 삽화 없음〉

○길

金順이가 가고 잇다

甲述이가 그 압흘 탁 막아스며

『金順이 호사를 하고 어디가니』

金順『비켜 얘』

甲述『내 말 들어야지』

金順『싱건 녀석』

엽흐로 쌔저 날려 한다

甲述이 쏘 金順이를 막는다

金順『얘가 미첫나』

甲述『배우 노릇 안 하지?』

金順『아이 우쉬』

甲述『난 네가 배우 노릇 하는 게 마음이 노이질 안해 헤헤』

金順『아이참 벨쏠[84]을 다— 보겟네』

甲述이 金順의 손을 잡으며

『金順아!』

金順이 그 손을 쌔리치며

『이게 무슨 짓이야』

손을 홱 쌔리치고 쌔저 다라난다

甲述이 허비적어리며 金順을 쏫는다

잽힐락 말락 쒸는 金順이와 甲述이 (移動[85])

---

84 별(別)쏠. 별나게 이상하거나 아니꼬워 눈에 거슬리는 꼬락서니.

85 이동(移動). 팔로우 숏(follow shot)의 준말. 이동하는 피사체를 촬영기가 일정 거리로 항상 뒤쫓아(보충해) 촬영하는 것.

그에 甲述이가 金順의 옷을 잡는다

金順이 획 甲述이를 써다민다

甲述이 펄석 나자쌔진다

바보가치 나자쌔저서 궁둥이를 만적인다

그러는 동안에 金順이는 쮜여가고 金順의 품에서 편지가 써러진다

써러진 편지 (B・U[86])

甲述이 이러나 다시 궁둥이를 만저보고 金順의 뒷모양을 바라다본다

이윽고 그는 마을쪽으로 거러간다

○ 農園 풀밧

喆洙 나무 그늘에 누어 冊을 본다 그리다가 冊을 덥흔 채 잠이 든다

○ 金順네 집

三俊이와 두 사나이 드러온다

三俊이 드러오며『金順아』하고 부른다 아모 대답이 업스니까 別莊으로

드러간다

○ 廊下[87]

三俊이 喆洙의 房을 열어보나 喆洙도 업다

三俊이 春子의 房을 두다린다

『누구요』하는 소리 들린다

○ 春子네 房

三俊이 드러오며

『金順인 어데 갓세요?』

---

86 문맥상 'C・U'의 오류로 추정. 클로즈업(close-up). 영화나 텔레비전에서, 등장하는 배경이
나 인물의 일부를 화면에 크게 나타내는 일.

87 낭하(廊下). 복도.

春子 三俊의 興奮한 얼골빗을 보고 가슴이 덜컥 나려안는다

『美浦에 심부름을 갓는데』

三俊『그럼 喆洙는?』

春子『모르겟수 건데 왜 그러우?』

三俊『당분간 이 섬을 써나야게 됏습니다 金順이가 마츰 업는 게 多幸한
일인지도 모르지요』

春子『왜 무슨 일이유?』

三俊『뭐 별일은 안인데…』

春子 窓 밋흐로 나려보니 巡査와 私服한 刑事가 보인다 (俯瞰)

春子『金順 오쌔 어디루 가우?』

三俊『서울인 모양입니다 별 罪가 업스니 곳 나오리라구 생각합니다만 저
— 金順이한텐 볼일이 잇서 木浦에 나갓다구 해 두십시요 그보다두 내
가 업는 동안의 學校 일이 걱정입니다』

春子『내가 學校를 좀 돕겟다는 것도 해보지 못하구 이 일을 엇써우』

三俊『내 自身보다 어린애들이 불상해요 자 그럼 안녕이 게십시요』

春子『몸이나 조심하구 쌜리 나오두록 해야 할 텐데』

○ **金順네 집**

마루에 刑事와 巡査 안저서 담배를 피우고 잇다

三俊이 別莊서 걸어오며 房으로 드러간다

刑事『곳 써날 時間인대』

房 안에서 三俊의 소리『네댓字 편지를 적어 노코 가겟습니다』

○ **農園 길**

甲述이가 마을쪽에서 도라온다 아까 너머진 자리에서 써러진 편지를
줍는다

그것을 집어 들고 압뒤를 만적어리다가 봉투를 쓰더 편지를 낸다 읽을 생각인지 편지를 써꾸로 들고 죄 업는 고개만 극적극적

○잔듸 우에

말이 『힝—』 하고 운다 하늘이 놉다 그 소리에 낫잠 자든 喆洙 벌썩 이러난다 冊을 들고 마을 길로 것는다

○길

喆洙 甲述이와 마주친다

甲述이 불숙 편지를 喆洙한테 내민다

喆洙 『웬 게냐?』

甲述 『안얘요』

喆洙 『뭐가 안야?』

甲述 『여기 잇서에요』

喆洙 편지를 읽는다

『한 달 동안만 이 金順이를 내노치 말고 꼭 집 안에 부뜰어 너어두세요 謝禮는 나종에 두둑히 생각하리다』 —인써—트— 편지 읽는 喆洙의 얼골에 긴장된 빗치 돌드니 그는 新作路를 向해 다름질친다

○金順네 집

三俊이와 두 사나이 걸어 나온다 三俊이 春子의 下女한테 편지를 주며 『잇다 金先生이 오시거든 디려라』

○埠頭로 가는 길

刑事가 압스고 巡査가 뒤쌀코 가운데 씨여 三俊이 거러간다 三俊이가 처다보는 곳 낡은 校舍에 黃昏이 빗겻다 校舍 우에 木花 가튼 쎄구름

○山길

金順이 거러간다

흘러간 水平線 (16)

1941년 2월 28일

〈원문에 삽화 없음〉

○ 싼 길

喆洙가 쮜여간다

○ 山길

金順이 가다가 생각난 듯이 품안을 만저본다 편지가 업는 걸 알자 놀라며
운[88]몸을 뒤저 찾는다 그래도 업슴을 알자 오든 길을 줄다름질[89] 친다

○ 池畔[90]

연못가에 수양버들이 閑暇히 느러섯다

喆洙 쮜여온다

갈림길이다 喆洙 망서리다가 왼편 길로 달린다

바른편 길에서 金順이 달려온다

○ 길

喆洙 달린다 行人을 붓잡고

『美浦는 이리 갑니까?』

行人『안요 저— 연못가 갈림길에서 바른편으로 가지요』

喆洙 도루 쮜여온다

○ 싼 길

金順 湖畔[91]을 지나 먼저 길을 注意해봐가며 쮜여간다

○ 湖畔

喆洙 왼편 길에서 美浦로 가는 바른편 길을 바라고 쮜다

그째 金順이는 이미 湖畔을 지나 어긋난 後이다

○ 山길

---

88 문맥상 '온'의 오류로 추정.
89 줄달음질. 단숨에 내쳐 달리는 달음박질.
90 지반(池畔). 연못의 변두리.
91 호반(湖畔). 호숫가.

喆洙 쮜여간다 저쪽에서 中年 女人이 온다

喆洙 『이 길로 왼 색씨 가는 거 못 뽓습니닛[92]까』

女 『못 뽓섯오』

喆洙 『어디서 오시는데요』

女 『난 美浦서 오우』

喆洙 『개도 美浦엘 간다구 햇는데 美浦가 여기서도 멀지요』

女 『十里가 넘소만 내가 오는 동안엔 색씨라군 업섯는데』

　喆洙 그 자리에 우둑허니 섯다

○ **公園**

　시[93] 金順이 아까 片紙 쓰냇든 대까지 더듬어 보앗스나 업다 그는 펄적

주저안는다

　저쪽에서 喆洙 힘업시 도라온다

　金順이 반가운 듯이 『오쌔』

　喆洙 쮜여와 金順의 손을 덤석 쥐며

　『金順이 오— 金順이』[94] 큰일 날 쌘햇서』

金順 『편지를 이젓서요』

　喆洙 金順을 슬며

　『자— 이리와 얼른』

○ **海邊가** (그날 밤)

　유난이 달이 밝다

　밀물이 『솨—~~~』 들왓다 나가고 쏘 밀려든다

92　문맥상 '닛'의 오식으로 추정.
93　문맥상 '다시'의 탈자 오류로 추정.
94　문맥상 오식으로 추정.

○ 望洋亭

　　樓臺[95]에 달빗이 어리어 낫갓치 화—』[96]하다

　　喆洙와 金順이 그 압흐로 거러와서 樓에 오른다

　　松林 사이로 달빗이 새여 金順의 얼골에 얼룩이 진다

金順『서울은 아주 몰라보게 變햇슬쩔요』

喆洙『여덜 살 째 갓다 구랫지요? 그러니 벌서 十年이 넘지 안엇나 變허구

　　말구』

金順『오쌔두 가티 갓슴』

喆洙『三俊이 말야?』

金順『네』

喆洙『三俊이야 지금 하는 일을 노코 갈랴 하지 안을 썰』

金順『……』

　　金順이 이러서々 松林에 숨은 달을 보며

　　『달두 밝다』

○ 春子의 房

　　『라디오』에서 輕音樂이 들린다

　　春子 音樂도 慰安이 안 되는지『스윗치』를 쯧는다

　　『아이 어디 가섯슬까?』

　　春子 이러서々 喆洙네 방 쪽으로 거러갓다간 그냥 도라와 주저안는다

　　窓 넘어로 홀으는 맑은 달빗이 견딜 수 업는 哀愁와 感傷을 충둥인다

　　壁에 걸린『밀레—의 晚鐘』

　　春子 孤獨에 소스라처 이러나 옷을 갈아입는다

95　누대(樓臺). 누각과 대사와 같이 높은 건물.
96　문맥상 '화—ㄴ'의 오류로 추정.

○ 海邊가

　八年이를 데리고 春子 松林 사이로 걸어온다

○ 望洋亭

　喆洙와 金順이 欄干에 기대여 바다에 번득이는 달그림자를 보고 잇다

喆洙『자— 고만 갈까』

　金順이 喆洙를 쌀아 이러슨다

○ 모래 우에

　한 자욱 두 자욱 두 男女의 발자욱이 달빗에 明白히 패인다

○ 멀지 안은 松林 사이

　春子 거러오는 두 사람을 發見하고 얼골에 唐荒한 表情 그는 八年이를

　손짓하야 큰 나무 뒤에 숨는다

　물소리 솨— 솨—

　그 압흘 喆洙와 金順이 지나가며

喆洙『무섭지 안어?』

金順『무섭긴요』

喆洙『저 나무 뒤에 뭬 숨엇는지 아나 저 불』

　하며 春子 숨은 쪽을 손질하여 金順이를 놀래준다

　金順이 깜싹 놀라 喆洙의 품에 밧싹 몸을 붓치며

　『아이 오쌔두』

喆洙『하…… 무섭지 안탯지?』

金順『몰라요』

○ 갈림길에

喆洙『그럼 오늘은 粉伊한테 가자고 來日 배로 서울 갈 準備를 해야 해 그
    리고 春子 아씨 눈에 찌이지 어투룩 함보루 나오지 말어야 해』

金順『네』

    喆洙 別莊으로 가는 길을 것는다

    金順이 複雜한 表情으로 喆洙를 바라본다

○ 나무 뒤

    春子 失神한 사람 모양으로 金順이 쪽을 보고 섯싸

    春子의 蒼白한 얼골 (C•U)

    喆洙의 품안에 안긴 金順이

    물에 쌔저 허덕이다가 金順이한테 救助 當하는 光景

    (春子의 클로—스업과 C[97]•L)—

    春子 무엇을 決心한 듯 悲愴[98]한 빗치 얼골에 나타난다

    (C•U)

春子『난 요기 좀 다녓다 갈 테니 너 먼저 가거라』

下女『네』

○ 松木 사이길을

    春子 혼자서 걸어간다

○ 물레방아간 압을

    春子 걸어간다 늙은 女人 하나 春子를 有心히 바라본다

○ 언덕길을 春子 걸어간다

○ 山비탈을 올라가는 春子

---

97 문맥상 'O'의 오류로 추정.
98 비창(悲愴). 마음이 몹시 상하고 슬픔.

달빗츤 밝으나 密林이 둘러싸힌 무시~~~한 山길을 春子 걸어간다

것다가 돌샠리에 채이고 숨이 갑새 허덕이다가도 독개비 홀린 사람인 모양

작고~~~ 올라간다

머리는 허터러지고 옷도 씨저젓다

달이 제법 하늘 가운데로 올랏다

보엉이 우는 소리 深山을 아□인가?

○ **喆洙의 房**

房門을 열고 喆洙 드러온다

그는 엽 春子의 房을 처다보다가 그냥 椅子에 안는다

○ **春子의 房**

下女가 門을 열고 들어온다

○ **喆洙의 房**

門을 열고 八年이 드러온다

喆洙『아씨 게시냐?』

下女『안 기세요』

喆洙『어디 가섯니?』

下女『어디 좀 다녀오신다구 나갓써요』

『喆洙[99] 나다녀도 괜찬은가 그 몸으로』

下女『저— 金順 오쌔가 아까 이걸 先生님 오시거든 전해 달라구요』

下女 편지를 喆洙에게 준다

喆洙 편지를 쎄여 읽는다

---

99 '喆洙『'의 부호 글자 배열 오류.

『…아무 罪도 업스니 곳 나올 걸세 金順인 쏙 좀 서울로 다리고 가서 자네가 잘 指導해 주게 부탁하네

崔三俊』 —인써—투

喆洙 편지를 웅켜쥐고 深刻한 表情

○ 春子의 房

冊床 우에 時計가 열 時를 가르치고 잇다 下女 窓박을 내다보며 근심스런 얼골 黃友民氏 外出햇다가 돌아온다

黃『아씬 어디 갓니?』

下女『海邊가에 바람 쐬러 갓치 나갓다가 어디 좀 다녀온다 그리시구 가셧는데요』

黃『뭐 그 몸으로 散步가 뭐야?』

못맛당한 듯이 椅子에 안젓다가 다시 이러서서 喆洙의 房 쪽을 向하야

『金先生 게시요?』

『네』 하는 소리

喆洙 門을 열고 드러온다

黃『春子가 어딜 갓슬까요?』

喆洙『글세요 별루 갈 데가 업슬 텐데요』

黃『아즉 안 올 理가 잇나 몸이 不便지나 안타면야 걱정이 안 되지만 그 몸으로 원 애도』

喆洙『좀 나가 찻자보겟습니다』

○ 海邊

喆洙와 八年이 이곳저곳으로 단이며 찻는다

○ 粉伊의 房

粉伊와 金順이 나란이 누엇다

粉伊는 잠들어 색々 코까지 고는데 金順인 눈이 말쑹말쑹하다

눈을 감아본다

달처럼 써오르는 喆洙의 얼골

(金順의 클로—스 • 엽**100**과 O • L)

金順 벼개를 고처 베고 눈을 감는다

粉伊는 世上 모르고 자고

大門 두드리는 소리에 펀듯 니러난다

○ 粉伊의 집 문 압

喆洙 門을 두드린다

문을 열며 壽福이 나온다

喆洙『저— 서울 아씨 안 오섯니?』

壽福『아—뇨』

喆洙와 八年이 도라스려고 할 째

金順이 나오며『왼일이세요』

喆洙『春子 아씨가 안 드러와서 여기나 왓는가 하구』

金順『어듸 가섯슬까』

喆洙『글세 (八年이를 보고) 애 자세 좀 이야길 해라 어째서 아씨가 널 먼
저 가라구리시든?』

八年이 달막어리다가**101**

『맛침 바닷가에 나갓슬 째 先生님과 金順이가 오는 걸 우린 보구 나무
뒤에 숨엇섯세요 아씨가 두 분의 이야기하는 걸 들으시드니 금시에 얼
골빗이 달러지드니만 절보고 먼저 드러가라구 그리시는데 목소리를

---

100 문맥상 '업'의 오류로 추정.
101 달막거리다. 말할 듯이 입술이 자꾸 가볍게 열렸다 닫혔다 하다.

엇씨 써르시는지 모르겟써요』

喆洙와 金順이 서로 처다보고 잇다

喆洙『그럼 쌀리 사람을 시켜서 차저야지 金順인 그냥 드러가서 자』

喆洙와 八年이 종々거름으로 걸어간다

金順이 그 자리에 우둑허니 섯다가 무엇을 생각한 듯이 그들이 사라진
길을 다름질치며 쌀른다

〈원문에 삽화 없음〉

○ 海邊

　횃불을 들고 섬사람들이 『여— 여—』 소리를 질으며 春子를 찻어 단인다

○ 山으로 가는 길

　喆洙 두 人夫를 데리고 종々거름으로 걸어간다

○ 海邊

　섬사람들의 써드는 소리와 함께 移動되는 횃불

○ 놉흔 絶壁에 당그런이 잇는 庵子

　燈籠[102]의 불빗도 발근 달빗에 흐미하다 목닥 두드리는 소리

○ 험한 山길을

　春子 기여 오르다가 그 자리에 풀석 주저안는다

　그는 쏘 勇氣를 내여 기듯 걸어 올른다

○ 庵子

　추녀 씃의 풍경이 잔바람에 흔들여운다 미친 女子가티 된 春子 술주정

　쑨 모양으로 門을 두드린다 해맑은 女僧이 門을 열고 나온다

　春子 그만 그 압에 폭 쇠쑤라진다

○ 喆洙 一行이 가든 山으로 가는 길

　金順이가 혼자서 쒸여간다

○ 물레방아깐 압

　喆洙의 一行 그 압을 지난다

　늙은 女人 門을 열고 나오며 一行을 有心히 바라본다

喆洙 (도라보며) 『이리로 젊은 女子가 가는 걸 못 봣음닛까?』

늙은이 『아까 웬 젊은 女子가 이리로 올라갑디다 머리를 이상하게 쑤불둥

---

102 등롱(燈籠). 등의 하나. 대오리나 쇠로 살을 만들고 겉에 종이나 헝겊을 씌워 안에 등잔불을
　넣어서 달아 두기도 하고 들고 다니기도 한다.

그린 젊은 女子 말이죠?』

喆洙『네 틀림업시 이리루 올라갓음닛까?』

늙은이『그럿소 틀림업소이다』

人夫 甲『그럼 七星庵으루 가섯나 보군요』

喆洙『七星庵이 예서두 먼가?』

人夫 甲『한참 올라가죠』

喆洙『자— 그럼 자넬랑 밋에 가서 그러케 일르게』

人夫 乙『네』

　　人夫 乙 오든 길로 쒸여가고 喆洙와 人夫 甲 山길을 달린다

○ 險峻한 山길

　　喆洙와 人夫 쒸며 오른다

○ 山길을

　　金順이 혼자서 것는다

　　두려운 것도 닛고 아씨가 自殺이나 안 햇나? 그 原因이 自己에게 잇다

　　이러게[103] 생각하면 마음이 괴로워 견될 수가 업다

　　密林을 지나고 험한 바우를 오르며 카메라 金順이를 쌀아 (O • L)

○ 庵子

　　喆洙가 門을 두드린다 (O • L)

○ 房 안

　　春子가 자리에 누엇다

　　그 영[104]헤 女僧과 喆洙 드려다보고 안젓다

　　春子 몸을 뒤치며 잠고대가치『喆洙씨』하고 괴롭게 부른다

---

103 문맥상 '케'의 오류로 추정.
104 문맥상 '엽'의 오류로 추정.

喆洙 春子의 몸을 흔들며

『春子氏 정신을 채리세요』

春子 눈을 스르ㅅ 쓰며

『容恕하세요』

○ 庵子 쓸

金順이 쓸을 지나 房門 압헤 멈처슨다

○ 房 안

春子『喆洙氏 이처럼 春子가 갑업슨 게집이엿든지 그것이 限업시 설어워
젓세요 내 목숨을 건저 준 恩人인 金順이의 將來를 막어서싸지 喆洙氏의
마음을 잡으려 한 그런 敎養 업는 게집은 안엿슬 텐데 喆洙氏 전 眞情으
로 喆洙씰 사랑해 왓섯서요 그걸 金順이가 쌔아서가는가 하면 이 春子
는 환장이 될 거 갓헛서요 喆洙氏 喆洙氏 容恕하시겟서요? 전 이냥 죽엇
스면』

喆洙『그건 誤解임니다 나는 金順이를 누이로 생각하고 잇슴니다 훌륭한
俳優로 만들려고 오래비의 愛情을 두어왓슬 쑨임니다 結婚이라든지 戀
情이라든지 그런 感情은 絶對로 품지 안엇슴니다』

○ 門박게

이야기 소리를 엿듯고 섯는 金順이

○ 房 안

春子『金順인 純眞한 애야요 지금은 喆洙씰 幸福케 하기엔 敎養이나 程度가
不足하지만 喆洙氏가 힘쓰면 훌륭해질 거애요 전 이 庵子에서 當分間 더
러운 마음을 씻어야겟서요』

喆洙『그건 쓸데업는 『쎈치멘탈』임니다 春子씬 압헤 만혼 일이 잇슴니다
우리 朝鮮에 보잘것 업든 藝術界를 위해서 힘쓰겟다고 굿이 盟誓하지

안엇습니까 하로바쎄 健康을 回復하야 애써 硏究하고 힘써 일해야 하지
안습니까? 個人的 感情 째문에 우리에 압일을 버린다는 것은 어리석은
일이지요 더구나 純眞한 少女의 압길을 막을 번햇다는 건 良心的 人間이
하기엔 너무나 슬픈 일이지요』
春子『喆洙氏 절 어[105]대로 죽게 해주세요 네 절 괴롭히시려거든 절 이냥
가만 내버려 두세요 喆洙씰 너무 사랑하고 잇쓴 째문이엣세요』
　혹々 늣긴다

○門박

　金順이 悄然히 도라슨다

　압쓸에 달빗도 쓸々타

○房 안

喆洙『春子氏 좀 더 큰 것을 생각하십시다 사랑이고 嫉妬고 그것보담 더 큰
　것이 우리에겐 잇습니다 來日이라도 곳 서울로 가십시다 남은 우리의
　일을 쯧내고 새 情熱의 作品을 쏘 計畫합시다』

春子『喆洙氏 절 용서해주시겟써요?』

喆洙『용서구 뭐구 잇슴닛까?』

春子『다시 春子가 살아나겟세요 새 마음으로 힘써 일할 테야요』

　春子의 눈엔 感激의 눈물까지

○山길

　金順이 힘업서 터벅~~ 걸어간다

　喆洙의 소리『金順이를 누이로 생각하고 잇슬 쌘에요』

　春子의 소리『金順인 喆洙씰 幸福케 하기엔 敎養과 程度가 不足해요』

---

105 문맥상 '이'의 오류로 추정.

(金順의 異動되는 얼골『클로―스업』과 O・L)

―F・O―

○ **春子의 房** (잇튼날 아츰) ―F・I―

春子 짐을 챙기고 八年이 가방을 쑤리고 잇다 ―O・L―

○ **喆洙의 房**

喆洙도 「포스톤쌕[106]」에 짐을 챙겨 너혼다

○ **海南學院**

校舍는 텅 비어 더욱 쓸々하게 보인다

○ **敎室 안**

粉伊 기운 업시 서 잇다

三俊이의 생각이 사모침이리라

敎室 門을 열고 金順이 드러온다

粉伊완 짠 意味로 오쌔가 그리워 차저온 것이다

두― 女子 서로 놀란다

그리다가 少女의 感傷이 폭발되여 서로 보둥켜 안는다

金順『오쌘 罪 업스닛까 곳 나오실 쎄야』

粉伊『오죽 苦生이 되실까 金順이 넌 서울 간다닛까 만나래두 보겟지만』

金順이 쓸々한 얼골로 粉伊를 처다본다

粉伊『그래 서울은 언제 가나?』

金順『글세』

쓸々한 表情

○ **學校가 보이는 길 우에**

---

106 보스턴백(Boston bag). 바닥이 편평하고 네모졌으며 가운데가 불룩하게 생긴 여행용 가방.

놉이 느러슨 포풀라 나무 밋흘 金順이와 粉伊 거러간다

○ 金順의 房

金順이 門을 열고 드러오며 펄석 주저안즌다

壁에 걸린 三俊의 寫眞

○ 쏠 압에

喆洙 房 압마[107]지 와서

『金順이』

---

107 문맥상 '까'의 오류로 추정.

흘러간 水平線 （完）

1941년 3월 3일

○마루

金順이 房門을 열고 나온다

喆洙 마루에 걸터안저 나오는 金順이를 多情히 보며

『쌜리 짐을 챙겨야지 자 이 편질 좀 봐요 三俊이가 이러케 金順일 서울
로 다리고 가달라고 부탁을 햇서 그리고 또 오쌔도 서울 가서 길진 안
켓지만 그동안이라도 金順이가 가 잇으면 여러 가지 도음도 될쎄구』

金順이 三俊의 편지를 보고 잇다

喆洙『자— 얼른 챙겨 春子 아씨도 꼭 金順일 다리구 가서 훌륭한 女俳優를
만들겟다는데』

金順『……』

喆洙『자— 얼른』

金順『네』

○金順의 房

金順이 冊床 압헤 안저 自己의 히끼노바시[108]한『스칠[109]』을 바라본다

希望하려는 憧憬의 心思와 사랑의 괴로운 感情이 複雜하게도 얼켯다

『金順이 잇어』門을 열고 春子 드러온다

金順『아씨가 즈이 방엘……』

春子『金順이 용서해줘 내가 정말 미첫엇서 金順이가치 마음 고은 애를 더
구나 내 恩人을 金順이 용서해줘』

春子의 눈에 굵은 눈물이 매친다

金順인 春子의 말에 고개를 써러트리고 잇슬 샌

春子『金順인 내 동생이지 날 용서해 그리구 갓치 서울로 가 오쌔도 게 잇

---

108 히키노바시(引き延ばし, ひきのばし). 확대.
109 스틸(still). 영화 필름 가운데 골라낸 한 장면의 사진.

구 쏘 金先生두 金順일 훌륭하게 만들겟다구 如干 안히신데』

金順『‥‥‥』

春子『응 가지?』

○ 金順네 마루

金順이 春子를 처다본다

春子『그럼 이 春子를 용서하지 안나?』

金順『아씨』

하고 春子의 품에 얼골을 뭇고 흐늑겨 운다

孤獨과 憂愁의 感情에서 따뜻한 愛情의 慰撫를 입은 純眞한 處女의 숨김

업는 感情이다   ──와이푸──

壽福이가 쓰메에리[110] 洋服에 도리우찌[111]를 쓰고 자그만한 봇다리를

들고 와서 기다리고 안젓다

金順이 서울 가길 決心햇는지 새 옷을 갈아입고 나온다

壽福이 벙글벙글 웃고 잇는 걸 보고

金順『그리두 조흐냐?』

壽福『그럼 안 조와? 이 섬에서 귀양사릴 하다가 서울루 가는데 金順 누난

안 좃수?』

金順이 애써 웃으려고 한다

八年이 마루에 덕[112]터안즈며

『아주 인젠 서울 가면 하이칼라상이 되겟네』

---

110 쓰메에리(詰め襟, つめえり). 깃의 높이가 4cm쯤 되게 하여, 목을 둘러 바짝 여미게 지은 양복.

111 도리우찌(とりうち, 鳥打ち). '鳥打帽(とりうちぼう)'의 준말. 사냥모자(운두가 없고 둥글납작한 모자).

112 문맥상 '겉'의 오류로 추정.

金順인 그런 소리도 반갑지 안는 모양이다

八年『저— 내 생각엔 金先生하구 컨아씨하고 올라가는 대로 곳 婚姻을 하실쎄야』

그 소릴 듯고 별안간 얼골빗이 새파랏게 질리는 金順이 (C•L[113])

八年『아씨가 金順이 째문애 어젯밤에 죽을려구 햇쌔 죽지 못하면 머릴 싹구 중이 될랫다는구나 건데 金先生한테 자세한 얘길 듯구 아씨가 誤解하구 잇엇든 걸 알자 서울로 가기로 햇단다 아무튼 아씨두 福이 만쿠 金先生두 福이 만허 안인 게 안이라 그 以上 더 맛는 배필을 어쎄게[114] 골라』

金順의『클로—스업』한 얼골에 경련되는 가는 動作까지 쭈렷하다

金順의 입 모수리에 決心의 빗이 쭈렷이 써돈다

(喆洙씰 오쌔만으로 생각해 왓든가? 서울로 가겟다는 것이 自己의 出世만을 쇠함이엿든가?)

아니다 金順이는 喆洙를 마음속으로 至極히 思慕하고 잇섯다 冷靜히 생각하면 할수록 自己와 喆洙와는 너무 써러진 사람이라는 것이 쏘렷이 가슴에 배인다 金順인 벌쩍 일어서며 八年이한테

『아씨하구 先生님한테 어머님 산수에 갓다가 배 써나는 時間까지 가겟다구 그래줘 그리고 壽福아 이 보짜린 네가 좀 가지구 가렴』

金順이 보짜릴 壽福이한테 맷기고 종々거름으로 나간다

○ 埠頭

定期船이 埠頭에 다앗고 작은 港口나마 배 타는 사람 짐 실른 船夫[115] 쐐 複雜하다 埠頭에 喆洙, 春子, 黃友民氏, 壽福이 八年이 그리고 粉伊는 壽福

---

113 문맥상 'U'의 오류로 추정.
114 문맥상 '케'의 오류로 추정.
115 선부(船夫). 뱃사공.

일 餞送[116]하러 나왔다

로케 團員 一行은 벌서 배에 올라 甲板에 모혀 섯다

喆洙 時計를 쓰내 보며 金順이의 늦는 것이 마음에 걸린다

『쒸―』汽笛이 울린다

黃友民氏『자― 고만 오르지』

船客들이 배에 오른다

黃友民氏, 壽福이, 八年이 배에 오르고 春子도 섬쪽을 근심스러운 듯이

바라보며 金順이를 기다리다가 드디어 배에 오른다

喆洙의 燥急한 마음이 섬을 向해 눈만 갈팡질팡 굴린다

『쒸―』쏘 汽笛이 울린다

船員이 埠頭에 나린 사다리를 쎌려고 한다

喆洙 하는 수 업시 배에 쒸여오른다

○ 農園

金順이 녜前 갓흔 옷에 머리엔 手巾을 질끈 동이고 맨발로 풀을 쯧고 잇

는 羊쎄를 직히고 잇다

『쒸―』하는 汽笛

金順이 머―르이 埠頭에서 써나는 汽船을 바라본다

[117](아! 그이는 갓다 幸福도 쑴도 흘어가 버렷다)』

하늘에 힌 구름 閑暇롭고 금빗 黃昏이 西쪽 써나가는 汽船을 곱게 물드

린다 바람이 나무닙을 살랑인다

『이 섬의 自然과 푸른 물결과 善良한 羊쎄와 더부러 살자!』

---

116 전송(餞送). 서운하여 잔치를 베풀고 보낸다는 뜻으로, 예를 갖추어 떠나보냄을 이르는 말.
117 '『' 누락.

이 아름다운 謙讓의 美德에도 金順의 눈엔 맑은 구슬이 안 구를 수 업엇다

──水平線과 더부러 흘어가는 자근 汽船의 船體를 바라보며 바라보며─

─F • O─

─ 끗 ─